Narratori

MARE FUORI

Le forme dell'amore

Il romanzo tratto dalla serie Tv *Mare Fuori*,
scritto da Angela Lombardo

Da un'idea di Cristiana Farina

SOLFERINO

Rai Libri

Ogni riferimento a persone esistenti o a fatti realmente accaduti è puramente casuale.

SOLFERINO

www.solferinolibri.it

L'editore ringrazia Alessandro Carbone e Paola Pannicelli (Rai Fiction) e Francesco Pinto (Picomedia)

ISBN 978-88-282-1441-0
Prima edizione: marzo 2024

GREG

Otto minuti prima di morire

«Quarantacinque... Quarantasei!»

Ho caldo. Ho sete. Perché mi sento così triste, se qua sopra sono il re del mondo? Questo posto è una figata. Le luci della città sono tutte ai nostri piedi, si sciolgono dentro il mare, sono liquide pure loro. Sono liquideeee. Sono liquide. Liquide. Liquidissime.

Però vorrei bere tutta l'acqua del mare, per placare quella sete. Ahahahah ma l'acqua del mare è salata! Ecco perché mi viene da piangere. Non capisco più un cazzo, eppure mi sembra di non essere mai stato così lucido come adesso. Certo che è salata, l'acqua del mare.

Com'è che si chiamava quella cosa là? Me l'ha spiegato una volta Amelia, non me lo ricordo. Pure la parola è diventata liquida, forse era in inglese. Si può essere depressi e gasati nello stesso momento?

«Cinquantuuuno!»

Sono potente. Sono il re del mondooooooooo! La faccia di Filo è pazzesca mentre con le braccia annaspa – oppure vola? – appeso a testa in giù davanti a me. Gli tengo le cosce, forte, per trattenerlo qua sopra e non farlo scivolare dentro quelle luci troppo liquide. Ti puoi fidare di me, fratello. Certo che ti tengo. Tu continua a riprenderti, non lo mollare quel telefono... vedrai che con questa storia farai il botto e con dieci k di follower non avrai più bisogno di andare a Berlino per diventare famoso.

«Cinquantatré! Cinquantaquattro!»

Grande Filo che ce l'hai quasi fatta, sei un pazzo, fratello. Ti voglio bene.

«E sessanta!» gridano quegli altri due, dietro le mie spalle.

«Tocca a te!» annuncia Filippo, rialzandosi con la schiena e ridendo. Tu sei fatto, fratello, tu sei troppo fatto. Si vede che non ci sei abituato. E ancora non ti è presa quella roba là, come cazzo si chiama, quella di Amelia. Comunque non se ne parla.

«No, io queste cose non le faccio» gli dico toccandogli la fronte con la mia, come quando eravamo bambini e il mio sogno era di avere i capelli ricci uguali ai suoi.

«Eh?»

«No, non me ne frega un cazzo...» gli spiego. Ma allora sei pazzo davvero, fratello?

«Tocca a te!»

«No, dai raga!» Ho paura. Non lo voglio fare. Non voglio cadere in mezzo a quelle luci. Non voglio vedere nel mio telefono la stessa faccia terrorizzata che faceva lui, quando si è voltato all'indietro mentre io lo tenevo. Te lo scordi, fratello. Li voglio fare di brutto, dieci k di follower, ma non con quella storia là. Ho troppa sete per mettermi a fare questa roba, raga.

«No, adesso tu lo fai, hai fatto lo sborone...» insiste lo stronzo.

«Dai, hai vinto tu, Filo!» gli dice Pigio per darmi una mano.

Io continuo ad arretrare. «Questa è una cazzata, basta, oh!» Tu sei fatto, amico mio, te lo dico io! Tutta la vita che ti conosco e non t'ho mai visto così... Quando mai ti sei ribellato a una roba che ti dicevo? Sono io che ti dico cosa fare, non tu a me. Mi sa che sta MDMA t'ha dato proprio alla testa, tu che a stento ti bevi una birretta e queste cose le hai sempre schifate... Ora ti senti il re del mondo pure tu, eh? Ancora non ti è scesa quella sensazione, vedrai domani. Ecco cos'era: Blue Tuesday. Ecco com'è che lo chiama Amelia. Blueeeeeeee! Blu blu blu blu blu...

«Dai, cazzo» mi fa lui, dandomi una specie di schiaffetto con quella faccia gasata. Che t'è preso stanotte? Non sono abituato a vederti così, ma di sicuro non posso fare la figura del cagasotto. Se l'hai fatto tu lo potrò fare pure io. Almeno in una cosa, cazzo, riuscirò a essere bravo quanto te.

«Va bene, prendimi le caviglie.»

Tanto qua non devo imparare nessun paradigma di greco, né mettermi a solfeggiare quelle minchiate, né essere il cocco di tutti. Devo solo lasciarmi andare con la testa all'indietro verso quel mare tutto nero, resistere da uno a sessanta e fidarmi di te, fra'.

Di chi mi posso fidare in questo mondo, se non di te?

Prima parte
SBARRE

1
La mancanza

VERBALE DI CONSEGNA
ALL'ISTITUTO PENALE PER I MINORENNI DI NAPOLI

Il sig. Comandante del Corpo di Polizia Penitenziaria, in servizio presso l'Istituto Penale per i Minorenni di Napoli, è pregato di ricevere e tenere a disposizione del P.M., secondo quanto disposto dal Sostituto Procuratore:

Filippo Ferrari, di anni 17, per il quale è stato disposto l'arresto perché ritenuto responsabile del reato di OMICIDIO COLPOSO ai danni di Gregorio Stassi, di anni 17.

Carmine Di Salvo, di anni 17, per il quale è stato disposto l'arresto perché ritenuto responsabile del reato di OMICIDIO PRETERINTENZIONALE ai danni di Nazario Valletta, di anni 18.

Si attesta che alle ore 9:35 del 12 luglio sono stati ricevuti in consegna i signori Filippo Ferrari e Carmine Di Salvo, condotti presso questo Istituto da personale di Polizia Giudiziaria in servizio presso il Corpo di Polizia Municipale di Napoli.

Il Responsabile
Massimo Esposito

FILIPPO

Venti ore prima dell'arresto

Niente, non ce la faccio. Non va bene neanche così. Prima era troppo lento e ora troppo veloce. Sono stanco. Mi passo la mano sulla fronte, schiacciandomi le dita in mezzo agli occhi, sospiro forte e la riporto giù, sulla tastiera del pianoforte. Ho un po' di nausea. Ho sonno. Dai, una volta ancora e poi basta.

No. Ora meglio, ma non benissimo. Non abbastanza. Mi voglio alzare. Dai, dai, stai giù. È quasi ora, tra un po' mi alzo e vado fuori. Dai. Chiudo gli occhi solo per un attimo, con le mani ferme sui tasti. Se vado a Berlino dovrò lavorare molto di più, questo è chiaro. Quindi è inutile accontentarsi. Accontentarsi non ha mai senso, figuriamoci adesso. Ci devo provare un'altra volta, sotto lo sguardo dei suoi occhi che non mi mollano neanche per un istante. Lo devo fare per Berlino, lo devo fare per lei. In ogni caso, lo devo fare. Ma perché non mi viene? Perché non ce la faccio? Queste mani inutili che non sono mai capaci di azzeccare il ritmo giusto, questa nausea che non passa. Vorrei rimettermi a letto, rannicchiarmi come un bambino piccolo e dormire fino alle dieci, invece sospiro e vado avanti.

Lei lo sa, lo sente come me, ma se ne sta lì sulla sua poltrona, la Vanity Fair rossa che le piace tanto, e si limita a stringere leggermente le labbra tra i denti. Con i suoi polsi sottili incrocia le braccia sul petto e se le tiene con le mani, come una specie di abbraccio, mentre continua a guardare la tastiera. Era tutta contenta, ieri, davanti agli altri. Oggi no. Lo sente pure lei che così non va bene per niente, e anzi ogni volta che riprovo faccio sempre peggio. Sto facendo schifo stamattina, ma non è che ieri alla fine sia andata poi così bene... Tutti sorridevano e facevano finta di essere di fronte a questo piccolo genio, a questo giovane talento pronto a fare grandi cose, anche il Maestro sembrava contento, eppure io mi sento di fare schifo. Mah.

Non ci devo pensare. Solo un pochino di impegno in più e ce la posso fare. Dai. Mi volto, le sorrido e riprovo. Me l'ha sempre detto, fin da quando ero bambino e siamo andati quella sera a sentirli alla Scala: per chi ama la musica, i Berliner Philharmoniker rappresentano in tutto il mondo l'ideale assoluto di perfezione. Qualsiasi musicista della mia età darebbe una mano per essere al mio posto, ma quello che ho davanti me lo devo guadagnare anche così, svegliandomi a un'ora indecente per studiare e trovando ogni giorno la forza di non arrendermi, nella speranza che tutto lo sforzo che ci metterò possa bastare per darmi una chance di entrare.

Dai. Ci siamo quasi. La perfezione è un'altra cosa, comunque questa non era troppo male. Ma che ore sono? Mi giro a prendere il telefono dal mobiletto, tolgo la modalità aereo e trovo diciotto notifiche su WhatsApp. È tardissimo.

Mi alzo di botto e chiudo il piano.

«Devi andare?» mi chiede mia madre, sciogliendo l'incrocio delle braccia e alzando il viso verso di me. Poi aggiunge un po' più piano, quasi in un sussurro: «Comunque ci siamo quasi. Andava molto meglio, adesso». Io annuisco, mentre sblocco il telefono per leggere i messaggi e mi avvio in corridoio verso la cucina.

Mi fa sempre ridere la foto della nostra chat con il selfie che ci siamo fatti in prima media, tutti e quattro con gli occhiali da sci. Che scemi che eravamo.

Il primo a scrivere ovviamente è stato Pigio, che ci chiamava alle armi più di mezz'ora fa.

Pigio

«ooo»

«raga»

«ci siete?»

Ale
«7.50 cadorna?»

Poi silenzio totale fino a qualche minuto fa, quando Pigio è tornato all'attacco.

Pigio
«ooooo»
«questi si sono addormentati»
«greg, ci sei?»
«raga abbiamo un treno da prendere»
«che fine ha fatto l'artista?»

Ale
«vabbè filo ci aspetta direttamente a berlino»

Pigio
«okok filo aspettaci lì che ci troviamo tutti a berlino»
«tu fidati che arriviamo»
«hahahaha»

Ale
«greeeg?»
«va che noi andiamo lo stesso»
«anche senza di te»

Pigio
«sì perché senza greg tu lo sai dove andare vero?»

Ale
«da qualche parte andiamo»
«tranquillo»

Prendo lo zaino in camera e con gli occhi sul telefono mi avvicino all'ingresso, digitando
«eccomi»
«esco adesso»

Loro non mi rispondono, e intanto mia madre si è materializzata accanto a me all'ingresso.

«Prendi qualcosa prima di uscire? Ti faccio preparare una spremuta da Ailyn.»

«No, mamma, grazie.» Ho ancora la nausea. Zero voglia di mangiare, e comunque devo andare.

Ale

«ma sto greg?»

«ci sta balzando veramente?»

«che pagliaccio»

Pigio

«quello per me stanotte è rimasto dalla tipa»

Chiamo l'ascensore con il telefono sempre in mano. Greg continua a non scrivere, ma tanto lo conosciamo da una vita. Sicuramente si presenterà correndo al binario un minuto prima che parta il treno, con le cuffie sul collo e la sua solita faccia da Greg, urlando qualcosa del tipo: «Oh ragaaaaa! Alla conquista di Napoli! Andiamo a fare brutto!!!» fregandosene della gente e facendoci ridere tutti quanti.

Lei mi saluta dalla porta con la vestaglia di seta blu, e i suoi occhi dicono tutto quello che non ha bisogno di pronunciare a voce alta. Sì, certo, mamma, lo so che non devo esagerare con il bere. Lo so che in teoria non mi dovrei stancare troppo. Lo so che questi due giorni assurdi a Napoli, in cui andiamo a sentire qualcosa che solo i miei amici possono pensare di chiamare musica, sono l'ultima vacanza che posso concedermi prima di mettermi sotto a studiare. Lo so che mi sto giocando un'occasione d'oro per il mio futuro e che sarebbe da pazzi sprecarla.

Non dice niente. Sorride con le labbra strette e abbassa un pochino la testa in segno di saluto, mentre io alzo la mano e già sto entrando nell'ascensore.

«Ciao mamma, ci vediamo dopodomani.»

Qualsiasi musicista della mia età darebbe una mano per essere al mio posto.

Tranne me.

CIRO

Un'altra jurnata 'e mmerd' da passare dentro a questo istituto.

Mi piglio un altro sorso di latte e caffè nella tazza di plastica, stringo la mascella, abbasso gli occhi e sorrido. Quando ci prenderemo Napoli la colazione ce la facciamo portare a letto con un vassoio d'oro, principessa.

Quando ci prenderemo Napoli io ti compro una reggia, te lo giuro, ti faccio fare la regina, perché a me non me ne fotte niente di comandare da solo. Da soli si muore. E io l'ho capito subito che tu sei quella giusta. Perché tu si comme a mme. Fiera, a testa alta, una che non tiene paura e non tiene scuorno di nessuno. Una che sa decidere e che sa comandare agli altri.

Se stavamo fuori... e che t'avess' cumbinato, principè. Ti mandavo i fiori, facevo le pazzie, quello che non ho fatto mai per tutte quelle che mi sono chiavato fino a mò. Ma tu sei tu. Tu sei diversa. E anche se siamo qua, dove pure se comando non tengo manco il potere di potermi bere nu cafè decente, io te lo devo fare capire bene chi è Ciro Ricci.

«Ragazzi, sbrigatevi, è una giornata fantastica» dice Beppe mentre viene verso di noi con il solito sorrisetto suo. Ma che tiene da ridere stu scemo? Non lo vede che è na vita 'e mmerd' pure per lui, per tutti quelli comme a iss che alla fine passano la giornata carcerati come a noi? Che ridi, cu chella cammisa 'e vint' euro? Non lo capisci che te ne vieni qua a fare il grande uomo, a impararci a noi come dobbiamo vivere, quando il primo fallito sei tu che nella vita non hai combinato niente, e vivi tutti i giorni aret' 'e sbarre comme a nuie, senza manco il piacere di avere ammazzato a qualcuno prima? Te lo dico io chi è un grande uomo, Beppì, lascia fare a me.

Mentre con tutta calma finisco di bermi il latte e caffè, gli faccio un segno con la testa come a dire: senza fretta, ora ci alziamo. Tanto lui lo sa che finché Ciro non si alza dal tavolo pure gli altri devono rimanere seduti. Mentre bevo l'ultimo sorso aggia ancora pensà a na cosa importante: che devo fare per far capire a una piccirella speciale quanto la voglio bene. Perciò Beppe statti calmo, aggia aspettà nu mument'.

Quello però non si arrende. «Avete visto? Questo venticello in barca ci farà volare» insiste, e mette le mani sulle spalle di Cardiotrap. Stanno tutti gasati perché oggi «si esce» e tutti quanti si voltano come le pecore insieme a lui a guardare fuori dalle sbarre della finestra che sta sopra al nostro tavolo. Io no. Già l'aggio vista da mò, Beppe bello, sta refola 'e vient' che ti sta rallegrando tanto. L'aggio vista stamattina 'e ccinche quando mi sono svegliato, comme tutte 'e mmatine. E poi l'aggio vista 'e sei, 'e sei e mmezz', 'e ssette, sempre steso dentro al letto per non farmene accorgere da nessuno, girandomi un poco per guardare fuori dalla finestra della cella per vedere come cambiava il colore del cielo e pensando al tempo là fuori, che continua a passare senza di me. Un'altra jurnata 'e mmerd' qua dentro. Ma questa è pure una giornata di meno da passare qua dentro. Non è il tempo che ci manca, siamo noi che manchiamo al tempo. O no?

Il latte e caffè è finito e tutti quanti mi stanno guardando, ma io ancora non mi voglio alzare. Edoardo senza dire niente si piglia un altro pacchetto di fette biscottate dal cestino in mezzo al tavolo e, anche se aveva finito di fare colazione prima di tutti, ci mette la marmellata e se ne mangia un'altra.

Ripensando a quegli sfaccimma di uccelli che stamattina ho visto passare dalla finestra della cella, che pure loro come le pecore andavano tutti insieme verso qualche posto più bello, mi è tornato in mente un ricordo. Quann'ero criaturo e tante volte passavo i pomeriggi a giocare con mio cugino Antonio, buonanima, e quella volta che la sua gatta gli portò come regalo speciale n'aucielluzzo tutto insanguinato, che si storceva per provare a liberarsi, e glielo posò proprio ai piedi del letto, con noi che lo guardammo tutto il tempo finché non smise completamente di muoversi. E quando lo raccontai a mio padre lui si mise a ridere e quella sera mi parlò come si parla a un uomo: «Oh, bravo guagliò» mi disse. «Questa è stata la prima volta che hai visto come si muore. Nun t' 'o scurdà.» Pure se io e Antonio non avevamo fatto niente, quella è stata pure la prima volta che mi sono sentito orgoglioso di fronte a lui. E mò che nun song' cchiù nu criaturo ce ne devono stare molte altre, di queste occasioni.

Vabbuò. Mi alzo dalla sedia, e con me tutti quanti gli altri. Viola bella, ora lo so che cosa devo fare per te.

Quando finalmente torniamo da sta cazzo 'e gita in barca passo subito in cella a pigliare quel pezzo di vetro che avevo nascosto per la giusta occasione. Il tempo è importante, e la giusta occasione prima o poi arriva sempre. Mentre ci laviamo le mani nel bagno spiego agli altri quello che dobbiamo fare, poi mi avvicino al prescelto e gli sussurro all'orecchio quello che deve fare lui, dopo che io ho fatto il mio e sarò pronto a passargli chell' che nun me serve cchiù. Milos non si gira a guardarmi in faccia: dentro allo specchio del lavandino lo vedo che spalanca gli occhi e pe' nu mument' gli manca il respiro, ma fa sì con la testa piano piano e non dice manco una parola. Bravo guagliò. Cca dint' l'amicizia è fondamentale, ma senza rispetto l'amicizia non può durare, giusto? Il rispetto è tutto. Soprattutto nei confronti di certe persone. Come a me, per esempio.

’O ssaccio che stai aspettando da un giorno all’altro che ti mandano a casa e se ti beccano la tua messa in prova te la puoi scordare per l’eternità. Ma tu che ti pensavi, che da queste mura si poteva uscire veramente?

MASSIMO

La terra è secca, arida, piena di polvere. Solo quando si inizia a spaccare mi rendo conto che tengo nove, dieci anni, come a iss. Non sono più suo padre, qua siamo due bambini che stanno giocando insieme con le pistole di plastica, come facevo da piccirill’ con gli amici miei. Ma qua però non siamo per strada, non ci troviamo a Napoli. Qua non ci sta niente attorno a noi, soltanto questo vento forte che fa alzare la terra e ce la butta negli occhi. Addò stai, Pietro, non ti vedo. La crepa si allarga e io corro verso di lui, ma invece di avvicinarmi mi sembra di essere sempre più lontano. Sento lo sforzo, il sudore, l’affanno, in mezzo a questa polvere che ci avvolge e non ci fa vedere davanti; allora spingo ancora più forte per arrivare da mio figlio. Alzo pure la pistola e sparo in cielo per provare a diradare in qualche modo sta sfaccimma ’e nebbia, ma io sono nu guaglione e la pistola è di plastica: non c’è nessuna esplosione, nessun minimo contraccolpo, solo la sensazione del grilletto che scatta a vuoto, *pim*, *pim*, *pim*, *pim*, e non conclude un cazzo.

Più corro e più non lo raggiungo, finché anche il mare inizia a salire dentro la crepa, che si fa sempre più grossa. Sento la sua voce che mi chiama: «Papà! Papà! Aiutami! Dove te ne sei andato? Io sono qua! Non ti vedo! Papà, tengo paura!», ma al di là di questo mare non lo vedo più neppure io.

Questo sogno non mi molla. È da stamattina che mi si piazza davanti agli occhi in tutti i momenti e mi fa venire la nervatura, anche se so che non ce n'è motivo. Pietro sta a scuola, stasera che non sono di servizio dopo cena giocheremo un poco insieme con la Switch e pure se Consuelo ripeterà mille volte che noi a casa nostra non stiamo in galera, io lo porterò a letto all'ora giusta e prima di spegnere la luce ci facciamo cinque minuti di chiacchiere da uomo a uomo. Poi andrò alla porta, gli darò la buonanotte, chiuderò l'interruttore e lo lascerò addormentarsi avvolto dentro al lenzuolo con tutti i palloni e le N del Napoli, con la lucetta piccola sempre accesa, perché lui vuole il cellulare ma tiene ancora paura del buio. Quindi che mi viene a fare, sta nervatura? Non ce n'è motivo. Devo stare calmo, ma non ci riesco.

Qua intanto non è che questi stanno giocando a calcio: della partita di calcio se ne approfittano per giocare a fa 'e strunz. Come sempre.

«Fuori!» grido.

Parte Edoardo a urlare: «Oh, ma pecché?» e dietro a lui, come le pecore dietro al pastore che le porta, tutti gli altri vengono da me a protestare, mentre Ciro se ne sta fermo e tranquillo davanti alla porta. Come mai?

Vabbuò, jamme, che dobbiamo fare. Certo che so' pecore che per farsi forza vogliono stare tutte insieme, tutte uguali, nel loro gregge, come qualsiasi guaglione dell'età loro. È normale. E questi ancora di più. Che fa, non lo so da dove venite? Non lo so quanta rabbia tenete dentro, quanta sofferenza e quanta fatica vi costa passare le giornate cca dint'?

Pure a me certi giorni mi pesa la fatica di questo distintivo che mi porto appeso al collo: come oggi, che ancora sto frastornato per quel sogno di Pietro. Anche questi alla fine so' piccirilli, hanno quindici, sedici, diciassette anni, e si sentono invincibili, è normale: ma noi come potremmo dimenticarcelo che per tanti di loro il destino è già segnato? Però stamm' semp' cca pe' vuie, guagliù. Ci siamo. Magari solo per permettervi per qualche mezz'oretta di giocare a pallone dentro a questa rete di metallo, facendo finta di essere come agli altri ragazzi dell'età vostra. Per aiutarvi a pensare che la speranza c'è sempre, come c'è stata per me, e che almeno qualcuno di quattro selvaggi riuscirà un giorno a diventare un uomo a posto e godersi la vita sua per quella che può essere. Cca stiamo e cca restiamo, in mezzo a voi, vicino a voi, fosse solo per farvi giocare a pallone senza che vi accidete, pure nei giorni dove ci sentiamo più scarichi perché teniamo altri pensieri. E giocate allora, piccirì. Giocate a pallone, pazziate a fa 'e strunz, pazziate come volete, come potete. Questo possiamo fare per voi.

«Oh, ricominciamo, dai!» urlo lanciando la palla per far ripartire il gioco, con Vito che anche lui riprende a correre e mi fa eco incitandoli: «Jamme, guagliò!».

Ma non sono passati dieci secondi che di nuovo si buttano in tre sopra a uno solo: Pino, Edoardo e pure Giannino Cardiotrap. Scoppia il bordello e non si sa manco da che parte iniziare per sciogliere il nodo di questi ragazzi pieni di rabbia, che non vedono l'ora 'e s'accirere. A volte mi viene da pensare che gli esseri umani sono peggio delle bestie, perché gli animali non ammazzerebbero mai per rabbia, oppure per noia, o per quattro soldi, comme avìte fatt' vuie per venire a farvi rinchiudere qua dentro.

Sono immerso in mezzo all'inferno dei loro calci, delle facce nere, della loro disperazione e sto cercando di tirare Pino da dietro per toglierlo da sopra a un ragazzo dell'altra squadra, quando sento il grido di Beppe che mi chiama: «Massimo! Hanno accoltellato a Vito!».

Accoltellato? *A Vito*? Lascio la presa della schiena forte e grassottella di Pinù e mi volto verso l'altro lato del campo, dove c'è Vito disteso per terra che si dimena per il dolore, con Beppe e Lino accanto a lui. Mi salgono le lacrime agli occhi. Ma che cazzo avete fatto, guagliù?

«Tutti faccia al muro!!!» esplodo. E siccome hanno il coraggio di prendersela comoda pure in un momento del genere, mi costringono a ripeterlo un'altra volta: «FACCIA AL MURO!».

Beppe sta chiamando il dottore e io vado dritto dritto dietro le spalle del mio amico Ciro, che stranamente oggi era così filosofico.

«Allarga 'e ccosce!» gli ordino. Ma non trovo niente. «Allarga!»

Chi dev'essere stato, se non lui? Povero ragazzo. Povero bambino, che ti senti un ribelle e non capisci che alla fine stai facendo solo quello che la famiglia tua ti ha comandato. Non capisci ca si na pecora, come tutti gli altri, anche se ti credi di essere il lupo. Non capisci che la vita è fatta di scelte che si prendono ogni giorno, ogni mument', per decidere che uomo vuoi essere in questo mondo, che cosa vuoi fare con la vita tua. Lo perquisisco con attenzione: addosso non c'ha niente, e infatti si volta verso di me con una specie di sorriso. Sono sicuro, sicurissimo che non c'ha niente. Che cazz hai combinato, Cirù? A chi hai messo in mezzo dei tuoi compagni?

«Comandà, l'ho trovato!» annuncia Lino facendoci vedere qualcosa che brilla sotto il sole, forse un pezzo di specchio o di vetro.

Milos? Mannaggia 'a mort'. Vado da lui, che è l'ultimo della fila e sta con la testa bassa e le mani aggrappate in alto sopra alla rete.

«E bravo fesso» gli dico con amarezza. «Avevi quasi finito la pena.» Il medico per Vito non è arrivato ancora e io non so se essere più triste o più incazzato con questo ragazzo che sicuramente là fuori non tiene niente di bello da fare, ma comunque che deve combinare restando qua dentro? Che cosa può imparare? Ad ammazzare uno che si sta occupando di lui, solo per fare il furbo, e pigliarsi in un colpo solo altri trent'anni? Al posto di Vito ci potevo essere io, e questa sera mio figlio non avrebbe avuto papà che gli rimboccava il lenzuolino del Napoli e gli chiedeva com'era andata la giornata. Che senso avrebbe? Io farei di tutto per questi ragazzi, però non voglio morire così.

«Purtatavill'» chiedo agli altri facendo segno che si sbrighino. Per un attimo resto da solo a guardare quel pezzo di rete metallica che prima stava davanti agli occhi di Milos, poi procedo oltre agli altri ragazzi, che sono rimasti appiccicati là, come se a quella rete glieli avessimo legati.

«E mò tutti in cella. FORZA!» gli grido fino a farmi bruciare la gola.

Uno alla volta, lentamente, staccano le mani dalla rete e si avviano in fila, con Lino che si porta in testa a tutti. Ma quann' cazz arriva il medico?

«Come gli animali» gli urlo ancora dietro, solo per sfogarmi. «Là avita stà! Su, forza!»

Tra gli ultimi, sempre con quel sorriso beffardo sulla faccia, si stacca pure Ciro – quello che di sicuro lo sa meglio di tutti quanti che cos'è successo stamattina e soprattutto il perché. Ciro che, pure con quella faccia da fetente che tiene, per un momento mi pare lui quel bambino che mi guardava chiedendomi aiuto dall'altra parte della crepa, dall'altra parte del mare.

Non lo so se ti posso dare aiuto, guagliò, penso guardandolo andare via. Quello che ti posso giurare è che ce la metto tutta. Ogni giorno, ogni mument'. Quando sono entrato in Polizia forse pensavo che un giorno sarei diventato na specie di eroe, ma oggi non lo so. Non lo so se questo distintivo che mi balla sopra il petto può bastare per proteggere a voi e pure a noi. Non lo so se saremo capaci di aiutarvi veramente a vedere quante cose ci stanno fuori da quella rete e a trovare la strada vostra per cacciarvi fuori da certe strunzate che vi hanno insegnato. Oggi non lo so se questa pistola che porto con me spara veramente oppure è di plastica, come chella de' ccriature. Non lo so. L'unica cosa che posso fare è stare qua, entrare cca dint' tutte le mattine, guardarvi in faccia e fare il mio mestiere.

Dicono che il nuovo direttore arriva tra un paio di giorni. Che Dio gliela mandi buona.

NADITZA

Sette giorni prima dell'arresto

A volte mentre sto suonando mi viene da pensare a una vita dove mi sento sempre così – anzi, una vita dove io *sono* sempre così: come quando suono.

Quando le dita si possono appoggiare sopra a una tastiera, loro lo sanno quello che devono fare e pure io sono là, come se quella musica che stanno facendo le mie mani era un mondo, era una casa perfetta, bellissima, un castello solo per me dove posso fare tutto quello che voglio, come mi piace e quando mi piace a me. Come adesso. Manco lo sanno, le mie mani, quello che stanno facendo: eppure però lo sanno. Si muovono per i fatti loro, meno io ci penso e più loro vanno veloci.

Questa musica di oggi la suono spesso, perché la conoscono tutti e c'è sempre qualcuno che mentre passa butta un euro o il foglio da cinque sopra il pianoforte, oppure lo spiritoso che si pensa di saperla suonare meglio di me. E io sto qua, che non aspetto altro.

Uà, eccolo davanti a me che ne arriva uno, guardalo quant'è contento! *Salut*, *gagó*, bell' 'e mammà. Vieni qua tesoro, che oggi non abbiamo concluso niente ancora, vieni qua con i tuoi riccioli e lo zainetto, tutto timido, bello come il sole, che ti giri a parlare con gli amici tuoi per farti coraggio, prima di avvicinarti a me. Tengo gli occhi bassi sul pianoforte, come se mi serviva guardare i tasti, ma ti vedo lo stesso. E lo so che mò vieni e ti metti a suonare per impressionarmi, per farmi vedere quanto si bravo. Certo che sei bravo, core 'e mammà. Senti, ma te l'hanno detto i tuoi di stare attento qua a Napoli, bello mio? Mi raccomando, statt' accort', questa è una giungla, qua non è come il posto da dove vieni tu. Te lo sei già levato l'orologio? Lo hai messo al sicuro il portafoglio, prima di entrare nella stazione della metropolitana? Bravo. Statt' accort' e vieni qua, bello mio, che ora ci divertiamo a suonare insieme.

Quando arriva proprio davanti al piano, alzo gli occhi e faccio finta di accorgermi di lui per la prima volta, mentre inizio a controllare le vie di fuga. Se quegli stronzi degli amici suoi mi fanno il piacere di levarsi dalla scala mobile poi giuro che saprò io come ricompensarli. No, non è vero, ragazzi, mi dispiace, io ve l'ho pure giurato ma non vi dovete fidare mai dei giuramenti di una zingara. Questa è la prima regola.

Intanto gli dico «Ciao» e mi alzo per salutarlo come si deve, con un bel sorriso. «Piacere, sono Naditza.»

«Filippo» mi risponde lui con la voce che quasi quasi gli trema. «E loro sono Greg, Pigio e Ale.»

L'unica scelta sarà allontanarsi dall'altro lato e passare dai binari, un poco più complicato perché c'è sempre qualche controllore che non c'ha voglia di farsi i cazzi suoi. Devo solo sperare che passa subito la metro e che lui non se ne accorge. Ma perché dovresti accorgertene, bellill'? Tu sei uno che si fida, si vede. Soprattutto di una ragazza carina come me. Di una povera zingarella a cui piace tanto suonare il pianoforte e che si porta a casa dieci euro al giorno venendo qua nell'atrio della metropolitana, dove il Comune di Napoli gentilmente ci ha messo questo bel pianoforte a coda per quelli come me che a casa loro non se lo possono permettere, il pianoforte.

E anche se sei uno di quelli che se ne accorgono, pazienza: tu mi rincorrerai e in mezzo alla folla io sarò solo una persona come tante, di quelle che corrono per non perdere il treno. Mai perdere il treno, quando vivi nella giungla. E chest' è la seconda regola.

«Posso?» mi chiedi gentilmente, prima di venirti a sedere. E la povera zingarella si fa spazio anche lei, pur di sedersi accanto a te e poterti ammirare da vicino. Bello sei bello, quello sì.

E hai visto pure quanto sei bravo, bell' 'e mammà! Lo sapevo io. Chissà quante lezioni di pianoforte, quanti applausi che ti sei preso. Chissà quant'eri bello, quando eri piccirillo e con quei bei riccioloni già suonavi sopra a un pianoforte a coda come a questo – anzi, magari meglio 'e chistu cca, perché lo sento pure io che sono solo una zingara che questo pianoforte dev'essere scordato da fare schifo, ci sono dei suoni che non escono giusti, anche se adesso sotto le mani tue mi pare un poco meglio. Nella tua musica c'è qualcosa di metallico, tipo robot, però è vero che sei bravo, piccirì. Si sente che stai suonando con il cuore. E poi la stoffa della tua camicia mi sfiora il braccio dandomi un piccolo brividino, appena appena, che mi piace assai, e porti un profumo buonissimo. A me mi danno fastidio quasi tutti i profumi, io sono troppo sensibile agli odori, ma stranamente questo qua che c'hai tu mi piace.

Comunque, caro Filippo, è un vero peccato ma t'aggia salutà. Vorrei avere tempo di godermi questo concerto che mi stai dedicando, bello mio, ma qua bisogna lavorare. Quello che dovevo fare l'ho fatto, sono pronta, ora bisogna fare veloce e andare avanti. Tanti auguri per la tua vita e per la tua musica, *gagó*, penso voltandomi a guardarti. Tanto già si vede che sei uno che farà strada. Io invece vivo qua e mi devo muovere. Faccio segno a Zindelo da dietro la schiena e dopo due secondi mi squilla il cellulare.

«Uè, mammà» rispondo, spostandomi dalla morbidezza della sua camicia. Che ti pensavi, che non ero pure io na figlia 'e mammà? La mia mammina mi sta cercando, ha bisogno di me. E io come potrei farla aspettare? «Nu mument', e mò arrivo.»

Gli amichetti suoi sono sempre schiaffati là, proprio ai piedi della scala mobile che mi porterebbe fuori subito. E quindi dolce dolce li saluto e me ne vado tranquilla dalla parte opposta.

Ho quasi finito di attraversare il corridoio, quando lo sento urlare e venire a rincorrermi.

Mannaggia 'a miseria, se n'è accorto.

CARMINE

Trenta minuti prima dell'arresto

«Carmine!» sta gridando lei.

Io non lo so quanto dura questo momento. Dieci secondi, tre minuti. Dint' 'o core mio intanto pare che sono passati cent'anni da quando eravamo qua io e lei da soli, abbracciati, a inventarci il nostro futuro: mentre ora me ne sto qua bloccato, con i piedi che affondano nella sabbia e gli occhi fissi sopra di loro, immobile, senza nessuna speranza di poter fare qualcosa. Il mio sforzo più grande è riuscire a ragionare senza fare cazzate. Lo devo fare per lei. Se vado a buttarmi sopra a Nazario per abbuffarlo di mazzate, io già lo so come va a finire: mi piglio una pallottola in capa e nun ce pensamm' cchiù. Ma poi a Nina chi la difende da questi qua?

Gli altri due la tengono ferma, mentre chillu puorco e Nazario già si sta aprendo i jeans. La sento urlare: «Lasciami! No!» comme si stess' luntana mille chilometri, su un'altra spiaggia, su un altro mondo. Non può essere quello stesso mondo dove cinque minuti fa mi stava dicendo che mi amava, non può essere Nina mia, chella che sti mmerd' stanno toccando cu chelli mmane schifose, mentre io me ne stong' cca fermo, impotente, immobile, come se fossi morto, e non la posso aiutare. Ma quando sento le sue urla che mi chiedono aiuto mi rendo conto che io nun song' muorto. No. Io so' vivo, vivissimo, anzi sento la rabbia che mi scorre nelle vene insieme all'amore che provo per lei, comme fosse fuoco che abbrucia. Nonna mia aiutami, dimmello tu c'aggia fa. Tu me lo dicevi sempre che io non ero comme a loro, che io non dovevo essere comme a loro. Ma allora questo significa che devo rimanere qua a vedere comme sti fetient' si pigliano per forza a questa ragazza meravigliosa sotto all'uocchie mie? Questa donna coraggiosa oggi ha lasciato il suo lavoro, ha lassat' tutte cose per venire con me. E io dove l'ho portata?

Non bastano le mie mani, lo devo colpire subito. Lo devo fare spaventare, e con lui pure chilli fess' che si è portato dietro. La devono lasciare stare, se ne devono andare mò mò.

Sulla sabbia, accanto a Nazario, ci sta lo zaino mio con tutto quello che mi sono portato via dal salone, dopo che chill'autro strunz m'ha licenziato senza manco darmi il tempo di spiegargli che era successo. Nello zaino ci stanno le forbici: subito l'ho aperto, le tengo già in mano e sono dietro di lui. Perdonami, nonna. Tu queste forbici me le hai date perché dicevi che tenevo le mani di un artista e che con queste mani mi dovevo ritagliare il futuro mio, lontano da tutti i Di Salvo. Grazie a queste forbici io me ne volevo andare a Milano, a Londra, in America, ma invece non la tengo questa scelta. Non la tengo più, nonnina. Però ci sono riuscito a prenderlo di sorpresa a Nazario e ora gliele sto infilando dentro il collo. Devono stare sempre un poco aperte le forbici, come mi hai insegnato tu, altrimenti portano disgrazia. Gli stringo i capelli in una mano e con l'altra lo pugnalo, mentre Nina piange e le sue grida mi rimbombano nel cervello.

Quando gliele levo dal collo e le guardo, piene di sangue, con il cuore che mi batte a mille dint' 'o piett', Nazario si accascia sulla sabbia e quegli altri due se ne stanno già scappando.

Puoi finire d'alluccà, Nina mia. Non ci sta pericolo. Non devi avere più paura. Ora Nazario è morto e non ti tocca più.

Le lascio cadere sulla sabbia e manco le vado a pestare con il piede per levare 'o malocchio, nonnì. 'A disgrazia è successa e non c'è più modo di rimediare. Tengo le mani piene di sangue, la maglietta con l'angelo nero è tutta schizzata del sangue di Nazario. Non sono più le mani di un artista che voleva andare a tagliare i capelli ad *Amici*. Non sono più le mani che cent'anni fa stavano stringendo l'innamorata sua. Song' 'e mmane 'e n'assassino.

Barcollo per andare lontano da lui, gli volto le spalle, ma dopo due passi cado in ginocchio davanti a questo mare che se ne fotte, che continua a passare con le sue onde come cinque minuti fa, come cent'anni fa, quando disegnavamo sopra alla sabbia le pareti del nostro salone e Nina mi stava dicendo che mi amava. Dovrei abbracciarla per farle passare la paura, dovrei prendere subito il motorino e non perdere tempo a scappare, per non farmi trovare quando arriverà la polizia. Ma non ce la faccio. Sono solo pieno di rabbia e l'unica cosa che riesco a pensare davanti a questo mare che non serve a niente è che tutti quelli della famiglia mia, quando lo sapranno, non piangeranno per questo figlio che ormai ha le ore contate: perché di sicuro Nazario verrà vendicato al più presto e non c'è nessun posto dove posso scappare e dove loro non riusciranno a raggiungermi. Non saranno tristi per Carminuzzo che voleva una vita diversa e non ha avuto scelta. Non saranno incazzati con chi se la prende in tre contro uno che l'ha già detto che non vuole reagire.

No. Saranno orgogliosi. Perché ora che sono diventato un assassino, aggia avut' aspettà diciassette anni ma finalmente per loro sono un vero Di Salvo.

Quando sento la mano di Nina sopra alla spalla, ecco in lontananza la sirena della volante che mi sta venendo a prendere: abbasso la testa e mi sento quasi sollevato all'idea di andare con i poliziotti che arriveranno. Ora che sono diventato come a loro me ne andrò in carcere come a tutti gli altri Di Salvo, così lo scoprirò pure io com'è fatta una cella. E là me ne potrò stare lontano da lei, così da togliere dalla vita sua questa disgrazia senza fine che il mio cognome m'ha buttato addosso e che da oggi io sono condannato a portare sulle spalle.

Addio, Ninetta bella. Anche io ti amo.

PAOLA

Una pugnalata nel fianco.

Mi accascio senza respiro, lasciando scivolare a terra le due borse per potermi appoggiare al muro con la mano destra, mentre mi sostengo al bastone con tutta la forza che ho nelle dita della sinistra. Non voglio cadere. Non voglio rotolare giù per questa scala e risvegliarmi in un altro ospedale ancora più zoppa. Se cado ancora, questa volta come minimo dovrei morire, ma non ne ho nessuna intenzione: né di cadere, né di morire. Stringo il bastone, mi rimetto in equilibrio e mi viene da ridere.

Noi possiamo provare a organizzare tutto, però la vita non è così. Prendi una casa al terzo piano senza nemmeno vederla, facendoti mandare mille foto in aggiunta a quelle che ci sono sull'annuncio, premurandoti di chiedere duecento volte all'agenzia immobiliare di accertarsi se c'è l'ascensore prima di confermare, e poi se funziona, e quali sono le misure esatte, così da poter capire se ci entrano le valigie, in quanti ci si può stare, se le porte d'ingresso sono abbastanza comode per una come me che deve camminare con tre gambe, perché due non le bastano più. Quello che non puoi prevedere è che il guasto all'ascensore capiterà proprio quel giorno in cui arrivi. Sorrido passandomi la mano sulla fronte e sui capelli, prima il palmo e dopo il dorso, giù fino al collo. Sono sudata, mi manca il respiro e non riesco a stare in piedi per il dolore alla gamba. Devo entrare. Dove sono le chiavi? Non voglio piangere. Non voglio entrare per la prima volta nella mia nuova casa piangendo. Ce la faccio. Le chiavi sono lì sotto, nella borsa piccola. Devo respirare e poi ce la faccio. Certo che ce la faccio.

La casa è in ordine, esattamente come avevo chiesto. La signora Giuseppina ha già disposto negli stipetti della cucina la spesa che le ho commissionato, ha sistemato con cura le lenzuola nel letto, mi ha lasciato pure un bigliettino di benvenuto all'ingresso. Una gentilezza che ho apprezzato molto. Per ultimo, ignorando completamente le pugnalate che continuano a trafiggermi il fianco e la gamba, mi sostengo sul bastone per entrare a guardare il salone. Senza neanche accendere la luce, mi avvicino alla portafinestra centrale di questo grande trittico che incornicia una linea continua di mare nero, senza luna, senza una stella, sotto un cielo appena più chiaro. Devo ancora tornare sul pianerottolo a portare in casa la valigia. Che fastidio quel tassista che mi doveva accompagnare dentro a tutti i costi.

«Ma che... state pazziann'? Questa ve la porto io, signurì» mi ha detto tenendo gli occhi fissi sulla mia gamba.

«No, grazie, non c'è bisogno» gli ho risposto secca, ansimando ancora forte per lo sforzo. «Può andare.»

Poi, quando lui era già sceso a metà della rampa, mi sono ricordata di specificare un'altra cosa, non meno importante. «E comunque signora, non *signorina.*»

Questo era subito prima che sentissi arrivare la prima pugnalata.

Forse potrebbe andare meglio se mi siedo? Prendo la borsa più grande e cammino fino allo studio, dove i libri che ho spedito la settimana scorsa sono stati sistemati alla bell'e meglio. Appena avrò una mezza giornata libera, mi dedicherò a metterli in ordine. Accendo la lampadina e piano piano, stringendo gli occhi per le fitte, riesco a entrare nella poltroncina della scrivania, mettendo la gamba sinistra sul poggiapiedi che la signora Giuseppina mi ha fatto trovare nel posto esatto che le avevo indicato per telefono.

Sospiro e appoggio il viso sopra le mani unite, come se stessi pregando. Solo che non ho nessuno da pregare e forse neanche più niente in cui credere, tranne quello che so, quello che ho studiato, quello che ho imparato. Chissà se può bastare, come fede.

Apro la borsa di pelle e tiro fuori i fascicoli, nel silenzio di questo appartamento gigantesco che sembra scuro anche se passando ho lasciato quasi tutte le luci accese. Fuori da questo studio c'è una cucina con il tavolo da sei, un salotto enorme, quel corridoio che non finisce mai, la camera da letto con la cabina armadio, la stanzetta vuota, due bagni. Ma io sono sola.

Vediamo cosa dobbiamo fare domani con questi ragazzi. Nei fascicoli che mi hanno inviato ci sono molte informazioni interessanti, però mancano le schede individuali. Le voglio vedere per prima cosa domani mattina. Quanti sono i detenuti? Dodici ragazze e diciannove ragazzi. No. Dodici ragazze e *ventuno* ragazzi. No. Dodici e ventidue? Sfoglio uno dei documenti, pur essendo perfettamente consapevole che quest'informazione non è scritta da nessuna parte e non ho alcuna speranza di recuperarla, qui.

Cominciamo bene, se manco ti ricordi quanti sono, mi dice quella voce insopportabile nella mia testa. Ti prego, taci. Ti prego.

Vuoi azzittirmi perché ti vergogni ad ammettere di non saperlo, quanti sono.

Ti ho detto taci! Sbatto il pugno sul tavolo come se fosse qua davanti a me, sospiro e prendo il bastone appoggiato sul lato della scrivania. Mi voglio alzare.

È vero che non lo so. Quando me l'hanno detto al telefono non ho voluto prendere appunti perché sono convinta di ricordare tutto, ma evidentemente non è così.

O magari non è più *così?*

Basta.

Mi volto a guardare quel mare nero fuori dalla finestra. Voglio avere in mano le schede. In fin dei conti, se c'è qualcuno che può entrare in istituto a qualsiasi orario, quella sono io.

Ecco, brava, vai. Come pensi di poter gestire quelle belve, se non ti ricordi nemmeno quanti sono?

Certo che li saprò gestire.

Guardo l'orologio. Non importa. Voglio conoscere quel numero. Voglio sapere chi sono, a uno a uno. Voglio vedere le facce di quei ragazzi prima di incontrarli domani mattina.

In questo modo ti illuderai di sapere davvero qualcosa di loro? O di riuscire a farti rispettare?

Sposto la gamba in fuori, spingo sul bastone e mi tiro su.

Credi che se guardi stasera le loro schede, loro poi non ti prenderanno in giro perché sei zoppa? Che non faranno battute volgari su di te perché sei una donna? Che vedranno in te l'autorità e per la prima volta nella loro vita inizieranno miracolosamente a seguire le regole?

Ma io non la ascolto quella voce. Sono di nuovo sul pianerottolo, dove guardo la valigia con un certo senso di colpa. Mi sento strana a lasciarla qui e andarmene, non è proprio da me, ma credo che ormai dovrà aspettarmi qui fino a domani mattina. Ora non ho tempo. Il taxi arriverà fra tre minuti. Prendo un respiro profondo e chiudo gli occhi per un istante, prima di appoggiare la mano sul muro e cominciare la mia discesa, consapevole che tra qualche ora dovrò riaffrontarla tutta di nuovo in salita.

Il taxi sta svoltando verso l'ingresso dell'istituto, tenendo alle spalle il mare che abbiamo costeggiato. Solo adesso mi rendo conto di essere ancora vestita con gli abiti con cui sono partita da Ancona, con questa gonna che mi piace tanto ma che ritengo assolutamente inappropriata per il direttore di un istituto penale per i minorenni. Tanto non mi vedrà nessuno a quest'ora, devo solo studiare quelle schede. Domani metterò la giacca e un paio di pantaloni.

E comunque, anche se decidessi di indossare una gonna per andare al lavoro, quale sarebbe il problema?

Ah sì? Mi sembrava di aver capito che tu fossi il direttore.
«No» sussurro guardando le porte che si stanno spalancando per me. Io non sono il direttore. Sono la direttrice.

VERBALE DI INSEDIAMENTO

Oggetto: Insediamento Dirigente penitenziario IPM Napoli

VISTA la Deliberazione del Ministero della Giustizia avente per oggetto la nomina del Dirigente penitenziario per l'Istituto Penale per i Minorenni di Napoli

Oggi, 12 luglio, alle ore 8:30, l'Avv. Paola Vinci, nata ad Ancona il 18 aprile 1980, si insedia come Dirigente, alla presenza del Comandante del Corpo di Polizia Penitenziaria Massimo Esposito.

PER ACCETTAZIONE
Il Dirigente penitenziario
Paola Vinci

2
La verità

RICHIESTA DI PERMESSO DI COLLOQUIO

Al Tribunale per i Minorenni
Viale Colli Aminei, 44 - 80131 Napoli NA
e per copia conoscenza
Istituto Penale per i Minorenni di Napoli
Via Acton, 1 – 80133 Napoli NA

Io sottoscritto Andrea Liguori nato a Milano il 27/11/1968 residente in via Osti 4 20122 Milano

CHIEDO UN PERMESSO DI COLLOQUIO ORDINARIO (per il giorno 12 luglio) con Filippo Ferrari DETENUTO in Istituto Penale per i Minorenni di Napoli

Motivi della richiesta:
primo incontro per conoscere il nuovo assistito, informarlo dei suoi diritti e acquisire da lui informazioni preliminarmente all'incontro con il magistrato nell'ambito delle indagini sulla morte di Gregorio Stassi.

(Luogo e data) Napoli, 12 luglio
(Firma) Avvocato Andrea Liguori

EDOARDO

Quando nel cortile entra la camionetta delle guardie, Ciro è il primo che si alza. Subito dopo lo segue Pino, 'o Pirucchio e infine io.

«Eccolo» ci dice Ciro, attaccato con le mani alla rete del campo da calcio, quando dal furgone scende nu guaglione che non avevo mai visto.

«Chillu scurnacchiat' chi è?» gli chiedo.

«'O piezz' 'e mmerd' che ha acciso a Nazario» mi spiega Ciro, concentrato con gli occhi sopra di lui come una belva che guarda alla preda. «È un Di Salvo.»

Mi pare che stu guaglione, cca dint', non tiene molto da vivere. «Uè, walking dead!» lo saluto, per fargli sentire subito l'accoglienza che lo aspetta. Insieme a lui è arrivato pure un altro guaglione, uno lungo lungo con una capa piena di capelli ricci e la faccia 'e chill' ca nun sta capenn' niente, peggio ancora che Di Salvo.

«E chill' chi è?» chiede Pino 'o pazzo.

«Non sembra di qua» dice Ciro.

«Forza, giovani, muoviamoci» gli dice Lino per portarli dentro, con i fascicoli loro nelle mani.

«È nu chiattill» dice Pino guardando ancora quello alto che si muove tutto pauroso, come se tenesse scuorno pure dell'ombra sua. Chi lo sa da dove viene e se veramente non è di Napoli come pensa Ciro. Sicuramente pare nu chiattill overo, di quelli ricchi di famiglia, cresciuti con la mangiatoia bassa. Si vede dai vestiti, dalle scarpe che tiene, e pure già da come si muove. Vedrai che bella mangiatoia che troverai qua dentro. «Diventeremo amici» promette Pino infatti.

Certamente. Ora pensiamo a una giusta accoglienza pure per te, Chiattill.

«Merda!» gli grido a Di Salvo. «Merda! Ti stai cacann' sotto, eh?»

Lo deve capire subito che qua dov'è arrivato non troverà nessuno che sta dalla sua parte.

Stamattina non lo sopporto quando mette le mani sul volante così strette, sembra un ragazzino che ha appena imparato a guidare. E poi mi sta dando fastidio il modo in cui strizza gli occhi e arriccia il naso concentrandosi sull'altra macchina, tutte le volte che fa un sorpasso. Guardo avanti e trovo la desolazione di questa autostrada orrenda, circondata da muri di lamiera che mi fanno sentire soffocata. Allungo la mano a dargli una leggera carezza sulla coscia, per sentire che lui c'è, come c'è sempre stato. Vittorio mi rivolge un sorriso tirato, mentre lo schermo dell'auto mostra il numero in chiamata e dall'altra parte del telefono arriva un flebile: «Pronto, sì?».

«Pronto, buongiorno avvocato Liguori» gli dice Vittorio, con un tono tremante che raramente gli ho sentito. «Sono mortificato di doverla disturbare a quest'ora di domenica, ma immagino che sia già al corrente di quello che è successo.» Oggi che il mondo non è più lo stesso vorrei evitare perfino di sentire il suono della sua voce: capisco che si sta sforzando di mantenerla calma, ma per me scricchiola come se graffiasse il vetro.

«Buongiorno Ferrari, sì, Marcello mi ha accennato qualcosa, mi dica pure.»

Il cielo sopra la strada davanti a noi è di un azzurro splendente che mi offende gli occhi. Frugo nella borsa sperando di trovare gli occhiali da sole che portavo ieri, anche se sono sicura di averli rimessi al loro posto, nel cassetto del mobile all'ingresso. Abbasso le palpebre e vorrei tapparmi le orecchie con le mani, come fanno i bambini piccoli; invece prendo il telefono dalla borsa e me lo appoggio sulle ginocchia, rivolto al contrario per non vedere se Adele mi ha richiamato o mi ha mandato un messaggio, intanto che lui si affanna a trovare le parole.

«Avvocato, come sa stanotte a Napoli è successo... un incidente.»

Ora si è messo sull'ultima corsia e sta guidando pianissimo, a rischio di farci tamponare. Per fortuna la strada è praticamente deserta.

«Mio figlio Filippo» continua tenendo anche la voce a una lentezza esasperante «era andato a una festa, un concerto, con i suoi migliori amici e sembra che abbiano preso... ehm... delle droghe.» Il modo in cui stringe le nocche intorno al volante fino a farsele quasi sbiancare mi fa mancare l'aria. Lascio andare il collo sul poggiatesta, zitta. Non credo di essere riuscita a pronunciare neanche una parola, da quando siamo partiti da casa. «Non so come dirglielo, avvocato, non so se questo è rilevante...» Lo vedo che ora gli viene da piangere e sta pensando di accostare, poi guarda l'orologio sul cruscotto e accelera un poco. Solo un poco. Siamo appena oltre i novanta. «Mio figlio Filippo è un bravissimo ragazzo, avvocato. Non ha mai preso cose del genere prima d'ora.»

Su questo per la prima volta l'avvocato entra con una domanda. «Ne siete certi? Sapete con precisione cosa abbia assunto il ragazzo?» chiede con fare estremamente pratico, senza un filo di pietà nella voce.

«Non lo so. Ce l'ha detto la polizia. Non ci hanno dato molti dettagli su questo... secondo lei può avere una rilevanza? Tenga presente che Filippo non è mai stato tipo da canne o roba del genere, a stento beve un bicchiere di vino... Gliel'ho detto, è un ragazzo... straordinario, che pensa solo alla sua musica e si sta preparando per un esame importante. Quello che è successo...»

«Certo, non lo metto in dubbio. Ora però Ferrari, per cortesia, provi a dirmi semplicemente quello che vi ha riferito la polizia.»

«Ehm... il poliziotto che ha chiamato poco fa ci ha detto che dopo la festa i ragazzi erano andati in un posto...» Mi guarda come se dovessi suggerirgli il nome del posto. Mi stringo ancora di più nelle spalle, senza ricambiare il suo sguardo, e continuo a fissare la strada davanti a noi.

«Mi scusi, in questo momento non mi sovviene il nome, comunque era un posto... alto, e sembra che i ragazzi si siano messi a fare uno di quei giochi per cui... una specie di sfida, avvocato. È così che il ragazzo è... è caduto.»

Ci stanno superando tutti, anche le utilitarie.

«Una sfida legata ai social, mi diceva Marcello?» chiede l'avvocato con il suo solito tono privo di pathos, come se gli sfuggissero completamente le possibili conseguenze che si spalancheranno in base alla nostra risposta.

«Sì» è tutto quanto riesce a rispondergli Vittorio. Poi si fa un po' forza e specifica: «A quanto ci hanno detto, sono come delle prove di coraggio... che poi vengono messe su Instagram o quello che è, ma anche su questo, mi creda, mio figlio è un ragazzo che veramente...»

«Ferrari, su questo avrò bisogno di avere al più presto tutte le informazioni possibili. Dunque in questo momento c'è online un video che documenta gli ultimi istanti di vita della vittima? O hanno già chiuso il suo account?»

«Non lo so.»

«Anche vostro figlio, se ho ben capito, si era sottoposto alla stessa "prova di coraggio" da parte del suo amico e aveva postato sul suo profilo una storia con questo contenuto. Vi hanno dato notizie in merito?»

«No.»

«Provo io a prendere informazioni con i miei ragazzi. Dobbiamo togliere tutto. Immediatamente. Bisogna agire con la massima tempestività, prima che questi video possano diventare virali. Voi a che punto siete? A che ora contate di essere a Napoli?»

Lui guarda il navigatore e subito mi accorgo che il tachimetro risale sopra i cento.

«Non prima dell'una e mezza, le due, avvocato. Adesso abbiamo appena superato Bologna.»

«Vi raggiungo a Napoli allora. Per fortuna mi trovo a Roma da mia figlia e posso accompagnarvi a vedere il ragazzo. L'hanno già portato all'IPM?»

«Sì, sembra di sì. Ci hanno detto di andare lì.»

«Allora facciamo una cosa. Vi mando su WhatsApp l'indirizzo di un bar dove possiamo incontrarci alle due, in modo da confrontarci un momento per poi procedere insieme verso l'IPM.»

«Va bene. Avvocato, prima di lasciarla posso farle una domanda?»

«Certo. Mi dica pure.»

«Lei crede che stasera Filippo potrà tornare a casa con noi?»

«Non posso darle alcuna certezza su questo, ma da quel poco che so della vicenda credo proprio di sì, Ferrari, da questo punto di vista vi inviterei a essere piuttosto fiduciosi. Magari stasera no, ma comunque per legge il magistrato dovrà sentirlo entro l'arco di quarantott'ore e dopo mi stupirei se rifiutasse la richiesta che presenteremo di tenere il ragazzo agli arresti domiciliari, in attesa che sia celebrato il processo.»

«Grazie molte, avvocato» gli dice guardandomi con la coda dell'occhio con una specie di sorriso. Dovrei sentirmi sollevata, immagino. Invece sto ancora peggio. Filippo agli arresti domiciliari? Filippo che riceve in casa il Maestro per prepararsi a entrare alla Berliner Philharmoniker, mentre ci troviamo tutti quanti in attesa di celebrare questo processo per omicidio del quale mio figlio è l'unico imputato? Un processo del quale magari parleranno i telegiornali, cosicché non potrò mai più entrare in uno dei negozi vicino a casa senza che chiunque mi veda pensi innanzitutto a questo... Anzi: dovrei chiamarlo, il Maestro, per annullare la lezione di martedì, o riusciremo a organizzarci anche in queste condizioni?

Tengo gli occhi sulla linea della strada e mi sembra di impazzire. *Grazie molte?* Ma allora non l'hai ancora capito che da oggi la nostra vita è finita? Filippo ha rovinato tutto e io gli ho permesso di andare, pur sapendo che era sbagliato e che questa gita a Napoli non avrebbe portato nulla di buono. Come fai a non capire che mi sento in colpa? Che ho paura? E che proprio oggi, che avrei più bisogno di sentirti vicino, mi sembra di stare su un altro pianeta da dove sei tu?

«Pure io vorrei farle ancora una domanda, Ferrari.»

«Prego.»

«Marcello mi ha detto che la vittima era il figlio minore dell'onorevole Stassi.»

«Sì. Gregorio era il miglior amico di Filippo da quando avevano cinque anni.»

«Capisco. E voi – lei e sua moglie – per caso avete avuto modo di sentire la famiglia del ragazzo, in queste ore?»

Si volta appena verso di me per guardarmi con aria interrogativa, anche se conosce già benissimo la risposta. Io rigiro il telefono per controllare se ci siano novità da Adele e gli faccio segno di no con la testa.

«No, avvocato. Mia moglie ha provato a contattare la madre del ragazzo ma per il momento non c'è stata nessuna risposta, non ha preso la chiamata né ha richiamato.»

«Ok. Ora ho l'ultima domanda sulla quale vorrei che lei e sua moglie rifletteste senza alcun pregiudizio, prima che ci troviamo a Napoli e possiamo parlarne insieme. Qualcosa che ho bisogno di conoscere nel dettaglio e, vi prego, con la massima sincerità da parte vostra. Siate consapevoli che nel rivolgervi a me venite protetti dal segreto professionale, che vi tutela come se vi confidaste con il vostro parroco durante una confessione. Lo so che ormai i nostri ragazzi hanno la loro vita e a noi genitori non raccontano più niente, ma non dimenticate che tutte le informazioni che sarete disposti a rivelarmi, perfino quelle apparentemente insignificanti, potrebbero avere il potere di fare la differenza per il futuro di vostro figlio. Innanzitutto, a brevissimo ci attende un incontro con il magistrato, e inoltre non è mai troppo presto per iniziare a prepararci per difenderlo nel quadro di un processo per omicidio. Dunque, Ferrari, voi ritenete che per qualsiasi motivo, anche il più futile, negli ultimi tempi possano esserci stati degli screzi tra vostro figlio e Gregorio Stassi?»

PINO

«Niente uscite e niente partite a pallone per tre giorni.»

Ma comandà! Nun è ggiusto accussì... E vafanculo a st'infame! Chillu Chiattill è arrivato cca dint' per rovinarci la vita a tutti quanti. Non sa le nostre regole, e chell' che è peggio è che non tiene nessuna intenzione di impararsele, e non si mette paura manco dopo tutte le lezioni che gli abbiamo dato a lui e al compare suo Carminiello. Vado a vedere se ha fatto la cella di Ciro, che quello poi giustamente se la viene a pigliare con me: ma ancora sta tutto come l'ho lasciato, il letto è sfatto, il signorino avrà avuto qualcosa di meglio da fare che venire a faticare come gli è stato detto.

Eccolo qua, che passa tutto tranquillo nel corridoio. Mò ci penz' io a te fa arraggiunà, Chiattì.

Lo prendo di sorpresa sbattendogli addosso la porta della cella e lo tiro dentro, tenendolo stretto per il collo. «Oh! Vien' cca!» Mannaggia quant'è luongo stu guaglione. Ma s'ha da mettere paura. Ha da capì chi cumann' cca dint'.

«Che cazzo hai fatto, hai parlato con Punto e virgola?» gli chiedo. Mi devi dire la verità, Chiattì, se non te ne vuoi pentire amaramente.

«Punto e virgola? Non ho parlato con nessuno» mi risponde, come se manco sapesse che Punto e virgola è la direttrice nuova. Ma allora si scem' overo! Che è, non l'hai visto come cammina? Poi si sfila dalla mia presa e se ne va verso la cella sua. Quindi, deciditi: si scem' o vuo' fa 'o scem'?

«Dove vai?» gli dico, riacchiappandolo per il collo e avvicinandomi a lui. Gli appoggio quasi la fronte mia sopra alla sua per fargli capire che qua non si scherza, nun stamm' pazzianne, e glielo spiego facile facile: «Punto e virgola è la direttrice.» Accussì, o che si scem' overo o che vuo' fa 'o scem', non hai più scuse. «Le hai detto quello che abbiamo fatto a Carmine? Sì? Ah?»

«Sono tornato in infermeria. A prendere queste» mi

dice. Bravo guagliò, mò hai fatt' buon'. Mi piglio le pillole e prego che subito facciano effetto, che mi facciano passare almeno pe' cinche minuti quest'ansia che mi mangia vivo tutt' 'o juorno, da quando apro gli occhi la mattina a quando riesco a chiuderli la sera. Però, Chiattì, ancora non hai risposto alla domanda che ti ho fatto.

«E comunque, si te facive 'e cazz tuoie senza chiammà 'e guardie, io tre giorni di punizione non me li sarei presi» gli spiego mentre lo spingo dentro la cella di Ciro e contro il letto.

«Mi dispiace» dice 'o signurin'.

«Mi dispiace a 'u cazz» faccio io. «C'hai qualche altra cosa?»

«Ho solo queste» mi risponde, dandomene due o tre dalla tasca della felpa, mentre lo tengo ancora stretto per il collo.

Gli do una scoppola e lo spingo verso il letto di sotto, che ancora c'ha le lenzuola sfatte. «Va' a faticà! Vedi e te movere.» Finalmente si mette a raccogliere le calze, a piegare il pigiama di Edoardo, ma intanto fa una specie di smorfia tutta sfastidiata. Ce l'aggia spiegà io per filo e per segno come stanno le cose qua dentro, a questo qua: «E nun fa chella faccia, perché già ti è andata bene. Disobbedire a un ordine di Ciro e cavarsela così... Stavolta t'è gghiuta bbona». Lo sai che il modo di metterti sotto noi lo troviamo, se vogliamo. 'O truvamm' *quando* vogliamo e *dove* vogliamo.

Lui alza gli occhi e mi chiede: «Ma perché comanda lui?».

Pecchè? Pecchè? Chiattì, proprio non le vuoi accettare le regole che stanno cca dint', eh? Che ti pensi, di essere superiore a tutti noi? E pure a Ciro mò? Forse è per questo che Ciro ti ha puntato...

«Eh... Perché lui sta da più tempo» gli rispondo. «E poi ha ammazzato a uno a sangue freddo. È uno che tiene 'e ppalle.» Ma che ne sai, tu, che significa tene' 'e ppalle? Che vuol dire tenere in mano una pistola, premere il grilletto e vedere a uno che cade per terra davanti a te ed è morto veramente, uno che è morto perché l'hai ammazzato tu? Eh, Chiattì? Che ne vuoi sapere tu di come ti senti a vedere scorrere quel sangue ed essere orgoglioso di quello che hai fatto, di avere tolto dal mondo un infame che non si meritava di vivere? Gli vado di nuovo vicino, quasi addosso, per provocarlo: «E tu? E tu invece c'hai fatt'?».

Ma invece la sua risposta mi stupisce. «Ho ucciso uno di cui mi fidavo e che m'ha tradito.»

«Cazzo, l'hai acciso?»

«Sì.»

Hai capito 'o Chiattill. Ma sarà vero? Oppure lo sta dicendo solo per fare bella figura, che quello che ha ucciso era n'infame? Mi sento l'ansia che con tutte ste pillole che ho preso invece di diminuire mi pare più forte mò, nun me fa respirà, nun me fa campà. Mentre lui sta piegando le cose di Ciro e di Edoardo gli do na scurzetta sulla spalla e gli faccio: «Con l'istruzione che c'hai tu, potresti entrare nei fedelissimi di Ciro».

Ma quello proprio non ha capito niente e niente vuole capire di come gira il mondo cca dint', anzi di noi sembra che se ne frega proprio. «Sì, grazie del pensiero ma te l'ho detto, io domani esco.»

«Addò vai?» gli chiedo dandogli un pugno nelle costole. «Già ci abbandoni? Ci vuo' lascià? Sì?» Chist' è 'o munn'. La vera giustizia non c'è, c'è la legge di chi è più forte, di chi tiene i soldi comme a iss e se pò accattà 'o permess' 'e essere cchiù strunz e tornarsene a casa a farsi coccolare da mammà. Ma anche se domani esci, Chiattì, oggi stai qua e devi stare alle regole nostre. Ci pensiamo noi a coccolarti, Chiattì, finché starai sotto lo stesso tetto dove stiamo noi. Lo lascio finire quello che deve fare e me ne torno verso la porta della cella. «Fatica, strunz!» gli faccio. «E fa' ampress'.» Poi mi prendo dal barattolo di plastica altre quattro, cinque pastiglie.

Adda passà quest'ansia maledetta.

La prima manata è per me, sopra il braccio.

Ma poi tutti quanti se la pigliano cu iss. Camminiamo nel corridoio in mezzo alle celle, circondati dalle loro risate. Eh, che tenete da ridere, strunz? Siete contenti ca restamm' cca ccu vuie, io e 'o Chiattill? Site cuntent' di avere due vittime fresche fresche da tormentare, fino a quando non mi farete la grazia e m'accirere e finalmente mi farete finire il tormento di quest'agonia?

«Chiattill, attento alle bestie, oè!» gli grida Sasà. Io continuo a camminargli a fianco come se non vedessi niente, per i fatti miei. Bestie overo siete. Tutti in fila davanti alle celle, in questo corridoio che oggi mi pare infinito. Tutti a festeggiare che il magistrato ci ha negato il permesso di tornare a casa, a me e a sto povero Chiattill, che nun tene capa 'e capì come funzionano le cose qua dentro – anzi, che non *vuole* capire e non si vuole decidere a scegliere che cazzo fare, se 'u piecuro comme a mme o se fare parte di sti strunz che si pensano di essere lupi. E intanto tutti quanti, nessuno escluso, partecipano a questa specie di sfilata di Piedigrotta, a sta festa grande dell'IPM dove i bambini che sfilano simm' nuie, solo che al posto dei vestitini fatti dalle mamme teniamo ancora addosso le giacche scure che c'eravamo messi per andare a parlare con il magistrato. Mancano solo le luminarie e i fuochi d'artificio, da quanto stanno cuntent'.

Pino e Sasà song' i masti dei festeggiamenti speciali e non smettono di accompagnare 'o Chiattill con le scurzette dietro al collo fino praticamente a dentro la cella nostra, dove sul letto basso ci sta pronto lo zaino che lui si credeva di riportarsi oggi stesso a Milano. Eri convinto di avere i domiciliari, eh Chiattì? Perciò in questi giorni ti sei permesso di fare l'arrogante, perché poi te ne tornavi a casa tua? E invece qua devi restare, e se resti ti devi decidere. Io, per me, già ho deciso da mò. Ma tanto lo so che tutto quello che posso decidere vale solo fino a che non si organizzano per trovare il modo 'e se vendicà per quello che ho fatto a Nazario. Song' *walking dead*, nu muorto che cammina ancora per qualche ora, per qualche giorno forse, nu muorto che già nun tene manco cchiù voglia e camminà. Mi stendo sopra il letto con tutte le scarpe, chiudo gli occhi e pe' nu mument' mi sale l'immagine di Nina nuda tra le braccia mie, l'odore dei suoi capelli, la pelle doce doce del collo dietro l'orecchio, dove se la bacio le viene il solletico.

Sento i denti che si stringono dentro la bocca e mi passo le mani sopra alla fronte. Nina mia, la cosa che mi dispiace di più è pe' tte. Ma è colpa tua però. Hai sbagliato tu a scegliere a me. Un Di Salvo è sempre un Di Salvo, anche se si crede di essere diverso: me l'hanno sempre detto e rinfacciato a casa mia. E la sai una cosa, Ninù? Tenevano ragione.

Song' nato Di Salvo e perciò mi toccava di diventare un assassino e di morire in carcere. Chist' è 'o destino mio. Chest' è 'a sorte che m'aspetta. Chest' è 'a ciorta d' 'u piecuro: nascere curnuto e murì scannato.

SILVIA

«Ma veramente era così brutto?»

«Veramente! Brutto, vecchio, tutte lui le teneva… Mamma mì!» mi risponde lei ridendo, come se aveva i brividi. Come sono felice di riaverla di nuovo qua!

«Ecco, l'hai visto quanto spazio c'è qui» le dico facendola entrare nella cella e indicandole i due letti vuoti. «Scegli tu se preferisci dormire qua, di sotto a me, oppure nel lettino a fianco. E il vestito com'era?» le chiedo sedendomi nel letto basso a castello mentre lei si mette nel terzo, quello a parte, e si stringe un poco nelle spalle. Quant'è bella Naditza, è nu sole che splende.

«Era stupendo il vestito, Silviè, che t'aggia dicere, bello era bello, ma io...» e gli occhi improvvisamente si fanno un poco tristi. Stringe la bocca, come se le parole se le vuole mangiare tutte quante invece di dirle ad alta voce, poi però sorride un'altra volta e inizia a raccontare: «La cosa cchiù doce erano le roselline che teneva qua» e me lo indica con le mani sopra alla camicia di jeans, «sotto la vita, colore proprio rosso fuoco. E teneva pure delle piccole roselline cca sopra, sul corpetto, però di paillettes, tipo giallo chiaro» mi fa vedere con le dita sopra il petto. «E tanti piccoli fiorellini bianchi ricamati.»

«Bellissimo!» le dico io. Questo vestito già me lo immagino, me lo faccio davanti agli occhi. «E la voglia di andarti a sposare nun t'è venuta manco pe' nu mument'? Di camminare in chiesa al braccio di tuo padre, in mezzo a tutti gli invitati, e vedere come ti sentivi a essere una moglie?» Io ci andrei subito, senza manco pensarci. E solo se ci penso, a passare in mezzo alla chiesa vestita da sposa sottobraccio a papà, mi vengono le lacrime agli occhi... tanto è una fantasia che non potrà mai diventare realtà.

Ma lei invece si fa indietro con le spalle, come se si vuole allontanare anche solo dall'idea di quello che le ho detto, e si mette a scuotere la testa con tutta quella chioma meravigliosa che tiene e la faccia seria seria.

«No! Manco pe' nu mument'! Tu la devi sentire a mia mamma come parla... Io non la voglio fare la vita sua, Silviè, io me lo voglio scegliere da sola, l'uomo che si deve svegliare accanto a me tutt'e mmatine! Mi rifiuto di essere venduta da mio padre come un cavallo, na machina, qualche cosa che può passare da un proprietario all'altro perché tanto è solo questione di soldi e di mettersi d'accordo... com'è stato per lei. No... meglio morire, oppure mettermi a spaccare una macchina della polizia per potere tornare a stare cca con voi. Qua mi sento a casa, mi sento tranquilla, Silviè, sono felice.»

«Anche io sono felice che stai un'altra volta cca!» le dico con tutto il cuore, e sono felice pure che all'amica mia gli è tornato il sorriso.

Naditza si volta a guardare i disegni che stanno attaccati sul muro e mi chiede: «Questi li hai fatti tu?».

«No, sono di Serena. Però lei non sta più qua, dorme cco Viola.»

«Quella nuova? Ma chi è quella pazza?»

«Ci parlo poco, Nad» le rispondo. «Me fa paura.»

«A me nun me fa paura, mi sta solo antipatica...» mi dice lei voltandosi verso l'altra parte del corridoio, dove sta la cella sua: ecco pecché sono così contenta che è tornata. Con Naditza accanto a me, pure io non ho paura.

«Tu te la magni a quella!» le dico ridendo.

«E jà, così mi avveleno...» Girandosi tutta verso la porta, Naditza si alza e si avvicina alle sbarre della porta per guardare Viola che se ne sta seduta là dint' da sola, come sempre. «Chella tiene il male dentro.»

A pensarci mi vengono i brividi e mi dispiace assai per Serena, che si è fatta trascinare da lei e ormai le va dietro come un cagnolino, la segue dappertutto. All'improvviso iniziamo a sentire una musica bellissima, che non si sa da dove arriva. Che sta succerenn'?

Nad mi chiama: «'A sient'?» e io la raggiungo alla porta della cella per ascoltare meglio.

Usciamo tutt'e due nel corridoio, senza capire niente, lei alza la testa tutta incantata come se qualcuno le ha fatto una magia e mi pare in estasi quando mi dice: «Marò... se è bello come suona, me lo sposo».

«Che ne sai che è maschio?» le chiedo subito io.

«'O ssent» mi risponde la mia amica, che mi pare tipo immersa in questa musica, come se era una cosa solida che si poteva toccare, come se era veramente un maschio che veniva ad abbracciarla e la stava accarezzando. Corriamo nel corridoio per scoprire che cos'è e finalmente, mentre lei mi sta chiedendo: «Ma quindi qua all'IPM ci sta un pianoforte? E dove l'hanno tenuto nascosto fino a mò?», dalla finestra vediamo un ragazzo alto alto, con i capelli ricci, che a testa bassa attraversa il cortile portato dalle guardie.

E l'amica mia veramente non finirà mai di sorprendermi, perché di botto, da che era nel paese delle fate, esplode: «Stu strunz!».

«Ma pecché, lo conosci?» le chiedo.

Naditza rientra nel corridoio come se non lo volesse cchiù vedè, e mi spiega: «Nu figlie e zoccola che mi ha trattato male».

«Bellino però, 'o figlie e zoccola» commento io ridendo e accelerando il passo per superarla.

Ma lei si ferma per chiamarmi: «Silvia...» e io mi volto verso di lei. «Facimm' na scummessa.»

«Dici.» Vuole fare la scommessa a chi delle due se lo piglierà, questo bel ricciulillo?

Ma lei è furba e mi fa: «Un mese e striscia ai miei piedi».

«Mmmm.... Voglio verè» le rispondo io. Tra amiche queste cose non si fanno, altrimenti l'avrei voluto verè overo, a quali piedi strisciava il ricciulillo in capo a un mese. Ma non si fa.

BEPPE

Li vedo parlare ma non li sento, come un film con il volume azzerato. L'unica cosa che continuo a sentire è quella musica incredibile, celestiale, pazzesca, che all'improvviso ha iniziato letteralmente a inondare l'istituto. La musica che ci ha guidati fino a lui in uno stato di incantamento: una volta arrivati è stato difficile assumere un tono composto e severo, anziché inchinarmi davanti all'arte di Filippo e tributargli l'applauso che quel momento di magia si sarebbe meritato.

Stanno parlando di responsabilità e di conseguenze, poi la ramanzina è finita e Filippo passa davanti a me per uscire dallo studio della direttrice e tornarsene in cella. Ha gli occhi gonfi di pianto e la faccia chiusa, come se avesse le mani piene di pugni e tutta la musica che gli scorreva nelle dita pochi minuti fa lo avesse completamente abbandonato. Mi volto per seguirlo con lo sguardo finché non è arrivato al limite della sala, ma intanto continuo solo a rivederlo mentre piangeva, mettendo tutta la sua rabbia nei tasti del pianoforte e trasformandola all'istante in bellezza allo stato puro.

Ma nel frattempo, ora che il ragazzo è uscito, sembra che la bomba più grossa stia esplodendo tra loro due, tra la direttrice e Massimo, che non è d'accordo sul rapporto da presentare al magistrato di sorveglianza. Lui le si avvicina come se volesse appoggiarsi alla scrivania per mettere la sua firma, invece le sibila: «Io non firmo nu cazz», e lei non perde tempo a rispondergli, con tono pacato e sicuro: «Perfetto, e io faccio rapporto anche su di lei».

Mi manca l'aria, mi stringo gli occhi con una mano. Maronna santa, solo questa ci mancava. A Massimo gliene doveva capitare una che non solo gli tiene testa, ma che per certe cose è pure peggio di lui. Non l'avevo mai sentito rivolgersi a un superiore così duramente, e non avrei mai immaginato che lei arrivasse a minacciarlo tanto apertamente.

«Senta, qui c'è scritto che Filippo è pericoloso e ingestibile» le ricorda lui.

«È la verità.»

«Nun è 'o vero. Filippo non è pericoloso. Ha solo paura e bisogna proteggerlo. Se lei ieri non avesse fatto la stronza...»

«Moderi i termini!» gli intima la direttrice.

«E invece è quello che penso!» insiste Massimo, accalorandosi sempre di più e avvicinandosi a lei per guardarla in un modo così intenso da farmi sentire quasi in imbarazzo. Forse dovrei alzarmi da questo divano e lasciare che finiscano il loro confronto senza testimoni, con la piena libertà di dirsi tutto quello che pensano. Ma subito lui si stacca, le volta le spalle e viene verso di me, rinfacciandole addirittura: «Io non so cosa ha contro Filippo, ma è ingiusto aggravare la sua posizione processuale».

«Senta, io non sono qui per tutelare Filippo» precisa la direttrice, piccata, venendo a sua volta verso di noi con gli occhi di fuoco e il passo leggermente claudicante. «Io sono qui per individuare dei percorsi trattamentali. E comunque...»

«E comunque Filippo sta male per quello che ha fatto» la interrompe Massimo.

«Starà pure male per quello che ha fatto, ma non si ritiene un assassino. È convinto che sia stato un incidente. Ora se c'è una cosa che noi possiamo fare per questi ragazzi è aiutarli a dare il nome giusto alle cose. E come si fa? Con le regole. Perché senza le regole vale tutto. Un omicidio è un incidente, un camorrista è un uomo d'onore. Le regole, comandante, sono fatte per essere rispettate...»

Le loro voci continuano a rimbombare a un passo da me, ma la mia mente fa fatica ad associare i loro discorsi con il ragazzino terrorizzato che solo pochi minuti fa nel magazzino singhiozzava senza freni e suonava quella musica meravigliosa. Dovrei riflettere sulle loro parole, che mi sembrano tutte giuste, ragionevoli e condivisibili, benché loro si trovino in una contrapposizione così forte. Dovrei prepararmi a scegliere da che parte stare, visto che a quanto pare nella direzione di questo IPM si sta aprendo una faida non meno pesante di quelle che spesso e volentieri cerchiamo di placare tra i nostri ragazzi. O forse dovrei provare a riappacificarli? Questo è il mio ruolo qua dentro, quello che mette pace, quello che non se la prende mai, quello che vede solo la parte positiva. Ma io che ci posso fare se sono fatto così? Anche adesso, infatti, l'unica cosa che mi tiene fermo su questo divano è che mi sento ancora altrove, lontano da questi discorsi e da questa stanza. Mi passa pure la voglia di intervenire per dimostrare che le loro diverse opinioni si possono facilmente racchiudere in una visione unitaria. Troppo forte è stato il potere di quella musica.

Mentre loro continuano a parlare a un passo da me mi viene quasi da sorridere, ricordando quante ne abbiamo dette, quando gli operai hanno scaricato questo piano che qualcuno ci aveva regalato e che per noi rappresentava la follia assoluta: qualcosa che non ci serviva a niente, in una situazione nella quale ci potrebbe servire quasi tutto. La follia della bellezza, dell'eleganza, in un luogo dove non sembra esserci posto per queste futilità. Oggi invece mi sa che Filippo ci ha dimostrato che non è così. Che quel pianoforte a coda che abbiamo tenuto coperto per più di due anni, lamentandoci per lo spazio che occupava, forse invece era la cosa che ci serviva più di tutte, solo che ancora non lo sapevamo.

È vero, come ha detto lei, che questi ragazzi sono degli assassini e dei camorristi. Ed è vero anche, come le sta dicendo lui, che noi non siamo qua per prendere il posto dei loro genitori.

Però è vera pure un'altra cosa. Noi siamo qua per provare a dare loro qualcosa che i loro genitori, per qualsiasi motivo, non sono riusciti a dargli. E non può trattarsi solo di regole, ma magari anche di quella parte di futilità che ci permette di diventare degli esseri umani autentici, completi, capaci di decidere e di agire nel mondo. Questo aspetto di *vera* redenzione personale, che va ben oltre la decisione di non commettere in futuro altri reati, è il compito di ciascuno di noi tre e questo è il motivo – forse l'unico – che mi fa alzare dal letto la mattina. È per questo che siamo qui tutti i giorni insieme a loro, penso guardando la nave da crociera immensa che ironicamente sta passando proprio adesso dietro le finestre, con i suoi vari piani di futilità elevata all'ennesima potenza.

«Dottoressa, posso farvi un caffè?» le chiedo quando Massimo va via e lei crolla a sedere sul divano di fronte al mio, mettendo il piede offeso in alto come fa sempre, tutte le volte che può.

«No, grazie, ma se vuoi fattelo tu» dice lei con gentilezza. Mi sembra stanca, esausta. Anche per lei non dev'essere facile essere piombata qua in un momento del genere, e di suo non mi sembra una persona che si conceda molto spazio per la bellezza, per le piccole futilità della vita. Come la capisco.

«No no vabbè, non ce n'è bisogno» rispondo. Improvvisamente, in questo piccolo e inconsueto spazio di intimità che si è creato tra me e lei, mi sboccia un'idea che mi entusiasma e gliela dico subito: «Io avrei pensato una cosa, per Filippo. Un corso di pianoforte».

«Questi ragazzi sanno a malapena leggere...» ribatte la direttrice.

Ma non arretro. «Dottoressa, io l'ho sentito. E Filippo è un maestro. E poi la musica unisce tutti, no?»

Ora che gliel'ho detto posso alzarmi dal divano e tornare al mio ufficio. Resta solo l'ultima cosa che mi va di dire a questa donna che ci tiene tantissimo, si vede, e che ce la sta mettendo tutta.

«Dottorè, però pigliamocelo un caffè ogni tanto, vabbuò?»

E lei mi risponde: «Sì...», con un sorriso meraviglioso che la fa sembrare una persona completamente diversa da quella tesa e arrabbiata di poco fa.

Chi è che l'aveva detto, che la bellezza ha il potere di salvare il mondo?

FILIPPO

Ohi Greg. Ciao fratellino. Come stai? Se strizzo gli occhi penso che forse il posto dove ti trovi adesso è uguale a quello che vedo dentro le palpebre chiuse: è davvero così? Me lo chiedo tutto il tempo, dove stai adesso, è un pensiero che non mi lascia mai. E tu, lo sai dove sono io? È vero quello che dicono, che i morti riescono a vedere e sentire ogni cosa? Se fosse così, quindi, anche tu adesso puoi vedermi qua, fermo immobile, sotto la rete del letto di Carmine che in teoria dovrebbe darmi una certa sicurezza, invece mi pesa addosso mettendomi soltanto più angoscia. Eppure Carmine stasera mi ha protetto, per l'ennesima volta dovrei dire. Quando sono passati a fare l'ultimo giro ha chiesto alla guardia di chiudere la porta della cella, lamentandosi che la mattina entra troppo sole... ma qua le guardie lo sanno benissimo come funziona e che cos'è che non vogliamo che entri, dopo il raid di ieri notte. Ancora mi fa male la spalla sinistra, mi brucia da morire, ma devo stare zitto. Non si può dire niente, però non bisogna neanche stare troppo in disparte. Qua dentro praticamente come fai sbagli, o almeno sono io che sto sbagliando tutto, Greg.

E in più non ci sei tu a farmi vedere qual è la cosa più figa da fare, come hai sempre fatto, come i primi mesi delle medie, quando nessuno mi parlava e io non ci volevo più andare, come da piccoli quando mi piaceva quella bambina della quinta C e non sapevo cosa dirle, come di sicuro avresti fatto quest'estate nel nostro viaggio in Grecia dove adesso non andremo più. Vorrei poterti telefonare, Greg, per sentire cosa mi dici che è meglio fare. Invece non posso, perché ti trovi in quel posto uguale all'interno degli occhi chiusi, o quello che è. E sono io che ti ci ho mandato, in quel posto dove sei adesso, anche se è stato un cazzo di incidente, e tu lo sai che io non c'entro niente e non l'ho fatto apposta e all'inizio non lo volevo manco fare, quel gioco assurdo. Però lo stesso sono io, con queste mani qua, che ho fatto in modo che adesso ci sia scritto pure il tuo nome, nella cappella del Cimitero monumentale dove venivo con te e tua mamma a portare i fiori ai tuoi nonni, dove da bambini ci sfidavamo a correre nei viali e facevamo finta di farci spaventare da quell'angelo di pietra orrendo che sovrasta la cappella con le sue ali da pterodattilo.

Adesso ho paura veramente, Greg. Ho paura che vengano di nuovo a farmi male, ma questo è il meno, te lo giuro. Ho paura di questa sorta di assedio costante, continuo, senza pietà. Ho paura dei loro sguardi. Ho paura del fatto che le sbaglio tutte. Se provo a farmi rispettare.

Se provo a stare un po' per i cazzi miei. Non mi fido di nessuno, ma soprattutto non mi fido di me stesso: perché per la prima volta devo fare qualcosa senza di te, e mi toccherà restare chiuso chissà quanto, in questo posto terrificante. Sei tu che sei morto e sono io che sono andato all'inferno. Tu no, di sicuro. Tu sarai in un posto fichissimo, su questo non ho dubbi. Pieno di quella musica di merda che piace tanto a te, di ragazze con i tacchi alti e di «situazioni molto interessanti», come dici tu.

Oggi è venerdì, e se penso che una settimana fa a quest'ora stavamo chattando per organizzare la partenza dell'indomani mi sembra impossibile, perché qua dentro è come se fossero passati mesi e mesi. Qui è come una bolla dove il tempo praticamente non esiste, perché sotto il peso insopportabile di questo orrore costante ogni giornata sembra uguale a quella precedente e a quella che seguirà, non si distinguono una dall'altra. In questo senso mi dovrei un po' consolare, perché forse è simile al tempo della morte dove adesso ti trovi tu, ma so che non è vero. In questo silenzio spettrale, in questo buio terrificante io comunque riesco a percepire un sacco di cose – le mie stesse dita che si stringono in un pugno, questo materassino troppo morbido su cui sono steso; se mi sforzo di cancellare i mille rumori che provengono dalle celle, distinguo perfino lo sciabordio delle onde fuori dalla nostra finestra. E tu no. O almeno, non come me.

Quel pianoforte che ieri avevo trovato per caso nello sgabuzzino, ti ricordi, oggi l'hanno portato su. Sono entrato nella sala comune e lo sai chi c'era che lo stava suonando? Quella tipa che abbiamo visto a Toledo sabato scorso quando siamo arrivati a Napoli, la zingara con i capelli ramati che faceva finta di fare la carina con me e invece mi ha ciulato il portafogli e l'orologio. Hai presente, no? Eri ancora... eri ancora vivo, potevi vederla come la vedevo io. Come saranno adesso i tuoi occhi, dentro la bara? Come diventeranno? Ci penso tutto il giorno, però non ci devo pensare. Mi fa troppo male e non ha alcun senso. Non ci devo pensare. Comunque è una stronza, la tipa. Mi ha umiliato davanti a tutti e ti giuro che non ce n'era alcun bisogno, fratello, visto che per qualche ragione sembra che il capo di questa specie di gang abbia deciso di divertirsi a prendermi di mira fin dal primo momento in cui sono entrato in questo posto e da qui non se ne viene fuori, non c'è modo. Ogni cosa che faccio si rivela una cazzata. Non ti dico come è andata a finire con quella storia del collare che ho regalato a Pino per il suo cane e mi sembrava tanto una genialata, e invece pure quella si sta ritorcendo contro di me... Te lo dico, non se ne viene fuori. Non vedo proprio la via d'uscita, se non quella di procurarmi un'arma e mettermi al loro stesso livello, visto che qua dentro è chiaro che sono loro a comandare. Ma il mio compagno di cella, che è l'unico che potrebbe aiutarmi, si rifiuta. Sono solo, Greg. Sono solo qua dentro: ancora più solo perché da ora in poi dovrò vivere la mia vita senza di te, per colpa di quel cazzo di gioco e dei tuoi diecimila follower.

La sai una cosa, Greg? Ti voglio bene, fratello, e mi manchi da morire, te lo giuro. Però sono incazzato con te. Tutti qua mi parlano di responsabilità, di conseguenze, di regole: a loro non glielo posso dire, ma a te sì, perché io e te ci siamo sempre detti tutto, anche a male parole. Sono incazzato con te, fratello. Tantissimo. Io non c'avevo nessuna voglia, ma proprio zero, di venire all'inferno.

CIRO

Quando apro gli occhi vedo subito che non è la solita ora. Fuori dalla finestra il cielo ancora è nero e manco si riconosce dal nero del mare. Mi manca il respiro e tengo il cuore a tremila, mi vorrei alzare da questo letto ma nun voglie scetà a Edoardo e quindi preferisco restarmene qua, immobile, a farmela passà. Passa sempre, tutte le volte. Basta aspettare.

Anche stanotte era tale e quale alla realtà.

Il ristorante vuoto, solo per noi, la tavola apparecchiata nel giardino sotto 'o gazebo, il trucco di lasciare o fierr scarico nella mia giacchetta appizzata sopra la sedia, e poi voltarmi apposta dall'altra parte per capire se la pigliava lui oppure no pe' m'accidere iss a me, così potevo vedere con i miei occhi se era vera questa cosa impossibile, che Francesco era proprio lui l'infame. E lo era veramente. Pàtemo teneva ragione, come sempre, e fesso io che non ci volevo credere.

Cca dint' non è mai scuro overament', è pe' chelli sfaccimm' di luci di sicurezza, i lampioni della strada, le navi che passano dentro la finestra. E il silenzio nun è maje silenzio. Sento a Edoardo che si gira, ai passi di Gennaro che stanotte sta di turno e cammina nell'altro corridoio per tenersi sveglio, a quell'altro che russa nella cella di fronte. Anzi, stanotte stranamente non c'è nessuno che aspetta quest'ora per potersi mettere a piangere. So' guaglioni.

Io invece sono un Ricci e aggia fa l'omm'. Come in questo sogno, anche nella realtà il dovere mio io l'ho fatto, tale e quale. Preciso. Prendere la pistola velocemente, guardarlo in faccia e scordarmi che era stato 'o meglio cumpagn' mi', scordarmi 'e tutte 'e cose belle che abbiamo fatto insieme, ma tenè a mente solo una cosa: che mio padre teneva ragione, e che mi aveva detto di pensarci io.

C'era solo una cosa in questo sogno che era diversa, e mò mi sta facendo venire quasi da vomitare solo a ricordarmela. Quando lo vedevo cadere a terra, dopo che l'avevo sparato 'mpietto con il ferro che tenevo nascosto nei jeans, piangendo e guardandolo bene negli occhi, il corpo che vedevo cadere non era più chillo sicco sicco di Francesco, con la maglietta bianca e rossa che si era comprato insieme a me in quel negozio a Chiaia, ma quello grosso e forte 'e chella belva di papà.

ISTITUTO PENALE PER I MINORENNI DI NAPOLI
RAPPORTO INFORMATIVO

Al Magistrato di Sorveglianza
Dott.ssa Anna Maria Caputo
c/o Tribunale per i Minorenni
Viale Colli Aminei, 44
80131 Napoli NA

Oggetto: Naditza Prigoană/nuova reclusione

Gentile dottoressa Caputo,
di certo avrà già avuto occasione di ricevere la notifica della nuova reclusione di Naditza Prigoană nel nostro Istituto, in seguito a una flagranza di reato per atti vandalici e oltraggio a pubblico ufficiale.

Apprendo dal fascicolo della ragazza ciò che Lei già ben conosce meglio di me, ovvero la collezione di precedenti periodi di reclusione che a 17 anni non ancora compiuti Naditza ha già al suo attivo: episodi di furto, detenzione, nuovamente furto e addirittura resistenza a pubblico ufficiale qui all'interno della struttura.

Ma ciò che mi preme sottolinearLe in questa nota è la mia netta sensazione, dopo il breve colloquio appena avuto con la ragazza, che Naditza abbia in qualche modo provocato lei stessa il suo nuovo arresto (e probabilmente anche qualcuno dei precedenti?) per tenersi lontana dalla famiglia che vorrebbe venderla in sposa, così come vuole la loro tradizione. Se fosse davvero così, sentirei ulteriormente il peso della nostra responsabilità di orientamento e custodia nei confronti di questa minore.

Qualora volesse incontrare la ragazza per parlarne direttamente con lei, o indirizzare i nostri futuri agiti con qualche indicazione in merito, resto a Sua disposizione.

In fede,
Il Dirigente penitenziario
Paola Vinci

ISTITUTO PENALE PER I MINORENNI DI NAPOLI
RAPPORTO INFORMATIVO

Al Magistrato di Sorveglianza
Dott.ssa Anna Maria Caputo
c/o Tribunale per i Minorenni
Viale Colli Aminei, 44
80131 Napoli NA

Oggetto: Detenuto Filippo Ferrari intemperanze comportamentali

Gentile dottoressa Caputo,

mi duole dover dare seguito alle nostre precedenti conversazioni in merito alla condotta di Filippo Ferrari per aggiornarla su ulteriori intemperanze del ragazzo, che in data odierna è riuscito a eludere la sorveglianza del personale penitenziario e degli educatori durante l'ora d'aria pomeridiana per rifugiarsi in un deposito incustodito.

Con rammarico devo constatare che il Ferrari si dimostra una volta di più un soggetto pericoloso e ingestibile, a differenza di quanto potrebbe suggerire il contesto familiare e sociale dal quale proviene, oltre a persistere ostinatamente nella negazione della sua responsabilità per il reato commesso.

Da parte nostra, posso assicurarle che moltiplicheremo le attenzioni affinché un episodio del genere non possa più ripresentarsi e provvederemo a restringere le misure cautelari nei suoi confronti nella misura della nostra discrezionalità, in attesa di un cortese riscontro e di eventuali indicazioni in merito da parte Sua.

In fede,
Il Dirigente penitenziario
Paola Vinci

Per presa visione
Comandante del Corpo di Polizia
Penitenziaria
Massimo Esposito

3
Abbandonarsi

ISTITUTO PENALE PER I MINORENNI DI NAPOLI
RAPPORTO INFORMATIVO

Al Dirigente
Dott. Pasquale Sartori
Centro giustizia minorile
Viale Colli Aminei, 44
80131 Napoli NA

Oggetto: Smarrimento lametta dalla barberia

Gentile dott. Sartori,
ho ritenuto indispensabile, con questa nota, informarLa tempestivamente e in forma ufficiale della denuncia di smarrimento di una delle lamette dalla barberia del nostro Istituto. Essendo il titolare della suddetta barberia, a quanto afferma il nostro Comandante, persona di specchiata fiducia, non mi resta purtroppo che ipotizzarne il furto da parte di uno dei detenuti.

Con la massima solerzia tutto il personale di Polizia Penitenziaria si sta dedicando a perquisire le celle e i ragazzi per individuare il colpevole e recuperare la lametta.

La terremo al corrente degli sviluppi, su cui spero di poterLe dare aggiornamenti a strettissimo giro.

In fede,
Il Dirigente penitenziario
Paola Vinci

«Dalla sua cella lui vedeva solo il mare… ed una casa bianca in mezzo al bluuuuu…»

Tutte le volte che stendo i panni, pure dentro a questi quattro muri, penso sempre a quando da piccirillo accompagnavo a mia nonna sopra alla terrazza e lei cantava le sue canzoni preferite: Lucio Dalla, Pino Daniele, i Matia Bazar. E io dietro a lei. Ma solo oggi per la prima volta capisco come mai qualche volta si metteva a chiagnere, quando cantava quella che secondo me si intitolava *Maria*, pensando a suo figlio, chiuso a Poggioreale con una pena che ancora mio padre non ha finito di scontare.

Cantava proprio a soddisfazione, con tutta la voce che teneva: «E sognò la libertà, e sognò di andare via, via, viaaaa… e un anello vide già sulla mano di Maria», e ogni tanto si fermava per abbracciarmi e darmi un bacio sopra alla testa, sulla fronte, poi prendeva un'altra camicia di qualcuno dei miei zii e la attaccava con le mollette, stando attenta a metterla giusta perché lei ci teneva a fare tutte le cose per bene, come si deve, con i gesti precisi. Anche a me mi piace fare come a lei, stirare un poco la maglietta con le mani prima di metterla sullo stendino, così quando la ritiro poi è perfetta. Pure dalla nostra cella si vede il mare, però casette bianche non se ne vedono: solo le navi da crociera che escono dal porto, si vanno a fare i loro giri e poi ritornano. Io comunque non ho bisogno di sognare sopra a una donna che neanche conosco. Metto sul filo dello stendino le ultime cose – un paio di calze blu, due mutande – e mi fermo a guardare il cielo che brilla sopra il mare. Che ore sono adesso? Se tutto va bene e il comandante ci mette una buona parola con la direttrice, domani stesso sarò con te, Nina mia. Con te e con la dottoressa che ci farà vedere il nostro bambino. Non ci posso credere, solo a pensarci tengo il cuore nello zucchero.

Ho appena pigliato le carte per farmi un solitario e fare passare un poco di tempo quando sento il casino e le voci dei ragazzi che corrono e si avvisano tra di loro: «La sposa! Perquisizione!». Ma già Lino e Gennaro sono nel corridoio e stanno urlando: «Volete uscire, sì o no? Jamme, jà!». Lino entra dentro la cella nostra come un animale, mi spinge fuori e cerca 'o Chiattill, che è entrato due minuti fa con una faccia strana, che nun me 'a cuntav' justo, e se n'è andato dritto nel bagno.

Mentre Gennaro mi perquisisce, Lino si sbatte a cacciare fuori tutto quanto dalla cella, sposta i materassi, e intanto mi grida: «Di Salvo, se tieni nostalgia del tuo vecchio lavoro io lo capisco e non fa niente». Gennaro mi fa voltare, ora lo vedo in faccia e sto zitto, che t'aggia dicere, Lino? Che tu non hai capito proprio niente? Lui continua, mentre ribalta la cella come nu pazz: «Io t'aggia vist' vicino a Gigino, vicino alla barberia... stai sempre llà. Se vuoi ci parlo io. Capace che ti assume». Vedi che non hai capito niente? Pensate tutti le stesse cose, non è che siete molto originali. Ma comunque io già gliel'ho detto al comandante, che forbici in queste mani non ne prenderò mai più finché campo. Ma quindi qualche strunz gli ha rubato delle forbici al barbiere? «Chill' è nu brav'omm'» continua lui. «E tu che fai? Gli rubi la lametta? Ma che barbiere sei?» Cazzo, una lametta!

Gennaro ha finito e passa a 'o Chiattill, mentre Lino continua a insistere con me. «Apri la bocca» mi ordina. Nun 'a arapo, Lino. Pure se non tengo niente e mai e poi mai mi sarei pigliato una cosa del genere, questa soddisfazione non te la voglio dare. Ma che c'ha 'o Chiattill? Si è messo paura della perquisizione? Tiene una faccia bianca come nu straccio, gli occhi di fuori. «Apri la bocca!» mi urla Lino, stringendomi le guance con la mano per guardarmi dentro i denti. Gennaro lo convince a lasciarmi stare e lui passa a Filippo, ma pure lui fa come me. «Apri la bocca» gli dice con un tono quasi gentile, ma si vede che stanno tutti quanti stressatissimi; pensando a quello che si può fare con una lametta, quasi mi piglia a male per loro a pensare che da un momento all'altro può succedere l'inferno. È con questa lametta, allora, che mi devono accirere?

Chiudo gli occhi e li riapro subito. La soddisfazione non gliela devo dare. Aggia essere forte e andare incontro al mio destino, come sarà sarà.

Me lo diceva sempre, nonna, in quei pomeriggi che cantavamo appennenn' i panni: «Mi devi promettere che la tua strada sarà diversa da chell' 'e pàteto, Carminiè. Mi devi promettere che i tuoi figli te li vedrai crescere e che un giorno potranno essere orgogliosi di te. Giuramelo!» e mi abbracciava forte forte. C'aveva un profumo di lacca e di ammorbidente, e io fuss' rummase in quell'abbraccio morbido pe' tutt' 'a vita. Io ci ho provato, ce l'ho messa tutta, ma non ce l'ho fatta. Non è stata diversa la strada mia, anzi pure peggio di chell' 'e pàtemo. E chissà se la faccia di questa creatura io la potrò vedere, o se, con quella lametta che sono riusciti a pigliarsi, la vendetta di Nazario Valletta mi caccerà da questo mondo prima ancora di diventare papà.

«Vuoi fare come lui? Vuoi fare vedere che tien' 'e ppalle?» gli sta dicendo Lino a Filippo. Ma chistu Chiattillo tiene veramente qualche cosa che non mi quadra. «Apri la bocca» gli ripete. «Apri sta cazz 'e vocca» lo minaccia, stringendogli la faccia con la mano come ha fatto prima con me. Ora finalmente capisco cosa teneva di strano 'o Chiattill... Stu guaglione è pazzo overo.

Qualcuno nel corridoio sta gridando che hanno trovato la lametta, e allora Lino e Gennaro si girano e se ne vanno. Così posso avvicinarmi a lui e infatti vedo che gli esce un filo di sangue dalla bocca chiusa.

«Apri» gli dico piano, e gli sfilo dalle labbra la lametta chiena 'e sanghe. «Si proprio nu strunz» gli dico entrando in cella.

Ma quante sfaccimm' 'e lamette ce stanno cca dint'?

VIOLA

Quando si inizia a conoscersi è inevitabile creare delle aspettative che non sempre corrispondono alla realtà. È naturale. Questo non toglie che la delusione poi sia cocente: soprattutto per chi ha investito tanto in quell'attesa, contando di poter ricevere finalmente qualcosa di bello, adeguato a ciò che si può dare. Ma questo nella vita accade raramente, o forse addirittura mai. Allora bisognerebbe smettere di crederci e rassegnarsi a una vita senza amore?

Prendo il pezzo di specchio dalla scarpa, ma oggi non ho bisogno di vedere il riflesso del mio viso per sapere chi sono. Può dirmelo molto meglio il rosso scuro, quasi nero, di questo sangue che mi fiorisce sulla pelle candida dell'avambraccio, seguendo la traccia del taglio che mi infliggo davanti ai suoi occhi.

Se vuole dimostrarmi che merita davvero il mio amore, non basta qualche promessa scarabocchiata su un foglietto. Le parole sono troppo leggere, futili, evanescenti; solo i gesti restano e sono reali. Come questo taglio. E ora tocca a te, Ciro. Voglio vedere che cosa sarai in grado di fare per me. Oppure lasciami in pace e vai a divertirti con una di queste ochette, qui dentro ce ne sono tante e per tutti i gusti, vai pure, ma se desideri avere la mia attenzione devi darmi qualche prova concreta del tuo interesse. Sì, l'ho visto come hai tormentato quel ragazzo nuovo, approfittando della sua ingenuità e della confusione che ha provato trovandosi in un contesto estraneo, anche per via della sua evidente debolezza di carattere. Non è che questo gioco sia stato poi così intrigante, a dirla tutta. Credo che tu possa fare di più, ci voglio credere ancora. Sono ben consapevole che la migliore amica delle persone sensibili si chiama solitudine, però spero comunque che almeno tu non mi deluderai di nuovo, anche perché sarebbe veramente troppo.

Serena è seduta per terra qui accanto, ma intanto sorride a quella zingara che sta giocando a pallavolo. A me invece la zingara non interessa, non la voglio neanche guardare. Serena mi ha voltato le spalle, scegliendo di spostarsi in camera con lei, ma tanto sa che quando avrà bisogno di appoggiarsi a me potrà contare sul mio aiuto e io ci sarò sempre per lei.

Intanto quel sorriso da ebete con cui Ciro mi è venuto incontro gli si spegne subito, quando vede cosa sto facendo. «Che cazzo fai, eh?»

«Te l'ho promesso» gli rispondo tranquilla, perfettamente in controllo. «Ogni volta che mi deludi, lo voglio ricordare per sempre.»

FILIPPO

Cazzo, c'è qualcuno. Mi infilo la maglietta, prendo le scarpe e mi nascondo in una delle docce, dove recupero la lametta.

«Metti a Tony Montana... Fa' chell' che hai 'a fa e nun penzà a nisciun'» sta cantando Pino, mentre si spoglia per entrare in doccia proprio davanti a me. Dio, fa' che non mi veda. Mi devo sbrigare.

«Fa' chell' che hai 'a fa, mò staje sulo tu, sì» la sua voce stride nel silenzio totale, ci siamo solo lui e io qui dentro. Mi schiaccio nell'angolino per non farmi vedere, ora si sta avvolgendo nel telo per asciugarsi. Ma per fortuna non mi ha notato. Non deve vedere la lametta e non mi deve trovare qui da solo. Non lui. Mi ha fatto paura oggi il modo in cui mi guardava, quando Naditza è arrivata, l'ha cacciato via e poi mi ha dato un altro bacio. Bello. Non ci devo pensare. Certo che quella ragazza è strana, non la capisco, mi sembrava una stronza e invece poi mi ha aiutato. Ma non ci devo pensare. Ora sono qua, con la lametta in mano: finalmente ho l'arma che desideravo e la posso usare per difendermi. Ma ce la faccio? Forse se mi preparo psicologicamente ci posso riuscire davvero, intanto finché sto nascosto qua dentro ho anche il vantaggio dell'invisibilità.

Invece la porticina della doccia che si apre contro di me mi fa prendere un colpo. Ma come ha fatto a vedermi?

«Uè Chiattì! Che stai facenn'? Stai giocando a nascondino?»

Si volta per vedere se c'è qualcuno, ma non c'è nessuno. Siamo soli. Sto morendo di paura, anche se non ha senso, perché in teoria tra me e lui dovrei essere io quello più forte. Sono io che ho un'arma. Se lo ferisco con la lametta lui inizierà a rispettarmi, visto che quello della violenza è l'unico linguaggio che conoscono, questi qua? O riuscirà a prendermela dalle mani e la userà contro di me?

Per la prima volta nella mia vita penso che non ho assolutamente nulla da perdere, proprio come loro. Perché tanto qua dentro non ho nessun futuro che mi aspetta, a questo punto non so neanche chi sono: solo uno come tanti chiuso dentro un carcere minorile. Uno che ha un'arma in mano e può difendersi contro chi potrebbe fargli male, eppure sta tremando.

All'improvviso lui mi afferra per il mento e mi trascina verso un'altra doccia, intimandomi con quel suo modo di parlare brutale e ansioso: «Veni a ccà, viè! Veni a ccà, figlio 'e bastard! Veni a ccà, viè! Mò o mi faje na sega o t'accir. Vai vai! Vieni!» e me lo mette in mano – nell'*altra* mano, quella dove non tengo la lametta che lui ancora non ha visto. Tremo di paura e lo faccio, come un automa, anche se potrei scegliere di non farlo. Basta un colpo per spingerla contro di lui, questa lametta. Devo decidere velocemente cosa voglio fare per uscire da questo orrore. Mi rimbombano nella testa le parole che mi ha detto Carmine, quando ha visto che ero stato io a prenderla: «Tu non sei un criminale, ma puoi decidere di diventarlo, che è diverso». Davvero io non sono un criminale? Però Greg è morto. Non lo so che cosa sono. Non lo so più. Alzo la lametta, lo sapranno le mie mani cosa devono fare: se la devono usare contro questo ragazzo orrendo o contro di me, che forse non sono meno orrendo di lui.

Basterebbe un attimo per difendermi da questo incubo, solo un attimo, solo un po' di coraggio. Perché non ce la faccio? Le parole di Carmine continuano a rimbombarmi in testa come una maledizione: no, non sono un criminale, non ce la posso fare a esserlo. Io sono un piecuro, come lui.

Quando Pino se n'è andato mi accascio nella doccia, con i singhiozzi che mi scuotono pure l'anima. Come cazzo devo fare qua dentro, se non posso essere quello che sono ma non riesco a essere qualcos'altro? Cosa posso inventarmi, per sopravvivere in mezzo a questo inferno?

La lametta, piatta e leggermente fredda, è ancora nella mia mano. Potrei appoggiarla sull'altro polso e tirare. Sarebbe questione di minuti, o anche meno, poi tutto sarebbe finito... Dovrei riaprire l'acqua: così, quando mi troveranno steso qui, il getto della doccia continuerà a scorrere e si porterà via il mio sangue, facendolo scivolare tra le grate di questo vecchio tombino incrostato di ruggine, di sporcizia e di calcare. Chiameranno subito i miei genitori, e forse sotto sotto mamma ne sarà quasi sollevata: tanto per lei io sono già morto nel momento stesso in cui ho messo piede qua dentro e ho deviato da tutti i suoi sogni, da tutto quello che lei aveva sperato e creato per me. Non sono più il loro Filippo, ora sono solo 'o Chiattill, qualunque cosa significhi questo cazzo di nomignolo che mi hanno appiccicato. Quindi non sarà Filippo Ferrari a morire sotto il getto tiepido di questa doccia, e chi se ne frega se nei bagni di un carcere minorile una sera qualsiasi è morto 'o Chiattill? A chi può mancare, 'o Chiattill, se a un certo punto smette di vivere? A chi gliene frega qualcosa, qua dentro? Sarà una notizia che si brucia nel giro di cinque minuti. Mi sembra già di vedere la faccia di Ciro, la sua scrollata di spalle indifferente: «Ah, 'o

Chiattill s'è acciso. E vabbuò. Jamme a pazzià, guagliù». Questa sarà tutta la requiem che mi sarà riservata davanti alle manopole del calcetto, ma comunque a me non importa, perché io non sarò più qui con loro e non sentirò più niente. Questa è la cosa fondamentale.

Non tornerò mai più a casa mia, non toccherò più i tasti di un pianoforte, non vedrò mai più la luce del sole, ma qualsiasi buio mi aspetti sarà sempre meglio che vedere queste piastrelle e vivere nel panico ogni istante, perfino adesso che Pino se n'è andato e sono rimasto completamente solo. Quando sarebbe, poi, il processo? E in ogni caso, anche se dopo la sentenza mi sposteranno da qualche altra parte, come potrà essere la mia vita dopo quello che è successo? Quindi tanto vale scivolare giù, addormentarsi e seguire ancora una volta le orme del mio amico Greg... in fondo l'ho sempre fatto dalla prima elementare in poi, e fino a ora mi sono trovato benissimo. Alla fine, non è che tutti dobbiamo essere maschi alfa a ogni costo, no? Che male c'è, se uno preferisce mettersi in coda a qualcun altro che ha la forza per tracciare la strada?

Mi dispiace per Berlino: ma non per me, solo perché so quanto lei ci teneva e come si è impegnata per sostenermi, quindi immagino come dev'essere triste adesso, che ho distrutto in un colpo solo tutto quello che lei mi aveva aiutato a costruire. Mi dispiace, mamma. Mi dispiace per te, per quei titoli sui giornali che sicuramente ti stanno rovinando la vita, mi dispiace che il padre di Greg sia così potente, molto più potente di papà, e mi dispiace che abbia pure ragione a essere così incazzato, perché non era giusto che Greg morisse a diciassette anni. Aveva un sacco di cose belle davanti, Greg. Io no. Quindi che cazzo devo fare con questa lametta, mi devo solo muovere, prima che mi scoprano e scoppi un altro casino con le guardie e tutto. Dai. Dai che ce la puoi fare. Un minuto di coraggio e poi basta. Forse è meglio se non lo apro, il getto dell'acqua, altrimenti se passa qualche poliziotto potrebbe sentirlo e accorgersi che sono qua. Per adesso non mi ha visto nessuno e di certo nessuno mi cercherà, fino a che non passano nelle celle per la ronda. Ma per quella mi sa che manca ancora un po' di tempo.

Niente. Non sono un criminale e non ho manco il coraggio di usarla contro me stesso, questa lametta di cui ero tanto orgoglioso. Non cè la faccio a fare niente: solo restare rannicchiato qua dentro, in questa doccia fetente, tremare di paura e piangere.

PAOLA

Non ci posso credere. O forse non ci *voglio* credere. Tra tutti i ragazzi disperati che vivono sotto questo tetto e che potevano pensare – nella loro testa piena zeppa di violenza e ideologia da branco – di avere una motivazione per un gesto cretino e pericoloso come quello di rubare una lametta alla barberia, mi sembra completamente folle pensare che chi ha commesso questo gesto sia stato proprio Filippo. Ma che cavolo pensava di fare? Uccidersi? Fare del male a qualcuno? Proprio lui, che continua a sostenere di essere innocente? Proprio lui, che qui dentro è quello a cui viene meno difficile riuscire a guardare avanti e immaginare un futuro?

Appoggiandomi al bastone mi rimetto giù e con un gesto della mano gli faccio segno di sedersi accanto a me, dall'altro lato del tavolo grande. Sono fuori di me dalla rabbia, mi sento proprio quasi mancare, come se tutto il sangue fosse defluito dal mio viso per scendere nella pancia a risvegliare quel fastidio che tra qualche ora diventerà dolore, lo so già.

«Volevo dirle che sono stato io, dottoressa. Eccola qui» mi dice con aria seria e senza guardarmi negli occhi, porgendomi la lametta che qualcuna delle guardie ha già provveduto a infilare in una bustina di plastica. Il comandante non ha avuto il coraggio di rimanere qui vicino a lui e si è ritirato alla sua postazione. Menomale. Dopo quello che ha combinato ieri, meno lo vedo e meglio è.

Il comandante ha fatto solo quello che era giusto fare e che chiunque avrebbe fatto al suo posto, sibila quella vocina raccapricciante. *Come si può impedire a un padre di vedere la prima ecografia di suo figlio? Come hai potuto? Sei una stronza*, mi rinfaccia.

Respiro dal naso per scacciarla via, per dimenticare la pena che ho provato per me stessa vedendo Carmine che faceva finta di zoppicare, simulando quella storta alla caviglia che gli ha permesso di andare in ospedale... guarda caso, proprio nello stesso orario in cui veniva effettuata l'ecografia alla sua ragazza. Non lo voglio vedere in faccia, il comandante, perché sono sicura al cento per cento che tutta questa bella farsa sia stata una sua idea fin nei minimi particolari: compresa la presunta zoppia, della quale non si è minimamente premurato di valutare quale effetto potesse provocare su una persona come me.

Stringo più forte tra le dita la bustina che contiene la lametta, puntando i gomiti sul tavolo. Ci sono troppe cose da gestire, troppe cose che mi danno fastidio, troppe cose sotto la mia responsabilità: l'unico modo di affrontarle è prenderle una per volta. Adesso non è di Carmine che devo occuparmi, ma di questo ragazzo che ho di fronte, di questo stupido ragazzo viziato che sembra ce la stia mettendo tutta per rovinare ancora di più la sua situazione. Non si rende conto che adesso dovrò scrivere un altro rapporto per il magistrato di sorveglianza? Non ha riflettuto per niente sulle parole che gli ho detto riguardo alla responsabilità, alle conseguenze degli atti che compiamo? Gli sono bastati pochi minuti per deviare il corso della sua vita, ma come fa a non capire che d'ora in poi deve cambiare atteggiamento?

«Che cosa ti sei messo in testa?» gli chiedo, cercando di dominare il tono per non mettermi a urlare. «Ti trovi bene qui dentro? Ci vuoi rimanere?»

«No» sussurra lui, sempre con gli occhi bassi.

Ma come pensa di riuscire a ottenere i domiciliari, se continua a comportarsi così? Il ragazzo giustamente è ignaro della bufera mediatica che lo sta riguardando, non ha idea che quello che lui si ostina a definire «un incidente» sta monopolizzando da giorni le pagine dei giornali, le trasmissioni in tv, e che sui social chiunque, dalla persona più comune a chi normalmente si occupa di moda o di cucina, sente il bisogno di esprimere la propria opinione in merito a quei video sciagurati, che malgrado ogni tentativo di restrizione continuano a fare il giro del mondo. Però in linea di principio dovrebbe arrivarci da solo, anche senza sapere nulla di quello che il suo caso rappresenta in questo momento e delle pressioni che dunque il magistrato può avere sulle scelte che lo riguardano. Di questo passo non riesco a immaginare quando potrà ritornare a casa... Basterebbe che applicasse un minimo di ragionamento, e tra i nostri ragazzi lui dovrebbe essere quello che ne ha gli strumenti più di chiunque altro. Per questo mi fa così rabbia. Ma più sta qui dentro, tra l'altro, più rischia di farsi contagiare da un richiamo alla violenza che fino a ora non gli è appartenuto, su questo non ho dubbi e penso che si veda chiaramente in lui, al di là delle valutazioni che si possano fare in merito al crimine che ha commesso. Ma allora, a maggior ragione, perché?

«Che ci volevi fare?» gli chiedo. Più lo guardo e più non riesco a farmene una ragione. Come può essere così disperato da commettere un gesto tanto stupido? Come può esserlo, proprio lui?

Forse ti stai chiedendo a che livello possono sentirsi disperati gli altri, se lo è così tanto perfino lui?, mi incalza quella voce insopportabile. *Fai bene a domandartelo. Potrebbe essere una riflessione interessante per darti il senso reale di chi hai di fronte, al di là di tutte le tue regole del...* Zitta. Stringo le labbra, sbatto la bustina sul tavolo e distolgo lo sguardo dalla sua espressione chiusa, impermeabile. Ma come devo fare con lui?

«Non parli. Pensi che serva a qualcosa?» gli chiedo.

Ancora una volta lui non mi risponde. Come puoi essere così a terra, stupido ragazzo? Cosa ti sta succedendo, qua dentro, che noi non sappiamo? «C'è qualcuno che ti dà fastidio?» continuo, cercando di conquistare il suo sguardo e addolcire un po' il tono, per provare a farmi dare più fiducia. Per un istante i suoi occhi si sollevano verso di me. Solo per un istante. «Ti volevi difendere?» Ma li riabbassa subito. Omertà. «Ehi, non avere paura. Sono qua apposta.»

Questa è la frase che lo fa scattare a parlare, alzando appena la faccia dalle braccia incrociate sul tavolo. È chiuso a riccio e non sembra avere alcuna intenzione di dialogare, solo di rinfacciare quelle che secondo lui sono le nostre colpe. «Voi non potete fare niente. Lo volete capire o no? Siete soltanto illusi.»

Dietro di me sento i passi del comandante che si sta avvicinando, mentre nella testa quell'incubo sussurra: *Eh, te lo sei meritato... Hai provato a parlargli come se fossi sua madre, e lui ti ha risposto come se fosse tuo figlio. Ben ti sta. Non ti rendi conto che sono solo degli adolescenti confusi e impauriti?*

«Non siete voi che comandate qui dentro» prosegue Filippo.

«E chi comanda qui dentro?» mi sforzo di rispondergli nel modo più neutro e distaccato che posso, dominando il fastidio all'addome che sta già diventando dolore. No, è vero che non sono tua madre, ragazzino. Sono la direttrice dell'istituto dove sei detenuto, in attesa di essere processato per omicidio. Quindi? Rispondi: chi è che comanda, sotto questo tetto?

L'eco della sirena di una nave che passa è l'unico suono che rimbomba, in mezzo al suo silenzio.

«Complimenti!» gli dico. «Sei diventato come loro. Solo che tu fai più rabbia. Loro non hanno niente, tu hai tutto e lo stai buttando.»

Niente. Nessuna reazione. Lasciamo perdere. Mi volto verso la porta e trovo il comandante che infatti era venuto qui, appena dietro di me.

«Comandante. Lo porti via» gli ordino, secca. Resta pure qui con noi se è quello che preferisci, cosa vuoi che ti dica. Ma è possibile che non ci sia neanche una persona che riesce a ragionare, qui dentro?

Senti chi parla!, sghignazza quella voce. *Perché tu invece non hai mai sbagliato, nella vita? Non hai mai commesso degli errori che hanno deviato il corso della tua esistenza e che rimpiangerai finché campi? Se quella sera avessi lasciato guidare tuo marito, per esempio, anziché dover tenere sempre e comunque il volante perché non ti fidi di nessuno...* Basta, ti prego. Mi fa troppo male. *Eh no, che non sto zitta. Guarda il tuo bastone.* Cosa che io mi sforzo di non fare. *Se quella sera gli avessi permesso di guidare, oggi saresti una donna normale e non sapresti nemmeno che cos'è, zoppicare. E se quella sera per una volta ti fossi fidata di lui e gli avessi permesso di guidare, il bambino che avevi nella pancia avrebbe già iniziato a dire le prime parole, l'avresti visto imparare a camminare dandoti la manina e poi lasciandola piano piano, perché era pronto ad andare da solo. E invece no. Hai voluto guidare tu, visto che non ti fidi di nessuno. E la sai un'altra cosa? Non si chiama rispetto per le regole, quello che ti ha impedito di concedere a Carmine un permesso per andare a vedere la prima ecografia di suo figlio, costringendo così il comandante a inventarsi quella bugia pietosa per riuscire a portarlo lo stesso in ospedale. No, cara mia: quella si chiama invidia.*

Quando all'improvviso apro gli occhi, è notte fonda e io sono ancora dentro a quel sogno, mi ricordo tutto. A pensarci mi fa ridere, ma mi fa anche un poco strano... Ero al campo e c'era 'o Chiattill seduto a tavola vicino a mio padre, insieme a tutta la famiglia, per contrattare il prezzo mio. Io ero vestita da sposa e quando li sentivo mi arrabbiavo da morire! Gli urlavo di alzarsi subito e venire via con me, di lasciarlo stare a chillu strunz, ma lui non mi dava ascolto; anzi con quella faccia educata che tiene, con il suo accento milanese, mi spiegava: «Ma no, Naditza, se non ci mettiamo d'accordo per il prezzo, poi non posso fare l'amore con te» e io mi vergognavo e scappavo. C'era il tassista, quello amico mio, che mi aspettava proprio fuori dal campo come ha fatto veramente l'altro giorno, solo che nel sogno io mi sedevo sopra al tassì stesso con l'abito da sposa, senza avere avuto manco il tempo di cambiarmi. Lo aspettavo un poco, gridandogli più e più volte di sbrigarsi, ma poi dovevo arrendermi e scappare via da sola. E quando il tassista mi chiedeva dove portarmi, a me non mi veniva in mente nessun posto, non sapevo cosa dirgli, allora gli dicevo soltanto: «Portami dove vuoi tu, io casa non ne tengo e non saccio proprio dove devo andare».

Che poi sì, un poco fa ridere, eppure è anche la verità. Dove me ne devo andare, quando mi manderanno fuori da qua? Devo scassare un'altra macchina della polizia per farmi rinchiudere cca dint', e poi un'altra ancora, fino a che sarò vecchia e nessuno vorrà più comprare una sposa comme a mme? Noi zingari casa non ne teniamo, ma se penso al campo, ai miei fratelli, mi pare di essere la più zingara di tutti perché io là dentro non ci posso tornare più, e se ci torno l'unica cosa che devo fare è accettare il destino di mia mamma, farmi sposare a uno di quei vecchi che scelgono loro e non mi devo lamentare più. Avrò i miei figli, come lei ha avuto a nuie, e questa sarà la vita mia. Di mandare i miei bambini a rubare, avere le orecchie che si spaccano per il peso degli orecchini d'oro di cui non me ne frega niente e di mettermi nel letto con uno che mi fa schifo. Anche se per me pesa più nu chil 'e libertà che cento chili d'oro. Questa è la vita, secondo loro. Però io un'altra vita non la conosco, non lo so proprio dove andarmela a cercare la libertà che desidero, non so nemmeno dove potermela inventare. 'A casa mia è chesta, questa cella, questo letto, con Gemma che mi dorme sotto e Serena a fianco, circondata dai disegni che ha appeso sopra al muro. Questa è la mia famiglia, adesso. E domani chi lo sa.

Oggi mi ha fatto impressione, 'o Chiattill, gli occhi tristi che teneva quando mi diceva quanta fatica aveva fatto per imparare quel brano che le mie mani sono riuscite a fare da sole, dopo averlo ascoltato una volta da lui. Mi si spezzava il cuore nel petto, quando mi ha detto «Tu hai un dono», serio serio come parla lui, come parlava cu pàtemo in quel sogno che ho fatto mò. E io non scherzavo, quando gli ho risposto che se fosse per me quel dono glielo darei a lui, perché tanto io che me ne faccio? Io devo fare figli e devo andare a rubare, questo è il destino mio. Lui invece quando finirà la sua pena deve fare i concerti e vivere tutto il giorno con la sua musica, in mezzo a tante cose belle. Solo a guardarlo camminare si vede che è cresciuto in una casa bellissima, che tutto intorno a lui è sempre stato meraviglioso, fino al giorno che ha messo piede qua. Le persone che sono state felici fin da quando erano creature si riconoscono subito, al primo sguardo. E lui quella bellezza la tiene tutta dentro alle mani, mani dolci che si muovono sopra ai tasti del pianoforte, alle sue braccia forti, a quello sguardo che tiene tutto chiuso, comme si foss' nu muro alto alto per non fare vedere la villa stupenda che ci sta dentro, ma però si vede lo stesso che lui dentro c'ha una luce splendente.

Comunque io non ci devo pensare proprio, al Chiattill.

Mi devo ricordare solamente come mi ha trattata la prima volta e che di sicuro al più presto se lo verranno a prendere per portarlo in qualche altro posto, perché tanto lui non c'entra niente con noi. Spero solo che riuscirò a vincere la mia sfida con Silvia e che l'amica mia non si metterà a fare la furbetta, perché la conosco troppo bene a ess. Ma tanto di tempo ce ne sta ancora, a meno che non lo fanno andare via subito. Tengo quasi un mese per conquistarlo, per vederlo strisciare ai miei piedi e poi voltargli le spalle, così mi vendicherò di come si è comportato.

Comunque Chiattì adesso non ti illudere che sto sveglia per pensare a te, mi raccomando! Il fatto è che non riesco a dormire per colpa di questo rumore che arriva da una delle celle vicine, tipo un cane che abbaia piano piano... Ma come fa a entrare un cane cca dint', di notte poi? E se fosse qualcuno che piange? Scendo dal letto e mi metto a guardare dallo spioncino della porta: nella cella di fronte ci sta Silvia che piange, stesa per terra, vestita con la famosa camicetta da notte azzurra di cui parlavano nelle docce. Che hai cumbinat', Silviè?

«Silvia! Silvia! Che stai facendo? Tirati su» le sussurro aggrappandomi alle grate. Quell'altra, Viola, intanto dorme tranquilla nel letto di sopra.

Quando le chiedo: «Sei stata tu, brutta pazza psicopatica?» quella in tutta risposta si alza poco poco, piano piano, come na gatta, mettendosi un poco sollevata nel letto, appoggiata sul gomito, per vedermi meglio.

«Io t'accir'! Puttana!» le grido, tenendomi più forte alle sbarre. Ah, se putess' ascì da questa porta e venì là! Ride, chella stronza, ride tutta contenta per quello che ha fatto, ride perché questa ragazza è sadica, tiene proprio il male dentro di sé e gode nel vedere gli altri soffrire.

«Silvia! Silvia!» la chiamo. Alzati, Silviè, ribellati a questa stronza, non rimanere là sotto come ti ha detto lei di fare. Ti prego, alzati.

Ora pure Gemma si è svegliata. «Vieni a vedere che cos'ha fatto l'amichetta tua» le dico lasciandole il posto davanti alla porta, così può guardare con gli occhi suoi l'anima fetente che tiene questa pazza. Ma Silvietta mia, com'è che con il cuore grande che tieni non ti bastano mai le cose tue e ti vuoi prendere sempre pure quelle degli altri?

CIRO

Per prima cosa, il vero leader dev'essere capace di scegliere solo i migliori, se vuole comandare nel tempo. La cosa più difficile è non farsi distrarre dagli infami che si fingono amici solo per interesse, e mettere in squadra invece uomini di valore, di cui si può fidare al cento per cento.

Mi piace stu Chiattill. Mi ha colpito assai quando ha suonato il pianoforte, ci ha fatto vedere che sta ad alti livelli e non è uno che suona solo pe' pazzià. Ma soprattutto mi è piaciuto il fatto che ha cambiato atteggiamento. Per farlo ragionare ci sono voluti un poco di giorni, e vabbuò, però questo poco di arroganza iniziale si può capire, visto che è ricco di famiglia, abituato comme a mme a stare sulla cima della montagna e non strisciare mai ai piedi degli altri. Eppure, adesso che entro alla barberia di Gigi subito mi invita a sedermi, e mi cede il posto suo per rispetto. Accussì si fa, guagliò. Chi rispetta a me, pure io rispetto a iss e infatti decido di non approfittarmi di questa gentilezza.

Anzi, mi è venuta un'idea.

«Sai una cosa, Gigi? Oggi i capelli a Chiattillo glieli faccio io.»

«Ma tu si pazzo. Mica ti posso dare le forbici in mano.»

«Quali forbici?» lo tranquillizzo. E pescando sul carrellino che sta in mezzo tra me e lui glielo faccio pure vedere: «Il rasoio elettrico...».

«Se mi vede o comandante mi fa na capa tanta...» mi dice Gigi, tutto spaventato da questo piccolo fuori programma.

«E il comandante non ci deve vedere» gli rispondo con un tono che subito lo convince. Abbassa gli occhi e fa di sì con la testa, mentre a fianco a lui 'u Piecuro, seduto sulla poltrona di fronte allo specchio, fa finta di non ascoltare e tiene la capa calata, come è giusto che sia. Oggi tiene la faccia grigia, tirata, pare nu viecchio. Bravo, preparati, walking dead, ricordati sempre ca tu cca dint' si nu fantasma che cammina e niente cchiù. L'unica cosa che ci manca è l'autorizzazione, poi non ci sarà più niente da aspettare per potere finalmente vendicare a Nazario. Io dimentico, ma non perdono, Carminiè. Ora scusami però, ca tengo che fa. Lo guardo nello specchio e mi volto verso 'o Chiattill, che si mette nelle mie mani con fiducia assoluta. La stessa fiducia con cui ha fatto il suo lavoro quando gli ho detto di pensarci lui con Ahmed: nu poco 'mbranato, vabbuò, era la prima volta che pigliava a calci qualcuno, però si è dato da fare e questo a me mi basta.

«Famm' verè nu poco, Chiattì. È lungo, eh... dobbiamo tagliare. Stai rilassato» gli dico, mentre con una mano gli tengo la testa chiena di ricci e con l'altra uso il rasoio elettrico per scavargli una bella riga, come a quella che teniamo noi. Mi fermo quando fuori dalla finestra vedo Edoardo che sta passando nel cortile. Che ci fa qua dentro un giorno prima, quando doveva stare ancora in permesso con Carmela fino a domani? Che cazzo ha cumbinato per farsi portare qua, con il comandante che quasi lo trascina dentro? Ecco perché a me mi servono uomini intelligenti, no sti quattro strunz che nun su proprio capaci 'e ragiunà.

«Com'è, Chiattì? Te piace?»

E lui sinceramente ma con molta educazione, com'è la maniera sua, mi risponde: «Non è il mio stile. Mi ci devo abituare». Buono. Uno che si prepara a comandare non ha da striscià davanti a nessuno, tantomeno davanti a me. Mi piace che mi rispetti però mi tieni testa. Penso che faremo grandi cose insieme io e te, Chiattì. Ti devi solo imparare a stare al mondo nostro.

«Non è il tuo stile, Chiattì? Hai visto il mio?» gli faccio vedere nello specchio, appoggiandogli le mani sulle spalle come se era mio fratello, per fargli notare quanto siamo simili adesso.

«L'immagine è importante» gli spiego. «Fa capire subito chi sei, dove ti collochi. Accussì nun si cchiù nu chiattill, e nemmeno na guardia» sottolineo, lanciando uno sguardo a Carmine da uno specchio all'altro.

Oggi mi sento proprio cuntent'. Sarà perché Viola poco fa in cortile mi ha sorriso, e quindi in un modo o nell'altro finalmente il pacco mio le è stato recapitato, pure se cca dint' uno nun se pò manco fidare delle guardie pe' fa na cosa fatta bene e chillu scem' di Lino mi ha detto che era tutto a posto quando invece tutto a posto non era, facendomi fare a figura do strunz. Ci vuole tanta pazienza pe' comandà, ma con le persone giuste noi andremo lontano.

Mi volto verso Carmine e guardandolo bene in faccia dico: «Chiattì, mò chi ti vede sape che nun t'adda romper cchiù 'o cazz».

Poi torno da lui, gli prendo i capelli nella mano e gli ordino: «Chiattì, stai rilassato. L'ultimo tocco». E così, con un colpo solo di rasoio, gli faccio un bel taglio sopra il sopracciglio. Lui si spaventa un poco, ma è normale.

Mi metto vicino a lui nello specchio e gli dico: «O vvid'? Mò si comme a mme».

EZIO

Ogni volta che entro in questo cortile mi sembra di ritornare guaglione, pure se alla fine quanti erano, due, tre anni fa l'ultima volta ca so' asciuto da cca dint… Guardo il campo da calcio, che adesso è vuoto, e in porta mi pare ancora di vedere la buonanima di Michelino che nun pigliava manco na palla ma se ne steva llà, cu na sigaretta appicciata in bocca, comme se stev' 'ncoppa 'o divano di casa sua. E poi va' a vedè che fine ha fatto, che non se la meritava proprio. Sembrano cent'anni, altro che due, e forse solo adesso che ritorno qua dentro da visitatore mi rendo conto che io qua mi sentivo mancare l'aria, ero sempre incazzato e mi sembrava di impazzire, perché pensavo che mi stavo perdendo tutta la giovinezza mia, lontano d'e ffemmene e da tutto quello che di bello ci poteva essere a Napoli; però invece non tenevamo paura, potevamo pazzià e tutto sommato sono stati per me gli anni più belli, chill' c'aggia passat' dint' a sti sbarre. Ora posso avere tutt' 'e ffemmene che voglio, i vestiti firmati, quando esco la sera con gli amici posso comandare certe bottiglie per farlo vedere a tutti quello che sono. Però tengo paura ogni giorno, ogni momento.

Ma comunque già una cosa è fatta e intanto posso turnà a dormì di notte, almeno a Carminiello lo possiamo salvare, e ancora una volta dobbiamo dire grazie a papà.

Do un pacchero sul braccio a Gennaro, che mi sorride e mi fa: «Uè Ezio! Si venut' a truvà 'o fratellino?» ed entro nella sala delle visite. Non vedo l'ora di dargli questa bella notizia e non vedo l'ora che Carminiello esce di qua, e me lo posso portare con me per imparargli che cos'è la vita, anziché fare lo schiavo a nu barbiere di merda e dovere servire la gente per quattro soldi.

«Qui come va?» gli chiedo, ma non mi risponde. Sarà preoccupato pur' iss, giustamente. «Le cose fuori si stanno aggiustando» gli annuncio con un soffio di voce. «I Valletta promettono che non ci saranno vendette.» Continua a non parlare, ma la faccia gli cambia completamente. Strunz che si, anche se non ci hai detto niente né a me e né a tua madre, pensi che non siamo stati informati della gravidanza di Nina? Te si scurdat' che si ancora minorenne, eh Carminiè?

«Ma vogliono qualcosa in cambio.»

«Gliel'hai data, Ezio?» mi chiede, tutto preoccupato.

«La cosa la devi fare tu» gli spiego.
«Io, Ezio? E c'aggia fa io?»
«Pe' na vota dint' 'a vita toja, comportati comme a nu Di Salvo. La devi fare qua dentro.»
«Qua dentro, Ezio? C'aggia fa cca dint'?»
«E accirere a nu 'nfame.»

Mi guarda con gli occhi che parono di fuoco. Questi sì che sono gli occhi di un Di Salvo, ma io già lo so cosa sta pensando stu strunz di fratemo, che preferisce andare incontro alla morte che seguire la strada mia, la strada nostra, quella che ha portato tutto il bene alla famiglia sua. Pur di fare di capa sua sceglie di morire e lassare a sta creatura orfana prima ancora di nascere. Si nu strunz, nu scemo, n'ingrato. Tuo padre sono giorni che a Poggioreale si dà da fare per te, e tu come lo ricambi?

Se nun ci pienz' tu a sti ccose mò te le spiego bene e ti convinco io. Se non ti riesco a convincere papà nun m' 'o perdona, e di fronte ad Antonio Valletta gli faccio fare la figura 'e chill' che suo figlio se ne fotte di lui e accetta di morire pur di non ubbidire agli ordini. Devi calare la capa, Carminiè, devi capire che il mondo non gira sempre come dici tu.

Iss però è proprio na capa tosta, come quando era criaturo.

«Gennà» chiama e già si sta alzando dalla sedia dove sta seduto di fronte a me, per andarsene dritto dritto in faccia alla morte. «Portami in cella.»

Nuovo messaggio

A: carcere.poggioreale.napoli@giustizia.it

Oggetto: prenotazione colloquio - familiare

Richiedo colloquio per domani ore 11 con mio padre, Gabriele Di Salvo.

Allego il documento d'identità e l'autocertificazione della parentela.

Saluti.
Ezio Di Salvo

Seconda parte
LA CITTÀ

4
La gentilezza

VERBALE DI CONSEGNA ALL'ISTITUTO PENALE PER I MINORENNI DI NAPOLI

Il sig. Comandante del Corpo di Polizia Penitenziaria, in servizio presso l'Istituto Penale per i Minorenni di Napoli, è pregato di ricevere e tenere a disposizione del P.M., secondo quanto disposto dal Sostituto Procuratore:

la signora Gemma Doria, di anni 16, per la quale è stato disposto l'arresto perché ritenuta responsabile del reato di TENTATO OMICIDIO ai danni di Fabio De Gregorio, di anni 24.

Si attesta che alle ore 14:52 del 3 settembre è stata ricevuta in consegna la signora Gemma Doria, condotta presso questo Istituto da personale di Polizia Giudiziaria in servizio presso il Corpo di Polizia Municipale di Udine.

Il Responsabile
Comandante Massimo Esposito

Il potere più forte che tiene la tigre non è l'aggressività, ma riuscire a mimetizzarsi. Accussì si può avvicinare alla preda così tanto che quando poi sferra l'attacco quella manco se ne accorge, e ci resta sotto.

Così mi piace fare pure a me.

Quando la vedo in mezzo al cortile mi venesse da alluccà per quanto mi sento bruciare da una specie di fiamma che mi piglia tutto in una volta e mi fa rimanere fermo immobile, comme nu scem'.

Ma tu chi sei? Chi t'ha portato qua, in questo posto di merda, a te che sei fatta di fiori freschi e di nuvole?

Con la cassetta di plastica piena di barattoli di colla in mano, mi blocco e non riesco manco più a ciatà. Sento qualcuno che parla ma non capisco niente, mi rimane nella testa soltanto il nome «Teresa» e la speranza che questa stella splendente che sta davanti agli occhi miei abbia qualche cosa a che fare cco st'attività del laboratorio di ceramica dove mi hanno assegnato le ore... E io che le avevo provate tutte per scansarmele.

Poi però, al momento giusto, l'attacco bisogna sferrarlo velocemente.

Faccio due passi verso di lei, le sorrido, le do la mano e mi presento: «Piacere, Michelangelo», con il comandante che mi guarda stranito. So' scemo, lo so, però che c'è?, non lo tengo pure io il diritto di essere un artista? Che fa, se oggi mi sono svegliato Michelangelo? E poi si fidi, lo vedrete pure voi, comandà, che alle ragazze di questo tipo certe volte gli piacciono assai quelli come a noi. Certo, bisogna capire lei che tipo è, perché per ora mi sembra fuori da tutti i tipi, unica, comme nun n'aggia viste maie. Infatti quando cerco di baciarle la mano si vede subito che questa Teresa non appartiene a quelle chiattille del Vomero che all'inizio fanno finta che non gli piaci e invece non vedono l'ora 'e te purtà nell'angolino più buio del locale, per non farsi vedere da nessuno che stanno con te. No, lei si scansa proprio, e il comandante non se lo fa dire due volte: «Hai fernuto 'e fa 'o strunz? Scarica, ohè!».

Ma io già sto pronto all'attacco e la frase di Lino mi dà un po' di speranza. «Lei mò parla con te. Ma sei tu che devi parlare con i tuoi, dopo».

Quindi mò è proprio ess che ha da parlà con me! Questa è la cosa importante. Al *dopo* ci pensiamo dopo. Pure a Carmela ci penseremo dopo.

«Chiaro?» mi chiede il comandante.

«Chiarissimo» gli risponde la tigre, trionfante.

E se la preda per ora sembra che c'ha la faccia nu poco triste, o sfastidiata o quasi spaventata, è tutto normale: c'è tempo per fare sorridere pure a lei. Mò ci penso io a questo.

TERESA

Il cortile oggi è inondato di sole.

Il camion che stanno scaricando è pieno di tutto quello che ci servirà per l'attività anche in grande abbondanza, come mi aveva detto papà, prevedendo che potrebbe esserci un grosso spreco di materiali visto che sono ragazzi poco abituati a lavorare con l'argilla. C'è un tipo che la sta scaricando e due poliziotti vestiti normali, che si riconoscono solo perché portano il distintivo appeso al collo. Mentre cammino verso di loro mi sento super agitata, e respiro profondamente tentando di placare il cuore che batte a mille per il disagio di questa situazione così nuova per me. Se mi venisse un attacco di panico proprio adesso sarebbe assurdo, e sicuramente mi manderebbero subito via... Mi sa che non è stata una grande idea mettere in piedi tutta questa cosa, e vorrei poter tornare indietro anche solo a stamattina, mentre facevamo colazione e mamma e papà stavano tutti gasati per quest'attività artistica che finalmente mi dava «una bella occasione per uscire dal guscio e condividere il mio talento, dando qualche stimolo a dei ragazzi che si trovano in difficoltà», come ha detto mamma mentre mi controllava per vedere se secondo lei avevo mangiato abbastanza, pensando che io non me ne accorgessi. A quel punto sarei stata ancora in tempo per dire che non me la sentivo ed era meglio farla fare a qualcun altro...

Lo so benissimo che sono preoccupati per il fatto che non me ne frega niente di uscire la sera, che ho due amiche in croce e di sicuro non sono la ragazza più popolare della scuola, ma se sta bene a me che cosa gliene deve importare a loro? Forse non sarà il corso di ceramica qui all'istituto che farà di me la figlia che loro vorrebbero, questo mi sembra evidente, mentre abbasso gli occhi continuando ad andare incontro a questi tre e sperando che non si accorgano che sto male. Devo essere diventata pallidissima, mi tremano un po' le gambe, ma mi sostengo con il respiro e piano piano inizio a sentirmi meglio.

Intanto il ragazzo che sta scaricando i materiali dal camion mi viene vicino e senza staccarmi gli occhi di dosso mi sorride, mi dà la mano e si presenta, tentando addirittura una specie di baciamano da cui mi ritraggo immediatamente.

Sarà anche lui un poliziotto, o è uno dei detenuti? Quando sollevo lo sguardo per guardarlo meglio mi sembra impossibile che questo Michelangelo abbia mai potuto commettere qualcosa di sbagliato: ha il sorriso più luminoso e gli occhi più splendenti che io abbia mai visto.

PINO

Prima ancora che lo vediamo entrare nella cella, sentiamo 'o Pirucchio e Totò che gli alluccano dietro: «Addò vai? Aho! Stai tranquillo!».

Ma 'o Chiattill intanto ha già attraversato il corridoio e

sta davanti a Ciro, che stava fumando tranquillo sopra il letto suo. Non tiene manco bisogno di vederlo, per sapere chi è. «Aho, che vuò, Chiattì?» gli dice girandosi poco poco, mentre io dalla finestra mi avvicino a loro.

'O Chiattillo pare che sta tutto incazzato. Con la faccia scura scura gli dice: «Io lo so che l'hai spostata tu, l'erba».

«E non sei contento, Chiattì?» gli risponde Ciro rialzandosi dal letto e venendo sotto. Chill', 'o Chiattill, proprio non tiene fiducia. Non lo capisce che se Ciro fa una cosa, dietro c'è sempre il perché, che tiene a cuore gli amici suoi e sa come trattarli bene. L'unica cosa è lasciarlo decidere. Ma fallo fa, no?

«Carmine non c'entrava un cazzo» gli fa 'o Chiattill, tutto nervoso. È bello vederlo con quella riga nei capelli e il taglio sopra il sopracciglio: è uno di noi ora, pure se certe volte gli piace fare la capa tosta, come sta facenn' mò. Però è a noi che appartiene adesso. A noi, e a Ciro. E lascialo fa! A te che te ne 'mporta d' 'u Piecuro? Non state manco più nella stessa cella, ora stai dalla parte nostra pure per dormire.

«Se non lo facevo, tu questo fine settimana i tuoi genitori come li potevi vedere?» risponde Ciro.

L'hai visto, Chiattì, che tu ti devi fidare di lui? Che l'ha fatto per il bene tuo? Ora Ciro sta proprio in piedi di fronte a lui in mezzo alla cella, e io a fianco a lui. Song' 'o braccio destro suoje, è così che dicono, no? Tanto mi basta, ma tu che vuoi ancora? 'O Chiattill non si fida proprio, ma soprattutto non capisce quando uno parla, pure se gliel'ha detto in italiano. È proprio milanese e forse non è abituato a capire le regole nostre dell'amicizia.

Infatti gli chiede: «In che senso?».

E poiché continua a non capire, è inutile che Ciro deve perdere tempo a ripetere sempre 'a stessa cosa: questo è il momento di parlare per il braccio destro. Mò tocca a me.

«Oh, questo fine settimana tu esci» gli spiego. «Forse esco pure io. Casomai ti vengo a prendere con il motorino, ci andiamo a fare un giro.» 'O Chiattill non pare convinto, ma è importante essere gentili con i nuovi arrivati. «Ti faccio conoscere pure il mio cane, nu pitbull, Tyson, fa paura, ma poi vedrai, è buonissimo e a me mi ubbidisce in tutto e per tutto.» Sono sicuro che si divertirà, 'o Chiattill, come si smolla nu poco da questo modo di fare così milanese e impara quant'è bello stare a Napoli. Sta a noi fargli capire dove sta mò.

«Non è sicuro che mi diano il permesso, comunque» insiste. Ma allora si proprio capa tosta!

Guardo Ciro che mi passa la canna e gli parla doce doce: «Fidati. Il magistrato già ha dato l'autorizzazione». Iss e la famiglia sua sono talmente potenti che lui tiene sempre le fonti giuste per sapere quello che decide di fare la dottoressa Caputo.

Ma 'o Chiattill non pare convinto: «E tu che ne sai?».

Si vede overamente che questo qua viene da lontano e non sa niente di quello che significa appartenere alla famiglia Ricci... Gli dobbiamo spiegare proprio tutto, come farò con i posti dove passeremo domenica quando lo porto in giro a vedere tutta Napoli sopra il motorino. «Guagliò, Ciro sape tutte cose!» gli ricordo dandogli una scurzetta sulla guancia e passando in mezzo a loro per mettermi vicino alla porta, così posso stare là a controllare se per caso arriva qualcuno.

«E durante questa vacanza» gli spiega Ciro «tu farai una piccola cosa per me.»

«Cioè?» gli chiede lui.

«Siediti Chiattì, mettiti comodo. Stai sempre scomodo, stai» gli fa Ciro, accompagnandolo a sedersi al tavolino di fronte alla finestra: oggi il mare è nu spettacolo, calmo e azzurro, che viene solo voglia di buttarsi per rinfrescarsi un poco.

Riappiccio e me ne sto a guardarli tipo cinema, mentre Ciro con tutta calma gli dà le indicazioni: «Devi dire a tuo padre che scendesse con la macchina. Poi andate a pranzo al ristorante di un amico mio. Quello tiene un parcheggio privato. Tu la macchina gliela fai mettere là dentro. Chest'è. Semplicissimo».

Ma 'o Chiattill proprio non si piega, non ce la fa a capire come gira 'o munn'. «Io non metto in mezzo la famiglia, Ciro» gli dice serio serio, e se ne va.

E dopo che è uscito di nuovo dalla cella, Ciro si volta verso di me facendo un segno con la testa, come a dire che non gliene importa niente di quello che ha detto 'o Chiattill, e con quello stesso sorriso di prima – quello di chi sa che comunque è sempre lui a comandare, pure quando agli altri gli pare di no – mi fa: «Nun te preoccupà, alla fine lo fa. E mò jamme, vien' accà Pinù, puòrtem' sta cannetta, jà».

ROSARIO

«Permesso?»

«Entrate entrate, scusate» dico alla signora Paola alzandomi di scatto dalla poltroncina. Già si sono fatte le otto e mezza. «Scusatemi signora, stavo incantato a leggere e non mi ero reso conto che la mia mezzoretta di pausa già era passata da mò» le dico sorridendo. «Ultimamente m'aggia appassionato assai alla storia. Sto in trip proprio» le confido. Poi mi passa per la testa un pensiero che mi fa ridere e non so perché, mi viene voglia di dirglielo.

«Ah, se me veress' la professoressa mia...» le confesso divertito, forse perché lei me la ricorda un poco?

«Perché?» mi chiede curiosa mentre si prepara. «Non ti piaceva la storia, a scuola?»

«Eh...» faccio io. Forse non è proprio il caso che le racconto proprio tutto, di quegli anni là... «Invece ditemi come è andata questa settimana» le domando, invitandola a mettersi davanti a me per il primo *vis à vis* da fare in piedi. «Va meglio ora, la notte?»

«Insomma» mi risponde lei con una piccola smorfia, mentre piano piano inizio con la mobilizzazione dell'anca.

«Avete pigliato qualche cosa?»

«No» mi risponde secca, senza guardarmi.

«Niente niente proprio? Manco le pastigliette di arnica che vi avevo consigliato?»

Mi fa cenno di no con la testa, con la stessa espressione tra l'orgoglioso e il vergognato che potrebbe avere una bambina cocciuta e nu poco chiattilla.

«E scommetto che vi siete messa ancora i tacchi, è overo?»

Mi basta gettare uno sguardo verso l'ingresso della saletta, dove accanto alla sedia la signora Paola ha lasciato tutto quello che indossava quando è arrivata, per averne conferma – e per quel poco che la conosco ci scommetto che è venuta qua direttamente dal lavoro.

«Eccoli là! Pazza siete... Ma ve le siete comprate o no le scarpe da running che vi ho mandato il link? Voi solo quelle ammortizzate dovete usare. Ormai ve le potete mettere pure con la minigonna e starete benissimo lo stesso! Vabbuò, tanto lo so che siete capa tosta e a me non mi ascoltate mai» le dico passando alla parte viscerale, che pure oggi sta bella bloccata.

Mobilizzando la parte cicatriziale riusciamo un poco a rilasciarla, e in effetti quando mi ricordo che le hanno dovuto levare l'utero, dopo che ha perso il bambino, penso che io non sono nessuno per giudicare che cosa può significare per lei uscire di casa la mattina portando ai piedi un paio di scarpe con il tacco. Magari sono la stessa cosa che per me è la tuta da ginnastica, o questa semplicissima maglietta bianca che tengo addosso stasera: qualcosa che mi ricorda tutto il tempo quello che sono oggi, quello che mi piace essere, a differenza magari di qualcos'altro.

Pure lei c'avrà il diritto di mettersi quello che più le pare e piace per andare a faticà, no?

«Non è vero che non ti ascolto...» mi controbatte ridendo e socchiudendo gli occhi, mentre finisco di controllarle il ginocchio e mi metto a fare la caviglia, che sta messa malissimo. Certo, signora, la libertà d'espressione è importante. Ma sono sicuro che se provate quelle scarpe poi vi rendete conto voi stessa della differenza.

«Quindi visto che mi ascoltate questa settimana li avete fatti, gli esercizi?» le chiedo sorridendo, visto che conosco già perfettamente la risposta.

«Vabbè, che c'entra» mi risponde seria «nei giorni scorsi non puoi capire quanto sono stata impegnata!»

«No, infatti non lo posso proprio capire, signò! Ma cosa tenete al lavoro che è più importante del vostro stesso corpo?» la rimprovero.

Poi mi concentro e riparto con il piede e il polpaccio. Solo quando passo all'altra gamba la guardo un momento in viso e mi viene una curiosità: «Ma voi che mestiere fate, signò? Non ve l'ho mai chiesto».

Lei sospira, come se nel suo lavoro ci fosse qualcosa che non va. Non si preoccupi, signora, tutti quanti sbagliamo in questa vita, le vorrei rispondere. Invece sto zitto e aspetto.

«Lavoro in una struttura che si chiama IPM... Istituto Penale per i Minorenni» mi dice alla fine. «Praticamente è una sorta di luogo di detenzione, però rivolto ai minori o ai ragazzi che sono poco più che maggiorenni, fino ai venticinque anni.»

«Ah» è l'unica risposta che riesco a farmi uscire dalla bocca, con il cuore che si mette a battere come se avessi appena finito di correre una maratona. Chiudo gli occhi per un istante e rivedo la rete intorno al campo da calcio dove passavamo le giornate, le crepe sopra il soffitto della cella che vedevo stando sdraiato nel mio letto, quando portavo i capelli lunghi e quelle maglie schifose solo per farmi vedere che ero uguale agli altri. E a me che mi sembrava una professoressa, di quelle magari un poco stronze, che però poi tanti anni dopo lo capisci che alla fine erano persone giuste e ci tenevano a fare le cose nel migliore dei modi... Comunque non mi pare proprio una poliziotta. Sarà di sicuro un'educatrice, anche se a vederla così non sembra manco quello.

E mentre io lo penso lei lo dice: «Sono la direttrice, lì all'IPM».

PAOLA

«Ma voi che mestiere fate, signò? Non ve l'ho mai chiesto.»

Sospiro forte, rilassandomi un poco di più mentre lui prosegue con i suoi massaggi celestiali che mi fanno riattivare la circolazione, la vita, l'energia. Glielo devo dire o no? Sono da poco in questa città, e ancora non mi è chiaro come possono reagire le persone di fronte a certe cose. Forse sarebbe più intelligente glissare. Ma quando incrocio il suo sguardo simpatico, aperto, mi verrebbe quasi da dire incoraggiante, non posso fare a meno di dirgli la verità. In fondo questo ragazzo è un bravissimo professionista, che lavora in uno degli studi più rinomati di Napoli. È stato il mio padrone di casa, un professore universitario di origini nobili, che possiede più di un palazzo e non si accontenta certo del primo che passa, a consigliarmi di venire qui e raccomandarmi di chiedere espressamente di lui, per i miei trattamenti. Perché mai non dovrei essere sincera?

«Lavoro in una struttura che si chiama IPM... Istituto Penale per i Minorenni» gli spiego. «Praticamente è una sorta di luogo di detenzione, però rivolto ai minori o ai ragazzi che sono poco più che maggiorenni, fino ai venticinque anni.»

«Ah» è tutta la sua risposta. Magari non gliene frega un granché e quindi non sa bene cosa dirmi.

O magari invece la notizia lo ha colpito ancora più di quanto tu pensavi... Hai sentito come di botto le sue mani si sono proprio fermate e poi ci ha messo un momento a riprendere il trattamento?

E malgrado non me ne freghi nulla di quello che a volte mi capita di pensare, né tantomeno mi crei problemi l'idea di fare per qualsiasi ragione una brutta figura con lui, mi viene comunque spontaneo specificare: «Sono la direttrice, lì all'IPM».

Quest'informazione comunque non sembra cambiare di molto la reazione di Rosario, che consiste in un altro laconico e appena udibile «Ah».

Ma a me non importa dei pregiudizi della gente. Faccio un lavoro che amo, in cui credo, e che a volte, sì, effettivamente mi sta così tanto a cuore che mi scordo di fare gli esercizi con cui forse un giorno potrei camminare meglio. O forse no? Chi lo sa.

Certo non lo scoprirai mai, finché non inizi a farli, quegli esercizi...

Per il fastidio, sbuffo così forte da far riscuotere Rosario, che mi annuncia «Ora passiamo a un po' di *lymphatic pump*» e poi mi chiede: «Voi facevate molta attività fisica prima dell'incidente, vero?».

«Sì, abbastanza. Era una cosa che mi piaceva molto» gli rispondo.

«Si vede!» esclama lui ridendo. «Tenete le gambe più forti di quelle dei calciatori... La muscolatura è ancora bella potente e con un piccolo aiuto potrete fare dei miglioramenti importanti, signò.»

Speriamo che sia davvero così. Ma come sempre mi mette un po' a disagio parlare di me: «Ma infatti ho sentito che tu lavori con i calciatori del Napoli...» gli chiedo.

«Sì» conferma lui, poi sorride di nuovo. «So' piccerilli giganti, signora. E la maggior parte di loro sono cape toste come a lei; se non fosse che l'allenatore li obbliga, pure loro non li farebbero gli esercizi, anche se con quegli esercizi ci si mettono il pane a tavola, se così si può dire.»

«Si mettono a tavola un po' più del pane, direi, eh?» scherzo io.

«Eh... Jamme, giriamoci a pancia sotto, signò. Oppure vi devo chiamare direttrice?»

«Ma figurati! Anzi, perché non mi chiami semplicemente Paola?»

«Vabbuò, *Paola.*» Questa volta mi sente la schiena e si concentra sulle spalle, che come al solito sono un po' doloranti. Il suo commento, infatti, come ogni volta che mi tratta, è: «Teniamo un poco di pensieri in capa, eh signò... Paola? Ci avete le spalle dure come il marmo».

Con la faccia affondata nel buco del lettino, gli occhi chiusi e il corpo che si scioglie sotto il suo tocco, non trovo altra risposta per lui che un «Mmh» interlocutorio, che non significa niente di preciso neanche per me.

«Vostro marito non vi obbliga ogni tanto a prendervi qualche giorno di vacanza?»

Sospiro, apro gli occhi (non trovando davanti a me nient'altro che il parquet del pavimento) e mi costringo a rispondergli in un soffio: «Sono separata».

Senza smettere di trattarmi le spalle e la cervicale, lui commenta: «E vabbuò signò... ehm, Paola, mi dispiace, ma tanto oramai una separazione è cosa di tutti i giorni. Vedrete che davanti a voi sicuramente vi aspetta qualcosa di più bello».

Io non la sopporto proprio, questa attitudine alla felicità a tutti i costi e un tanto al chilo. Ma crescendo inevitabilmente toccherà anche a lui di incontrare qualche ostacolo e a quel punto la smetterà di fare questi discorsi triti e ritriti, che lo appassionano così tanto da spingerlo ad andare avanti a oltranza.

«C'è una frase che mi piace un sacco» continua infatti. «Dicono che un vincitore è un sognatore che non si è arreso.»

«Mmh» commento. «Interessante...» Eccome... Ne sentivo proprio l'esigenza.

«Non l'ho detta io, eh! È di Nelson Mandela, lo leggevo proprio ieri. E questo vale pure per l'amore, io ci credo perché è la stessa cosa che m'è successa a me.» Ora la sua voce si è fatta più delicata, meno trionfante, e di conseguenza per me anche meno insopportabile di prima.

«E tu, sei sposato?» gli chiedo allora.

«Ci sposiamo a settembre» mi annuncia orgoglioso. Gli

auguro veramente ogni bene, sembra un ragazzo molto serio e gentile, anche se ormai mi rendo conto che quando sento parlare le persone così entusiaste mi pare di ascoltarle da un altro pianeta. Ma come potrei sentire ancora entusiasmo per qualcosa, dopo tutto quello che ho fatto e che ho passato?

Finito il trattamento, mentre mi rivesto, guardo le luci fuori dalla finestra.

«C'è qualcosa che vi incuriosisce?» chiede Rosario, facendomi leggermente sobbalzare.

«Be', sai» gli dico, con gli occhi ancora fissi sulla distesa di tetti che si vedono da questo settimo piano che svetta su un quartiere di palazzi storici fitti fitti. «Mi sorprendo di non vedere il mare. La finestra del mio ufficio si affaccia proprio sul porto e anche la casa dove abito si trova a Posillipo e ha una bella terrazza, quindi alla fine mi sembra di averlo sempre sotto gli occhi e mi fa strano che a Napoli ci siano anche posti da cui non si vede...»

Su questo lui ride come se gli avessi raccontato la più esilarante delle barzellette. «Siete proprio una turista ancora, eh? 'O mare, 'a pizza, 'o mandulin... Giustamente ancora non avete scoperto tante altre facce di Napoli, ma c'è tempo. C'è tempo per tutto nella vita, Paola» aggiunge con un sorriso più dolce. «Anche se mi pare che voi non ci credete molto.»

Sì, è vero: non ci credo. Non ci credo *più*.

Lo studio ormai è praticamente deserto, a quest'ora. Accompagnandomi all'ingresso con la grande pianta e le piastrelle colorate sul pavimento, mi chiede malizioso: «E in tutte queste case che si affacciano sul mare, qualche napoletano interessante non l'abbiamo incontrato?».

«Che dici!» gli rispondo, sentendo però la mia faccia che avvampa come penso non succedesse più o meno dalla prima media o giù di lì.

«Ahah!» gongola lui. «Colpita e affondata! Allora l'avete già scoperto, che i napoletani sono gli uomini più affascinanti e galantuomini del mondo?»

«Ma no» mi ritraggo, andando più veloce possibile verso la porta con il mio bastone. «Io con queste cose ho chiuso, veramente.» Intanto mi sento avvampare sempre di più. Che cavolo mi sta succedendo?

Mi balza negli occhi un'immagine di Massimo, quando stasera siamo usciti insieme dall'istituto e mi ha offerto un passaggio in macchina: non ricordo tanto le sue parole, quanto lo sguardo con cui le ha accompagnate e il tono di voce con cui le ha pronunciate.

Ammettilo che il tuo primo istinto è stato quello di disdire il taxi e non vedevi l'ora di sederti in auto accanto a lui...

Scaccio questo pensiero come se fosse un insetto fastidioso, che non la smette di ronzarmi intorno, e afferro la maniglia della porta, dando una sbirciata al telefono dove trovo due chiamate perse da Anna Maria Caputo, il nostro magistrato di sorveglianza. La richiamerò dalla macchina. Ora voglio andare a casa.

«Vabbuò. Ci vediamo giovedì prossimo alle otto e mezza. M'arraccumanne, dottoressa. E compratevele quelle scarpe!» mi incalza Rosario, appoggiandosi con una mano allo stipite e salutandomi con l'altra.

GEMMA

Non ci posso credere... È un mito! Quando Viola si alza da tavola, passa accanto a me e va ad accendere il volume della tv penso che io non lo so come potrei sopravvivere qui dentro, se non fosse mia amica. Lei è l'unica persona che mi *vede*, in questo posto assurdo; l'unica che evidentemente si è accorta di quanto stavo impazzendo dalla voglia di sentire la notizia che stanno passando al telegiornale, anche se stava cenando a un altro tavolo. Mentre Naditza e Silvia, che sono qui sedute vicino a me, sono troppo prese dalla loro rivista. Sono sempre carine con me ma forse hanno altri interessi per accorgersi di quello che sto provando. È da queste cose che si capisce quando qualcuno ci tiene a te e ti vuole bene veramente, anche se la maggior parte delle persone forse è troppo superficiale per rendersene conto e preferisce dare valore ad altre cose, che secondo me invece non contano proprio niente.

Mamma mia, ho il cuore in gola, mi manca il respiro, mi sento male per l'emozione. Fabio... Non ci posso credere. Accanto al giornalista stanno facendo vedere quella foto che gli ho fatto io nel giardino di casa sua, penso che forse l'avranno presa da Facebook perché la usava come foto del profilo. È bellissimo, anche se lui dice sempre che in foto viene male e che le vorrebbe bruciare tutte. Oddio, perché stanno facendo proprio adesso un servizio al telegiornale dove fanno vedere la foto di Fabio? Non è già tutto successo, quello che doveva succedere? Non è già morto da tanti giorni, Fabio? Quale può essere la notizia che devono dare? Sarà per caso qualcosa che riguarda Ambra?

«Il caso dell'acido di Udine» dice la scritta in basso, facendomi riempire gli occhi di lacrime. Vorrei morire anch'io in questo momento; invece sono viva, pure troppo. Mentre il giornalista sta parlando, ho paura che il cuore mi stia battendo così forte che Naditza e Silvia possano sentirlo e giudicarmi male per questo. Ma io che ci posso fare se è così?

«Un aggiornamento sul ferimento di Fabio De Gregorio» annuncia. «Il giovane, ricorderete, era stato gravemente ferito da due colpi di pistola sparati dalla fidanzata, attualmente detenuta nell'Istituto Penale per Minorenni di Napoli, dopo che aveva sfregiato con l'acido la sorella Ambra per errore, scambiandola per lei.»

Ha detto *gravemente ferito da due colpi di pistola*: non *ucciso da due colpi di pistola*. Non riesco a trattenere il pianto, anche se mi stanno guardando tutte. Viola è lì per me, accanto al televisore, e Fabio è vivo. Sento i singhiozzi che mi spaccano il petto, mi manca l'aria. È vivo. Ho sempre pensato che non si sarebbe mai più risvegliato dal coma, e invece non l'ho ucciso. «Secondo quanto riferito dalla direzione dell'Ospedale San Marco di Udine, dove il ragazzo è ricoverato, Fabio De Gregorio è ormai fuori pericolo e i medici hanno sciolto la prognosi. E ora parliamo dei trasporti...»

Quindi ad Ambra non è successo niente... nient'*altro*. Mi copro il viso con le mani, disperata, ma pur non sapendo niente di Fabio e di mia sorella, Viola non mi lascia sola. Dopo aver spento la tv, si accosta silenziosamente a me, come a volermi dire che capisce perfettamente quello che sto provando, e solo dopo torna a finire la sua cena.

Se avessi la forza di parlare, vorrei essere in grado di dire solo una parola per lei: «Grazie».

FILIPPO

Sento rimbombare la sua voce nel vano delle scale ben prima di vederla.

Mi trovo nella merda e ho la testa piena di pensieri. C'è pochissimo tempo per decidere e non ho assolutamente idea di cosa farò. Cosa si deve scegliere, tra una cosa assurda e un'altra ancora più assurda? Vorrei escludere in partenza l'ipotesi di coinvolgere i miei genitori in qualche traffico che non posso neanche immaginare – droga? armi? chi può sapere in quali casini abbiano il loro business gli amici di Ciro, cos'è che devono portare a Milano approfittando del fatto che la macchina di mio padre sicuramente ha molte meno probabilità di essere perquisita, rispetto a una delle loro...

Ma ho già capito che chi si mette contro questi qui non ha una vita lunga. Solo pochi giorni fa non m'importava niente di morire, ora però non lo so. Non ho nessuna voglia di farmi ammazzare con una lametta o qualche pezzo di vetro nella scala che porta al cortile, in una doccia, in un qualsiasi corridoio: per morire bastano pochi secondi, e lo so bene.

Quindi praticamente non c'è nessuna scelta. O rovinare la vita ai miei genitori ancora di più di quanto io abbia già fatto, oppure mettere in gioco la mia. Tutto qua. Sono veramente nella merda e non so proprio da dove cominciare a mettere in ordine tutti questi pensieri, eppure la voce di Naditza riesce a mettermi di buon umore anche adesso.

Nunzia si allontana di qualche passo per lasciarci soli, diciamo, per quello che può essere un momento di privacy in questo posto dove pure i vani delle scale sono pieni di sbarre, di serrature, di porte che si aprono soltanto con la chiave, e così restiamo di fronte, un po' impacciati, per salutarci un attimo.

«Stai ascenn'?» mi chiede Naditza. «Per questo ti si fatt' bello?» Ha ancora la voce strana, sforzata, sarà il fiatone perché stava facendo le scale. O magari un pizzico di emozione perché ha visto me? Più o meno come quella che sto provando io adesso, stando qui di fronte a lei?

«Permesso» le rispondo. «Faccio due giorni coi miei. Al Grand Hotel, il San Francesco... come piace a te.» Più scendo queste scale, più mi passa la voglia di andarci e mi verrebbe quasi il desiderio di rimanere qua dentro, pur sapendo che stasera potrò dormire in un letto come si deve e fare finalmente qualche pasto decente con la mia famiglia. Quale prezzo pagherò – o pagheranno loro – per i bei pranzetti che ci aspettano questo weekend?

Come sempre, però, lei ha il potere di alleggerire e smorzare tutto. «E mica lo so se ti fanno entrare, con questo cappellino!» sentenzia ridendo e avvicinandosi di più a me, per girare al contrario la visiera di questo cappello (effettivamente orrendo) che sono riuscito a recuperare per coprire la riga che mi ha fatto Ciro, in modo da provare a nasconderla ai miei genitori. Cosa mi direbbero se la vedessero? Probabilmente penserebbero che qua dentro sta succedendo qualcosa di simile alla realtà, ma neanche nelle loro più assurde fantasie criminali potrebbero arrivare a concepire l'idea che la loro stessa macchina domani verrà usata come uno strumento di traffici illeciti, e che tutto questo accade con la mia complicità.

«Accussì. Si cchiù bellill'» mi dice tenendomi le mani sul viso un istante in più di quanto sarebbe necessario, cosa che mi provoca una piccola scossa della quale a quanto pare si accorge pure lei. Oh, non le sfugge proprio niente a questa qua… «Te si incantat'?» mi chiede con un sorriso stupendo, lasciandomi ancora di più senza parole e poi regalandomi lei stessa la via di fuga da questo momento di imbarazzo stile tredicenne: «Vai, jà!».

Io mi avvio verso la scala che mi porterà finalmente fuori di qui, eppure non ho nessuna voglia di smettere di guardarla e vorrei che fosse già domani sera per tornare da lei. A metà della rampa mi fermo e mi giro di nuovo, per guardarla attraverso le sbarre della ringhiera e dirle: «Quando torno continuiamo con le lezioni di piano, vero?». Chi l'avrebbe potuto immaginare, quando sono entrato, che sarebbe arrivato un giorno in cui non avrei avuto voglia di uscire?

«Marò comme si pesante!» ride lei. «Portami nu regalo dal Grand Hotel.»

Che cos'è, un'altra prova? «Devo rubare?» le chiedo.

«Ma tu Robin Hood non lo conosci proprio?» mi risponde divertita. «Chill' rubava ai ricchi comme a te per dare ai poveri comme a me!»

Ha un sorriso dolcissimo, intelligente, brillante, spiritoso. Posso solo intuire tutto il mondo di cose che non so di lei e che si nascondono dietro le sue parole, ma su una cosa invece sono sicurissimo: che potrei rimanere su questo scalino a guardarla per due ore.

Ora è tempo di andare. È tempo di scegliere. Bisogna continuare ad andare giù su questa rampa di scale, come Lino non perde occasione di ricordarmi: «Robin Hood, sta diventando una via crucis. E jamme, jà, forza!».

Vabbuò, ancora di tempo ce n'è, però mi pare che già stiamo a buon punto, pure se a me sto Chiattill non mi piace proprio. Devo solo completare la scommessa con Silvietta e dopo... jà, dopo si vedrà. Giorno per giorno, fino alla fine di questa pena troppo corta. Chella stronza di Liz l'ha fatta facile, mò: «Noi non è che ci possiamo sostituire alla tua famiglia... Tu ci devi provare...» Eh, jà, provaci tu a ragionare con mio padre, visto che ti piace tanto il ragionamento. Ma chi se ne fotte: tanto le ho convinte e posso restare qua tranquilla. Che me ne 'mporta a me d'ascì, che tengo 'a fa io là fuori? Niente, se non andare a farmi sposare con quello schifoso o farmi accidere di mazzate da mio padre.

Devo ringraziare la direttrice nuova, che finalmente poi l'ha capito. Tiene gli occhi tristi ma il cuore bello, la dottoressa. Ess sì, che mi piace. Ess sì che m'ha fatt' cuntenta, evitandomi di tornare al campo questo fine settimana. A me mi basta poco per farmi cuntenta, fino a che sto cca dint' mi sento tranquilla e beata. Mentre con Nunzia stiamo salendo le scale per tornare in cella, bell' e buono glielo spiego: «Ma dove la trovate una come me? Io sono una detenuta modello perché cca dentro ci sto per scelta! Ma quando vi ricapita?».

E proprio quando noi siamo lì che saliamo eccolo invece là che scende, 'o Chiattill, accompagnato da Lino.

«Uè!» lo saluto. Eh no, non è per niente il tipo che mi piace a me, peccato, però mi sta simpatico. Questo sì.

Nunzia, che chissà che cosa si sta credendo che ci dobbiamo dire in grande segreto io e lui, si allontana verso le scale lasciandoci a noi due nel pianerottolo e mi dice: «Doje minut'».

«Vabbuò» fa Lino, allontanandosi pure lui.

Sta tutto preparato, 'o Chiattill, con lo zainetto e un cappellino che non gli ho mai visto fino a mò. Sicuramente, a differenza di me, tiene una famiglia che gli vuole bene e che lui è contento di vedere, quando ci stanno dei giorni di permesso. «Stai ascenn'?» gli chiedo. «Per questo ti si fatt' bello?»

«Permesso» mi dice infatti. Bravo Chiattì, mi sa che te lo sei meritato proprio questo permesso, e chissà come sarà difficile restare cca dint', per uno abituato comme a tte... «Faccio due giorni coi miei. Al Grand Hotel, il San Francesco... come piace a te.»

Oh! Sono proprio felice per te che te ne torni un poco nel tuo ambiente e che potrai rivedere i tuoi genitori. Scommetto che tu non c'hai nessuno in famiglia che non vede l'ora di venderti a qualche cugina brutta e ricca. Quello è il posto tuo, il Grand Hotel, Chiattì, no questo qua. Anche se effettivamente... mi metto a ridere e gli dico: «E mica lo so se ti fanno entrare, con questo cappellino!». Ma che ci azzecca uno come a lui con quel cappellino là? Non è che per caso se l'è messo per non fare vedere quella riga che si è fatto qualche giorno fa, quando ha cominciato a farsela con Ciro? E che si crede?, di poterselo tenere in testa per due giorni senza toglierselo mai? Intanto mi avvicino per andarglielo a girare al contrario, e come sempre provo una sensazione bellissima quando sento il suo odore. «Accussì. Si cchiù bellill'.» Mi sento tipo che il cuore mi ha perso un battito, allora per non farmene accorgere mi metto a ridere e glielo dico a lui: «Te si incantat'?».

E overamente pure lui rimane proprio senza parole e mi guarda un po' così, senza sapere cosa fare.

«Vai, jà!» gli dico. Vatti a divertire, Chiattì. So' contenta per te e non ti dico manco che vorrei stare al posto tuo, perché penso che io dentro il Grand Hotel San Francesco ci sono entrata soltanto per rubare il portafogli a qualche cliente, facendo finta di essere un'escort che si era sbagliata e approfittando della loro confusione quando gli andavo incontro per dargli un bacio. Per te invece tutto quello che è bello e lussuoso è una specie di casa. E quindi buon permesso, Chiattì, io tanto sto qua che ti aspetto, ci rivediamo presto.

Mentre lui scende rimango là sopra sul pianerottolo a guardarlo, e pure lui ogni momento si gira verso di me. Il giorno della vittoria sta per arrivare, Silviè, tieniti pronta!

Quando salgo verso la cella, inizio quasi senza accorgermene a cantare: «Gelem, gelem, lungone dromensa...» però piano piano, a voce bassa, se no qua dietro Nunzia chi la sente, portandomi nel cuore ai miei fratelli, che gliela canto sempre e non li vedo da tanti giorni. Ogni gradino che salgo lo sento sempre di più, questo fatto che veramente nella vita mia mi pare di avere camminato tanto, tantissimo, per un sacco di strade diverse, pure se io da Napoli non sono uscita mai.

CARMINE

Dove stanno i coltelli grandi? Solo nel cassetto? Ma dov'è il cassetto? Mi guardo attorno e non ne vedo proprio. Ci stanno un milione di pentole, i cucchiai appesi dall'alto, le bottiglie di succhi di frutta della colazione, le uova, ma di coltelli non se ne vede manco uno in giro e io c'ho addosso un'ansia che mi rovina. Lo devo fare. Altre scelte non ne tengo. Se devo decidere di sacrificare o a lui o a Nina con la creatura nella pancia, come potrei non accettare di fare quello che mi hanno chiesto e accirere a iss?

Anzi, l'avrei dovuto fare stamattina, approfittando di quel momento dove bastava solo una piccolissima spinta e lo potevo buttare giù dalla barca a vela, che forse non mi vedeva nessuno, senza manco mettermi sopra le spalle un altro processo e un altro omicidio, facendo finta che era stato un incidente. Poi però è arrivata Nina, che per giunta l'aveva pure chiamata lui per farmi questa bella sorpresa, e io sto con il cuore che mi sta scoppiando e non ce la faccio più. Non tengo il coraggio, non tengo la forza di cercare un coltello, prenderlo e cacciarglielo nella pancia, eppure lo devo fare.

Lo devo fare anche se in tutti questi giorni è stato l'unico che si è accorto che tenevo qualche cosa che non andava e tante volte è venuto da me per aiutarmi, provando a farmi parlare. Cosa vi devo dire, comandà, che Antonio Valletta vuole la morte vostra e che mi ha ordinato di ammazzarvi, e che per giunta se io non lo faccio chi deve pagare pegno sarà Nina? Cosa vi dovevo raccontare, di tutto quello che mi pesa sopra il cuore in questi giorni, senza nessuno che mi vuole aiutare, manco mia madre, perché nessuno osa andare contro a chell' che ordina pàtemo?

Niente, la devo soltanto smettere di piangermi addosso e aggia fa l'omm', come mi stanno dicendo mia mamma e mio fratello da mò. Chist' è 'o sanghe mio e questo è il mio destino. Mi devo rassegnare, aggia fa l'assassino, perché questo è il mestiere della famiglia mia: l'assassino. E quindi dove sta il coltello?

Gli guardo i polsi e le mani che vengono fuori dalla camicia di jeans, gli guardo il collo e l'attaccatura della barba sopra il colletto. Devo trovare un coltello per entrare dentro la sua pelle, nelle sue viscere, e vederlo che si accascia giù per terra come è stato per Nazario. E poi chi se ne importa di quello che mi succederà a me: però a Nina almeno non la guarderanno più e la lasceranno finalmente in pace, a lei e a Futura. Tanto, nonna, tu da là sopra me la guarderai sempre a questa creatura, no? Gliela canterai anche dal paradiso la canzone che mi cantavi sempre a me e che le ho voluto mettere come nome, così si porterà sempre vicino una parte di te. Te l'affido, nonnì, così ce l'avrà pure lei una famiglia, anche solo dentro il cuore, anche solo come una canzone che viene cantata da sopra il paradiso per lei. Io non ci sarò per te, bambina mia. A tuo padre non lo aspetta niente di buono: se non è più walking dead, con due omicidi nelle mani avrà davanti una condanna molto lunga, come a quella che si sta facenne pàtemo. Anche tu, comme a me, crescerai vedendolo una volta al mese ai colloqui senza poterlo quasi abbracciare; se proprio riesce a sopravvivere con questa capa strana che tiene, tuo padre sarà comunque solo un estraneo per te. Chest' è 'a vita degli assassini.

Mi devo muovere, non c'è tempo. Non ce l'avrò mai più, un'occasione comme 'a chesta per fare quello che devo fare, e ogni istante è prezioso. Qua arriverà qualcuno da un momento all'altro, non è che possiamo restare chiusi dint' a sta cucina io e lui per l'eternità. Ma io però non ce la faccio. Non è che non lo voglio fare. Non ce la faccio.

Non lo so quello che mi succederà, ma non lo *posso* fare.

«Comandante» gli dico. «Vi pozzo parlà?»

Quante cose che vi vorrei dire, comandà.

«Dimmi.»

Gli vado incontro tenendo le braccia incrociate e gli occhi bassi, che non cercano più dove stanno i coltelli ma solo un posto di pace dentro di me, se ancora ci può essere. Chest' è a ciorta mia. Il destino del piecuro, non del lupo.

«Niente, vi volevo solo ringraziare» gli dico quasi bisbigliando, ricordando per un momento la sensazione di stamattina del sole sopra la faccia sulla barca a vela, con Nina accanto a me e lui che ci prometteva che gite come a questa ce ne farà fare tante altre, pure con la creatura quando nascerà. Comandà, per noi il futuro sta solo dentro un nome, dentro una speranza che possiamo lasciare ai figli nostri. Il futuro per noi è un lusso che non ci possiamo permettere. Chest' è 'a verità.

«Per stamattina. Tutto qua.» E gli faccio un piccolo inchino solo con la testa, prima di voltarmi e dargli le spalle per rientrare nella sala della mensa. «Arrivederci.»

ANITA

Dovrei avere paura, invece non ne ho.

Guardo questa scena stile film apocalittico, con le fiamme che si alzano dalla macchina di papà, e mi chiedo quando smetteremo di vivere in un incubo dove continuano a succedere delle cose che non hanno senso, tipo entrare in quella chiesa per il funerale e sapere che dentro la bara c'è Greg, o andare a Napoli per salutare Filippo in carcere, o vedere papà che compra una tanica di benzina e gira per un'ora, finché non trova questo parcheggio abbandonato in mezzo al nulla, per poi dare fuoco alla sua stessa macchina.

Però non ho paura. Anzi.

La mamma è arrabbiata, ma secondo me non tanto per la macchina, quanto per il fatto che per la prima volta Filippo ha scelto di confidarsi con papà, anziché con lei. Papà trema e ci spinge per farci arretrare. È sconvolto, eppure c'è qualcosa di così sicuro nella sua espressione, qualcosa che istintivamente mi porta a fidarmi di lui in modo assoluto, come forse non è mai successo; neanche quando ero molto piccola. Sarà perché per tutto il tempo non ha mai ceduto alle domande di mamma e assolutamente non ha voluto rivelare né a me e nemmeno a lei cosa gli abbia detto in gran segreto Filippo fuori dall'istituto e quale sia la ragione per cui sta facendo questo, anche se penso che io e lei lo abbiamo intuito perfettamente?

Le fiamme bruciano sempre più alte e mi fanno pensare alla pira di Achille in quel romanzo stupendo, che mentre lo leggevo mi ha fatto venire i brividi. Adesso no, non ho per niente i brividi. Anzi, con questo fuoco fa molto caldo, eppure in qualche modo è tutto ok. Come se tra queste fiamme si stessero bruciando tutte le parole che ieri a pranzo Filippo ha scagliato contro la mamma e con cui forse si è liberato di tante cose che lo opprimevano da tempo. Tutte le bugie, o le parole troppo morbide, che effettivamente a casa nostra sono state pronunciate per anni e anni, e che sicuramente ora agli occhi di Fili sono diventate palesi visto che guarda casa nostra da un punto di vista così incredibilmente lontano, sotto tantissimi aspetti. Di certo non si può dire che lui non avesse ragione, anche se poi l'ha fatta piangere in quel modo quando le ha rinfacciato di averlo spinto a studiare musica in quel modo solo perché era lei ad avere delle ambizioni che ha dovuto mettere da parte, ed è stato una tortura vederla così.

In questo fuoco che osservo qui al loro fianco, mentre Fili è lontano da noi, penso che sta bruciando anche tutto il tempo in cui lui – con la sua bellezza, con il suo talento, con il fatto di essere sempre bravissimo in tutto – era sempre al primo posto nelle loro attenzioni e io sempre al secondo. La sorellona tranquilla, ragionevole, che non ha bisogno di brillare perché tanto c'è già qualcuno costantemente sotto i riflettori. E magari mi andava bene così, perché sicuramente in tante cose ho fatto meno fatica di lui.

Poi mi salgono le lacrime agli occhi ripensando agli eroi, ad Achille e alle pire funebri con cui gli antichi greci bruciavano i corpi dei guerrieri morti, perché mi rendo conto che forse in quelle fiamme non c'è soltanto la macchina di nostro padre. C'è tutto quello che mio fratello è stato fino a ora e che molto probabilmente non sarà mai più.

Spett.le Compagnia Assicurativa
Agenzia: 1
Indirizzo: via Meravigli, 12
CAP: 20123 Città: Milano

RACCOMANDATA

Con la presente denuncio il furto totale occorso in data: 28 settembre e luogo: CITTÀ DI NAPOLI del mio veicolo targato 966 AO ed assicurato contro il furto e danni da furto presso di voi.

Chiedo un sollecito vostro intervento per la gestione del sinistro suddetto e resto in attesa di vostre precise istruzioni in ordine al risarcimento del danno da me patito.

Distinti saluti.
Vittorio Ferrari

5
L'ascolto

ISTITUTO PENALE PER I MINORENNI DI NAPOLI

Oggetto: Richiesta d'autorizzazione all'ingresso in carcere per Teresa Polidori

Oggi, 30 settembre alle ore 8:45 si autorizza l'ingresso presso l'Istituto Penale per i Minorenni di Napoli alla signora Teresa Polidori, incaricata di svolgere attività come docente di LABORATORIO CERAMICA.

Si allegano alla presente i documenti d'identità del/i docente/i.

L'agente di Polizia Penitenziaria
Gennaro Fusco

«Guarda che non è mica pasta per la pizza!» gli dico sforzandomi di non guardarlo in viso. Sono un po' emozionata ma lui non se ne deve accorgere assolutamente, non me lo posso permettere. Devo starmene composta e per i fatti miei, non mi hanno certo mandata qui per venire a innamorarmi di un ragazzo del genere, con tutto il rispetto che posso provare per chi ha fatto qualche sbaglio. Non ho la più pallida idea del motivo per cui un ragazzo dolce come Edoardo si sia meritato di finire in questo posto, ma se un giudice ha deciso di mandarcelo avrà pure avuto le sue buone ragioni, no?

«Ma che pizza» mi risponde quasi sussurrando, con la voce tenera, mentre si volta verso di me e mi rivolge uno sguardo obliquo senza mai smettere di impastare l'argilla. «Io sto pensando a n'ata cosa...»

Poi mi guarda dritta negli occhi e io non ho problemi a ricambiare il suo sguardo. La sua sfida non mi intimorisce. «Allora ti piace il cuoricino?» mi chiede. Mi sento un po' arrossire e abbasso gli occhi senza dargli nessuna risposta. Sì, la verità è che mi piace. Mia madre per fortuna non se n'è neanche accorta, perché di sicuro mi avrebbe chiesto che ci faccio con questa catenina così semplice al collo quando potrei indossare tutti quei gioielli da signora che lei mi regala in continuazione. A me invece piace questa, così discreta, delicata. Non so neanche come Edoardo abbia fatto a procurarsela qui dentro, e al contrario di lei, pur avendomi vista solo poche volte, ha già capito perfettamente quali sono i miei gusti. I gusti *miei*, di Teresa, non quelli della figlia di mia madre: proprio i miei. Per questo mi è piaciuta così tanto, come se fosse la dimostrazione del fatto che questo ragazzo incredibilmente riesce a vedermi. Io lo sento che è così, ne sono sicura, non ho alcun dubbio.

Tutto è diverso in lui. Già entrando in questo istituto praticamente è come se fossi entrata in un'altra dimensione, dove le regole del mondo dal quale provengo non hanno più nessun valore. E in questa dimensione assurda, questo ragazzo dallo sguardo così penetrante svetta su tutti quanti. Per me è l'unica figura nitida, perfettamente a fuoco, mentre gli altri mi sembrano come appannati in confronto a lui, in secondo piano, delle comparse confuse che servono solo per fare risaltare ancora di più la sua energia. Avrei mille ragioni per averne paura; invece, ancora una volta, più mi si avvicina e meno mi spavento.

Ora è passato dalla mia parte del tavolo, per venirmi accanto e dirmi che ha un regalo per me. Mi sembra che stia facendo una specie di gestaccio, indicandomi i suoi jeans: mi stupisco, perché non mi sembra una cosa da lui, finora non mi ha mai parlato così, a differenza degli altri ragazzi. E infatti subito si affretta a spiegarmi: «Ma che hai capito, c'ho un foglietto in tasca, solo che tengo le mani sporche» e dal suo sguardo capisco subito che non mi sta prendendo in giro. Anzi, è serissimo e forse anche più emozionato di me.

Tra l'altro mi sento in imbarazzo da morire, perché dalla saletta di fronte a noi, dove c'è la poliziotta Liz che sta sbrigando le sue cose, una delle ragazze ci ha visti ed è venuta sfrontatamente a guardarci, sistemandosi nel vano della porta come se fosse al cinema e stesse guardando con tutta tranquillità la scena di un film. È quella ragazza un po' strana, con i capelli lunghi e ricci, che disegna meravigliosamente; non penso che lo faccia con cattiveria, però con il suo sguardo addosso non mi sento per niente a mio agio. Comunque sono curiosissima. «Ho scritto una cosa per te, si chiama 'O *core mio*, cioè, non è che parla di te, però l'ho scritta col cuore, hai capito? Vabbuò, leggila.»

Ha *scritto* una cosa per me? Sono proprio una stupida. Avendolo conosciuto qui dentro, vedendolo vestito così e tutto, non avrei mai pensato che un ragazzo come Edoardo fosse uno che apprezzava la scrittura. Invece ora che lo guardo con il suo foglietto in mano mi accorgo improvvisamente che ci sono tantissime cose molto belle, raffinate e in qualche modo poetiche, in Edoardo: il suo modo di muoversi, come modula la voce, come mi guarda... E forse mi tremano un pochino le mani quando apro il foglio e inizio a leggere in silenzio.

'O core mio

Voglio chiagnere na lacrema,
annascunnuta a ll'uocchie
d' 'o munno indifferente
ca guarda e sse nne va.
Nun voglio parlà 'e niente
pecché ogne pparola
è ssulo nu rummore
pe cchi nun vo' capì.
E 'o core mio suspira,
mme dice: «Nun dà retta,
parla cu mme sultanto».
E i' 'o stongo a ssentì.

Mi sento un po' sconvolta, vorrei dirgli tante cose ma non mi viene nulla. Soprattutto, gli vorrei dire che capisco con tutta me stessa il senso della sua poesia. Anche io quelle lacrime le conosco molto bene e anche io quel rumore lo odio con tutta me stessa. Non c'è niente che mi faccia stare così male come le parole che vengono dette a chi non ha voglia di ascoltarle davvero – a chi non è capace di guardarmi dentro, come sta facendo adesso lui.

«È bellissima» è l'unico commento che riesco a fargli.

«Veramente fai?» mi chiede per avere un'ulteriore conferma, come se lui stesso non ci credesse. La capisco questa insicurezza: è la stessa che provo per le mie sculture, quel batticuore che mi fa sempre dubitare quando mostro qualcosa a qualcuno, specialmente se ci tengo tanto o se mi sono concessa di osare un po' di più. E non c'è solo questo.

«Mi raccomando però, non lo dire agli altri» aggiunge. «Perché sennò poi...»

«Ti vergogni del tuo cuore?» lo rimprovero con dolcezza, anche se dentro di me lo capisco totalmente. «L'artista, senza questo» gli dico sfiorandomi il petto con la mano, a un palmo dalla catenina che mi ha regalato lui «non è niente.»

E quando gli restituisco il foglietto, le sue dita rimangono un istante in più a sfiorare le mie. Appena un istante in più.

NADITZA

«La verità è che pensavo a te in quella stanza d'albergo. Mi sei entrata dentro, è inutile che faccio finta di niente.» Mentre io leggo la lettera che Filippo mi ha infilato dentro la tasca, Viola manco mi guarda. Ma lo so che mi ascolta: eccome se mi ascolta! Lei *vive* per farsi i fatti degli altri, ed eccomi qua, a vostra disposizione, signora. «Aggia continuà?» le chiedo. «Nun te pare na dichiarazione d'amore chesta, Viola?»

E tu, Chiattì, ti pare che non me ne sono accorta che stai appresso a me? Ti pare che non l'ho imparato fin da quando ero piccirella a sapere sempre che cosa c'ho intorno da tutti i lati, così se c'è qualche pericolo sono subito pronta a scappare?

Mò sei *tu* il pericolo. Io ero pronta a darti il mio cuore, invece sei solo uno come a tutti gli altri. Ed è così, Chiattì, che mi vendico di tutto il dolore che mi hai fatto provare vedendoti a letto con quella llà. Faccio finta di leggere per fare schiattare a Viola, ma sto leggendo per lui: lo sento che sta qua dietro e non so che cosa darei per vedere la sua faccia in questo momento.

«Che vuoi, un applauso?» mi sfotte lei.

Ma io me ne frego. «Stronza!» le rispondo. «'O Chiattill striscia ai miei piedi e io te lo porto al guinzaglio.»

Ora sono pronta a girarmi verso di lui per guardarlo. La sua faccia infatti è quella di una persona ferita, umiliata, che si vergogna. Proprio com'ero io davanti alla porta di quella camera d'albergo quando ho visto a lui con quella ragazza. E non me ne importa niente di chi gliel'ha mandata, se è vero che è stato Ciro, o di quello che pensava o non pensava, come mi ha scritto in questo biglietto qua.

Gli uomini sono tutti uguali. Me l'ha detto sempre mia mamma e oggi penso che teneva ragione. Nun m'aggia fidà 'e nisciuno, e soprattutto di uno come a te, che è bravo a usare le parole come gli conviene a lui. Ma le belle parole non servono a niente, con le zingare.

«Che belle parole che hai scritto, Chiattì» gli va a dire infatti Silvia, riportandogli con un sorriso la sua dichiarazione d'amore. Io non la voglio neanche finire di leggere. Non m'interessa proprio di vedere tutt'e strunzate che mi ha scritto. «Ma Nad non era una zingara di merda?» lo provoca.

E lui se lo ripiglia e se ne va, senza guardarmi più.

FILIPPO

Oh bello, come stai? Come va da quella parte? Qua comunque è pazzesco, la notte non c'è mai silenzio in questo posto. Già questi due – a parte la solita puzza di piedi a cui ormai mi sono quasi affezionato – russano alternandosi, sembra che si mettano d'accordo, quando smette uno attacca l'altro, e poi anche se in teoria la camerata a quest'ora è tutta chiusa, però alla fine ci sono i passi di qualcuno che fa una ronda, qualche chiave che sento girare in lontananza: ma dov'è che la girano poi sta chiave, a quest'ora di notte? Boh. E poi c'è sempre, quasi tutte le notti, qualcuno che sta piangendo.

A parte questo io sto sempre nella merda, amico mio, te lo giuro, e non so proprio che cazzo fare.

Qua è veramente nu burdello, come dicono loro, na tarantella, ma non pensare che voglio fare lo sborone che in qualche settimana ha già imparato il napoletano, anzi sono praticamente le uniche due parole che so. Di solito non capisco quasi niente quando parlano, compreso il nome con cui qua dentro mi chiamano tutti quanti, pure i poliziotti. Secondo me manco lo sanno come mi chiamo... E siccome non capisco assolutamente nulla a volte mi capita di rispondere delle cose che non c'entrano niente, tipo quando iniziavamo ad andare in Inghilterra da ragazzini, ti ricordi che scemi? Ah, ecco, ti volevo dire che oggi a un certo punto, non so perché, mi è saltato in mente un ricordo di quando tuo papà è stato eletto al Parlamento e per la prima volta siamo andati a Roma a trovarlo... E vabbè, questo non c'entra niente però comunque te lo giuro, una delle cose che mi fanno più impressione di tutta questa situazione assurda è quella di sapere che è tuo papà, proprio tuo papà, lo stesso che mi ha portato per la prima volta allo stadio a vedere l'Inter e che secondo me tutte le ultime volte che ci siamo andati noi tre insieme ci potrei scommettere che è stato lui a dirti di chiamarmi... Insomma, ora è lui che ha fatto di tutto per impedirmi di tornare a casa. Ma non è folle questa cosa? E la cosa più folle di tutte è che secondo me tuo padre ha ragione, se ci penso lo capisco benissimo. In quel titolo di giornale c'era una frase che da allora mi è rimasta stampata nel cervello: *L'assassino di mio figlio deve pagare*. Ed è vero. Ci ho messo un sacco di tempo per capirlo, però ha ragione lui. Anche se non volevo, anche se quella notte ero fatto come una pigna e non capivo niente, la verità è quella che dice lui: io non sono più il migliore amico – o quello che un tempo era stato il migliore amico d'infanzia di suo figlio – ora sono *l'assassino* di suo figlio. Questo sono. Devo pagare, e sto pagando. Minchia se sto pagando... Comunque ero arrivato a questo punto perché ti stavo dicendo un'altra cosa: che oggi mi ricordavo di quella sera che siamo andati a cena con le tipe romane che avevamo conosciuto in montagna, hai presente, in quel posto con le sedie zebrate? Perché il fatto comunque è che eri sempre tu che parlavi con le tipe, che mi facilitavi un po' la vita sotto questi aspetti; invece adesso qua io mi sento un po', come ti posso dire, strano, spaesato. Anche perché lei... diciamo che per tantissime cose Naditza è molto particolare come ragazza, ma non solo perché è una zingara, che viene proprio dai campi rom, quelli con le roulotte che io sinceramente non riesco nemmeno a immaginare come siano realmente. È proprio particolare lei come persona, vabbè, lasciamo stare che è bellissima, di questo già ne abbiamo parlato, ma il fatto è che ha un carattere che io proprio non capisco, cioè la cosa strana per me è che da un lato non la capisco e dall'altro invece forse sì, ecco, è come se anziché capirla io la *intuissi* e questa è una cosa che non mi era mai successa, quindi non so bene come prenderla. Oggi per esempio mi ha trattato veramente di merda, mi sono sentito un coglione totale, perché le avevo scritto un biglietto molto carino per spiegarle il fatto della escort dell'altra sera, quella che mi aveva mandato Ciro a modo suo come regalo per ringraziarmi di avergli fatto piazzare la sua roba nella macchina di mio padre. Io le avevo spiegato per filo e per segno che non ci ho fatto niente con quella là, proprio perché sono troppo preso di lei, ed ero sicuro che questo bastasse per farmi perdonare – ammesso poi che ci fosse qualcosa da farmi perdonare... Si vede che io non le capisco proprio, le ragazze. Se avessi lo stesso superpotere con le donne che hai tu, sicuramente avrei saputo cosa dirle o cosa scriverle, ma io questo superpotere non l'ho mai avuto e mi sa che non ce l'avrò mai. Ero tutto contento, tutto orgoglioso di aver fatto questo gesto così figo di darle quel biglietto, come quello là, Edoardo, che oggi è stato veramente un grande, perché si è messo a leggerci in classe questa poesia – anche bella – che aveva scritto lui, malgrado ovviamente intorno a lui ci fosse una specie di coro di prese per il culo, perché questi sembrano usciti dalle caverne quando si parla di virilità. Ma lui se n'è fregato e stamattina mi è sembrato di vederlo per la prima volta, mentre faceva questo: però ecco vedi, anche tra me e lui poi alla fine sono sempre io quello che fa la stessa cosa, solo che a lui gli abbiamo fatto la standing ovation, mentre a me Naditza mi ha trattato come un povero deficiente.

Comunque, non so neanche perché ti sto raccontando tutto questo – vabbè, perché ci sono rimasto troppo male con lei, questa è la verità – però adesso, in questa specie di silenzio che non è silenzio, devo cercare di concentrarmi e ragionare. Perché qua non si può più andare avanti come prima, e di problemi ne ho ben altri che Naditza con i suoi comportamenti senza senso. Qua stiamo messi male, Greg, e tra me e Carmine sinceramente non so chi dei due se la passi peggio. Io appena Ciro mi sgama sono un uomo morto, ma seriamente. Nu walking dead, come dicono loro. Quindi bisogna usare la testa e cambiare un po' rotta, mi sa. La mia situazione è impensabile che si possa risollevare, ormai il guaio l'ho fatto parlando con mio padre e non credo che ci sia alcun modo di sistemare le cose, anche se Carmine è stato veramente generoso nel provare a modo suo a depistare un po' la faccenda. Ma quanto tempo passerà prima che Ciro si renda conto che Pino non c'entrava niente, con quel carico che non è mai arrivato a Milano? Non mi sembra proprio un tipo che si fa fregare così facilmente da due babbi come noi. Carmine sostiene che ormai siamo in guerra, ma in questa guerra piuttosto potrei essere io a dare una mano a lui, perché se io sono nella merda lui sta anche peggio di me. Vabbè, in effetti tu potresti anche obiettare che vengo a parlare di walking dead proprio con te, e c'hai ragione fra', ma se non le dico a te io a chi le devo dire, queste cose? Magari dall'altra parte te l'hanno data, un po' di pazienza, visto che da questa parte qua non mi sembrava proprio che fosse una delle tue qualità più evidenti… Ok, insomma, arriviamo al punto: qua c'è Carmine che si trova sotto il tiro di una delle famiglie più violente di Napoli, che ha minacciato di ucciderlo lo se lui stesso non ammazzerà il comandante dell'istituto, il quale tra l'altro sembra abbastanza un figo. Quindi non ho altra scelta, questa volta devo facilitarmi le cose da solo e prima di tutto ho bisogno di trovare il modo per farlo scappare da qua. Gliel'ho promesso e ci tengo veramente, dunque ora mi tocca inventarmi qualcosa. D'altra parte, se sono riuscito ad arrivare a un passo da quella cazzo di Berliner Philharmoniker pur senza avere nemmeno una briciola del talento di Naditza, solo a forza di crederci e impegnarmi, spaccandomi le mani sopra quei tasti, adesso a forza di spaccarmi la testa ce la farò a trovare una soluzione, un'illuminazione, una via di fuga da Alcatraz, come nei film? Oppure dammela tu un'idea, ti prego, eddai Greg! Forza, non fare lo stronzo come al solito…

GAETANO

Pino è pazzo overo.

Continua a ripetere quanto gli vuole bene e nel frattempo a cercare di buttare la colpa 'ncopp' 'o Chiattill, forse perché è geloso e ha capito che Ciro ormai si è stancato di lui e preferisce circondarsi di persone di un altro livello, come a noi. Ma ti pare ca 'o Chiattill, appena arrivato fresco fresco da Milano, bell' e buono riusciva veramente a fare fesso a uno come a Ciro?

Quello Ciro manco lo guarda a Pino, durante tutto questo bel discorso. Preferisce restare girato dall'altro lato a guardare la rete del campo da pallone, pur di non guardarlo in faccia, e si volta soltanto quando è arrivato il momento di rispondergli: «Il problema tuo è che non sai tenere la bocca chiusa». Poi addirittura si alza e sovrastandolo con tutta la testa gli fa una promessa: «Ed è per questo che farai una brutta fine. Fidati».

Chissà che cazzo s'ha pigliato stamattina, Pino 'o pazzo, perché stranamente pare molto calmo. Troppo calmo. Senza agitarsi si mette con le braccia in alto, come nu Cristo in croce, per dire a Ciro che lo ammazzasse subito. Tutti quanti noi ci alziamo di botto, per stare vicino a Ciro e fare capire a lui che non facesse troppo la capa fresca con noi, ma chill' è veramente fore 'e capa.

«Uccidimi!» gli ripete, senza abbassare le braccia. «O si no, t'accir io a tte!»

Quando Totò gli si butta addosso per scansarlo via da Ciro, Pino si mette a alluccà in mezzo al campo da calcio che siamo tutti na banda di lecchini e che perciò non potremo mai esordì facendo qualche cosa in prima persona. Ma come si permette 'e parlà accussì?

Mi lancio contro di lui gridandogli: «Omm' 'e mmerd', vattenn'!». E dopo che se n'è andato mi accoscio per terra accanto a Ciro e gli faccio: «Cirù, chist' ha rutt' 'u cazz!».

Pure Edoardo interviene per rinforzare il pensiero mio: «Ha ragione, Cirù. Chill' non si mantiene più».

«Fammelo accirere a mme» lo supplico. Ma non è che sono geloso di lui per il posto che ha avuto vicino a Ciro fino a mò. È che proprio nun 'o pozzo vedè cchiù, m'ha fatto ascì pazzo pure a mme, dopo tutto chell' che ha cumbinat'.

Ciro come sempre non si scompone. Si fa un tiro dalla canna e mi dice: «Calmati, Pirù. Io non voglio tarantelle qua dentro». Ma poi mi guarda e aggiunge: «Fuori è un altro discorso».

«Che vuò fa?» gli chiedo a bassa voce, mentre dietro di noi gli altri ragazzi hanno ripreso a giocare a pallone.

«Tu te ne vai in permesso, giusto?»

«Sì» gli rispondo io. E con me puoi andare tranquillo, Cirù. Di *me*, ti puoi fidare.

CARMINE

Mi chiedo se è cchiù scem' iss che se le inventa o io che gli vado dietro.

Penso che a questo punto avrò bevuto tipo tre litri d'acqua, tengo lo stomaco duro e gonfio come nu tamburo e nun pozzo manco piscià, ma almeno quando mi sente il polso 'o Chiattill sostiene che secondo lui ha funzionato e che così facendo mi farò mandare in ospedale... Se lo dice lui!

«Si sicuro?» gli chiedo.

«Certo, l'ho visto in un film americano» mi fa tutto contento.

«Ma che stai ricenn'...» Ok, si tu 'o scem'. Anzi no, simm' scem' tutti e due, jà, accussì nun s'offenne nisciun'. E comunque questo non basta. Ci vuole qualcosa di più importante per convincere il medico dell'infermeria a spostarmi da un'altra parte, e poi, a Dio piacenn', a mettere in pratica il piano che ha pensat' iss stanotte. Li devo fare spaventare assai, per farmi uscire da qua.

Mi metto davanti all'armadietto e gli dico: «Rumpeme 'a capa».

«Eh?»

«Rumpeme 'a capa!»

«In che senso, che devo fare? Ti do un pugno?» mi chiede con la faccia confusa e un poco spaventata.

«Eh, esatto. Vai, jà, muoviti» lo incalzo. Ci vuole un poco di coraggio, lo so. Ma prima facciamo e prima sono fuori da qua, no?

«Muòvet'!» gli ripeto. Chiattì, si nun m'arriva a accirere Antonio Valletta m'accire tu per lo stress, con quest'attesa.

«Non ce la faccio!» si arrende.

«Aggia capit' jà, stu Chiattill scem'. »

Piglio un respiro profondo, cerco di non pensare a niente, neanche a Futura, neanche a Nina, solo al fatto che aggia ascì da cca dint' appena possibile. Poi mi butto all'indietro, con tutta la forza che tengo, per sbattere la testa sopra allo spigolo di ferro dell'armadietto.

"E non ci abbandonare alla tentazione, ma liberaci dal male. Amen" ripeto mentalmente per farmi forza, poi svuoto l'involto della carta argentata nel gabinetto e tiro lo scarico, sentendomi mancare la terra da sotto i piedi e pentendomi immediatamente di quello che ho appena fatto. Mò che l'ho buttata, mi voglio fare a tutti i costi. La conosco bene questa sensazione di fame profonda, di rabbia, di angoscia che però qua dentro non ha nessun rimedio. Come faccio ad andare da Viola e dirle la stupidaggine che ho fatto, per chiedergliene dell'altra? E se poi ci rimane male e mi punisce, come l'altra volta con Silvia? Avrebbe ragione, perché è tutta colpa mia. Ho agito senza pensarci e senza rendermi conto delle conseguenze, anche perché Viola mi è amica ma lo so bene quanto ci tiene a fare le cose in un certo modo.

Immagino come starei se invece di gettarla nel gabinetto ora ce l'avessi dentro, socchiudo gli occhi e per un minuscolo momento mi sento invadere da quel meraviglioso senso di pace. Però è solo un istante, solo un'illusione, poi torna subito la rabbia, ancora più forte di prima. Non le posso dare spazio, la devo ricacciare dentro: quando Naditza entra in cella la benedico, perché almeno mi potrà un po' distrarre dal pensare a questa stronzata che ho appena fatto.

«L'hai buttata quella merda?» mi chiede subito, avvicinandosi al bagno. «Brava.»

Ma tiene la faccia scura e se ne va dritta verso la finestra, come se pure lei avesse in corpo una specie di rabbia come quella che sento io. Almeno però lei di questa rabbia non se ne vergogna, al contrario di me. Per non pensarci le chiedo: «E tu che c'hai?», mentre la raggiungo e mi metto davanti alla finestra accanto a lei. Penso che io non l'ho mai vista così scura, come se avesse gli occhi pieni di lacrime che non ha voglia di far uscire.

«Filippo» dice. «L'ho incontrato al laboratorio.»

Concentrarmi su di lei mi fa sentire subito un po' meglio e mi viene quasi da sorridere, ripensando alla scena di ieri in cortile quando lui le ha dato quel biglietto. «Ancora insiste, dopo la figura che gli hai fatto fare?» le chiedo.

Lei mi risponde seria seria: «Mi ha detto che tengo talento per la musica. E che devo continuare». La sua faccia è in controluce, con mezzo lato pieno di sole e l'altro mezzo tutto grigio, come se qualcuno l'avesse fatta più scura con la matita sopra il foglio. «E che se voglio lui mi può dare lezioni.» Ha l'aria stanca, triste, non sono abituata a vederla così. Però è bellissima. Con tutto quel mare dietro, il suo viso adesso ha l'intensità di una di quelle madonne antiche che trovi in certe chiese.

«Mi sembra una bella cosa» le dico con tutto il cuore. Mi era dispiaciuto tantissimo anche a me che lei avesse deciso di non suonare più, e me lo immaginavo che doveva essere qualcosa che aveva a che fare con lui. Poi dev'essere una cosa stupenda sapere che c'è qualcuno che crede così tanto nel tuo talento che addirittura è pronto a insistere per fartelo coltivare e a regalarti il suo tempo per aiutarti. Io questa cosa qua non l'ho ancora conosciuta mai. Di sicuro non con Stefano. Allora perché penso che lo amo con tutta me stessa e non ci posso pensare che lui sta per avere un figlio con quella là? Perché non ce la faccio a buttare nel gabinetto pure questa cosa che mi sento dentro per lui, visto che so quanto è sbagliata? Il problema non è capire cosa si prova, ma decidere cosa si vuole fare di quello che si prova... E lo stesso forse vale per Viola: forse dovrei chiedermi se è proprio vero che lei è un'amica, per me. Ma è un pensiero troppo faticoso adesso. «E tu che vuoi fare?» le chiedo.

«Non lo so, tesò» mi fa lei con un filo di voce, togliendosi da quella luce per entrare dentro il bagno, a due passi da me. «È che mi sembrava proprio sincero» sospira.

Gli si vede in faccia che è un ragazzo sincero, 'o Chiattill. Uno di quegli uomini onesti, puliti, che fanno un passo per volta e di solito sanno sempre quello che stanno facendo. Come mio padre.

«Quando mio padre mi ha fatto chiudere qua dentro, l'ho schifato» le racconto. «Pensavo l'avesse fatto per liberarsi di me. Lui invece diceva che l'aveva fatto per salvarmi la vita. Certe volte le persone che ci amano capiscono cosa è meglio per noi.»

«Invece mio padre mi vuole vendere per soldi. E mia madre lo difende pure» mi risponde Naditza ritornando vicino a me. Forse è proprio per questo che sei come sei. Così grande, così capace di prenderti cura degli altri. Perché magari non sei stata mai veramente bambina.

A volte mi è capitato di pensare che pure se Naditza e Viola si odiano, alla fine per tanti aspetti hanno qualcosa di simile. Certo, Viola quando è triste non verrebbe mai a dormire nel letto con me, come ha fatto Naditza l'altra sera; anzi, forse a Viola non succede mai di essere triste perché lei comanda sopra alla sua vita e sembra una che non si lascia abbattere da niente e da nessuno. Ma tutt'e due hanno una forza interiore incredibile e per questo sembra che abbiano piacere di prenderci un po' sotto la loro ala, come se fossero le nostre sorelle maggiori. A volte ho quasi l'impressione che si contendano la nostra compagnia, perché ognuna delle due è convinta di fare il nostro bene meglio dell'altra. Come si fa però a capire dove sta il vero bene? Come si può distinguere chi ti è amico oppure nemico, al di là di quello che dichiara di essere per te?

Non c'è luce che non sia definita da un contorno d'ombra e non c'è ombra senza un rapporto con la luce, come ci ripeteva sempre la prof di disegno: adesso, ripensando alle sue parole, vedo il ritratto che potrei fare a Naditza. I suoi occhi che risplendono sarebbero il trionfo della luce sul buio, quel buio che sembra avere dentro mentre guardando verso il cielo pieno di gabbiani mi dice, con un'amarezza che non è da lei: «Nisciun s'è mai preoccupato per me».

A queste parole mi sento mancare di nuovo la terra sotto ai piedi e mi piglia un crampo nello stomaco. Vorrei poter tornare in quel gabinetto a riprendere quello che ho buttato, ma so che sarebbe inutile perché ormai è disperso, è andato via. Come Stefano, che ora sta con quella là. Stefano che mi diceva mille volte che mi amava, quando tornavamo a casa sua dopo una rapina oppure quando stavamo tutti fatti... E io mille volte gli ho creduto, perché per me lui era tutto.

Sento i gabbiani che urlano sopra il mare, e mi viene voglia di mettermi a urlare insieme a loro. Se ritorno da Viola a chiedergliene ancora, quale punizione mi può dare? Quale punizione sarei disposta ad accettare, per averne ancora un po'?

Ora finalmente capisco perché mi tremano così tanto le gambe: perché ho paura di cadere.

GIANNI

Allora era vero che qualcuno là dentro stava piangendo, avevo sentito giusto.

Quando entro nella porta sul retro dell'aula dove facciamo lezione trovo Gemma seduta per terra, accovacciata, con un telefono in mano. Non mi interessa sapere come ha fatto a procurarsi quel telefono, cca dint' uno può avere tutte cose e nessuno lo sa meglio di me... La cosa impressionante è che prima ancora di sentire cosa dice io aggio già capito chi è quello con cui sta parlando e che la situazione che avevo immaginato sicuramente era vera.

«Mi dispiace» sta dicendo, in lacrime. «Non volevo farti del male.»

Ed ecco che quel solito copione che già saccio a memoria fin da bambino si sta ripetendo pure per lei: mò lui sicuramente è entrato nel loop del pentimento. Infatti lei gli risponde: «Ti amo pure io, Fabio. Ti amo tantissimo!». Ma come gli puoi credere, se è vera la storia che ho sentito raccontare su di te?

«Gemma!» la chiamo cercando di risvegliarla da quel pianto, da quella sofferenza che la piglia tutta, che le trasforma la faccia. Ah, quante volte l'ho vista questa scena, a casa mia... Ma come fa mia mamma, pure lei non si fa proprio aiutare, forse perché si vergogna. Allora piuttosto lo difende, a stu piezz' 'e mmerd' che ha buttato l'acido in faccia a sua sorella e l'ha rovinata per sempre, perché pensava che invece era lei. Come gli puoi dire che lo ami, a uno che ha fatto questo? Come puoi *pensare* che lo ami?

«Che cazzo vuoi?» infatti si difende lei, mettendo giù il telefono.

«Stamm' a sentì» le dico. Per non farci ascoltare da nessuno, vado a chiudere la porta principale, quella che si affaccia sul cortile; poi mi avvicino a lei e continuo: «Qualunque cosa ti dice quello, ti sta prendendo in giro».

Gemma però ancora non si arrende e si ribella: «Ma vaffanculo!» mi urla in faccia, costringendomi a metterla con le spalle al muro per farmi ascoltare.

«Io la so la tua storia, non è amore quello» le dico guardandola dritta negli occhi.

«E tu che cazzo ne sai dell'amore, eh?»

Su questo hai ragione, Gemma. Che cazzo ne so io dell'amore? Niente. A casa nun l'aggia visto maie, e in diciassette anni di vita non l'ho mai avuto e sinceramente non l'ho manco mai dato. Può riuscire ad avere o a dare amore, uno che crescendo non l'ha visto mai? Nun 'o saccio, Gemma. Non lo so.

«Sei solo un criminale» mi insulta, come se mi odiasse per quello che le sto dicendo.

No. Questo no. Io non sono un criminale. Song' nu strunz che se n'è andato a fare una rapina perché speravo di potere guadagnare quattro soldi e diventare io l'uomo di casa, per buttare fuori quella merda di mio padre.

Così mia madre poteva campare tranquilla, finalmente. Questo sono io.

E se è vero che io non lo so, l'amore che cos'è, una cosa sono sicuro che la so: che cosa *non è*, l'amore.

Tolgo le mani dalle sue spalle, mi metto un poco più dritto e le parlo sperando che abbia il coraggio di sentire quello che le devo dire e di amare prima di tutto a se stessa, anziché a chill' omm' 'e mmerd'. Ma se deve fare questo, da lui si deve allontanare per forza.

«Io l'amore tuo lo conosco bene. Perché ce l'ho davanti agli occhi da quando sono nato» le dico iniziando a tremare un poco. Non mi viene facile parlare di queste cose, ma lo voglio fare per lei. «Mia madre è tale e quale a te. Crede di amare mio padre pure se quello la picchia tutti i giorni. È amore questo?» le chiedo avvicinandomi con la mano per spostarle un poco i capelli dietro l'orecchio. Lei piange e non mi dice niente. «Tu tieni gli occhi tristi. Tali e quali a quelli di mia madre» vado avanti a dirle; ora mi viene voglia 'e chiagnere pure a me. «E nun me chiamà cchiù criminale. Io song' sulo nu strunz.»

Nu strunz che quella sera, in quell'unica rapina che ha provato a fare, non si è preso manco un euro. Nu strunz che si è fatto arrestare perché è ritornato indietro dopo avere mandato affanculo a quei due che lo avevano portato là, visto che non ce la faceva ad andarsene via lasciando dentro casa sua quella signora che quando si è accorta di noi si è sentita male e aveva bisogno d'aiuto. Nu strunz che a quella signora l'ha trovata già morta e l'aiuto non gliel'ha potuto dare più. Perché quando è troppo tardi è troppo tardi: anche per dare aiuto.

NADITZA

Io non lo so come ho fatto tutti questi giorni senza suonare. Quando mi siedo davanti al pianoforte e metto le mani sopra alla tastiera, con Beppe che si piglia una sediolina per venirsi a sedere a fianco a me ad ascoltare, mi pare di aprire la porta per ritornare a casa: dentro alla mia vera casa, quella che trovo quando chiudo gli occhi e mi butto in mezzo alla musica, per lasciarmi portare addò vo' ess. È strano stare seduta davanti a questo pianoforte senza di lui, ma per tenermelo vicino lo stesso mi metto a suonare quel pezzo che avevamo iniziato a studiare – quello che gli piace assai e che mi piace assai pure a me. A me mi fa impazzire fare questa musica con le mie mani. È come tuffarsi in queste note che pure se non le conosco ballano per me, sempre più veloci, e aprono spazi immensi, uno dentro l'altro, fino a restare senza fiato. Lui m'ha fatto una capa tanta sulla storia della baronessa che era amica di Chopin, e del tempo tagliato, e che si chiama Fantasia per sbaglio... ma a me di tutto questo fatto non me ne importava niente. Io volevo suonare, e ora sono felice perché sto suonando.

Lui sta con me, anche se adesso non è seduto qua a fianco. Se non c'era lui, non c'era questa musica e non c'era manco questa Naditza, che per la prima volta ha trovato uno che si preoccupa per lei e ora forse è un poco diversa da quella che era prima di conoscerlo, da quello che era prima di piangere per lui, lui che non piangeva mai per niente e pe' nisciun'.

E poi un momento, quando riapro gli occhi e cerco a Beppe, vedo che non sta guardando a me ma verso la porta: allora mi volto pure io a guardare e là davanti trovo Filippo, tutto emozionato, e già lo so benissimo che tiene gli occhi che gli ridono perché è felice veramente di vedermi seduta a questo pianoforte. Lui è felice *per me*, chest' è na cosa che veramente non ce la faccio a capire e che mi spacca il cuore dalla gioia.

Quando ho finito, Beppe mi fa un applauso e gli dice di venire a sedersi con me, così possiamo suonare qualche cosa insieme. Io cerco di non guardarlo troppo, ma ho il cuore a mille quando la sua spalla arriva a sfiorare la mia e ritorno a sentire ancora una volta il suo odore. Mentre appoggia gli spartiti sopra il piano mi dice: «Questi devi imparare a leggerli, però». Io li sposto lontano e incominciamo a suonare a quattro mani una delle canzoni nostre, di quelle che abbiamo fatto tante volte insieme.

Più suona, più mi guarda e io non so che cosa fare, sono completamente rimescolata, non capisco più niente da quanto sono felice, ma non glielo voglio fare capire. Non lo so manco io perché. Tanto quello mi vede dentro e già sta ridendo, 'u strunz, perché l'ha capito che anche per me è così e provo le stesse cose che sta provando lui. È bello, è bellissimo con quel sorriso mariuolo che gli fa venire fuori una fossetta sopra la guancia; pure io lo guardo, gli sorrido, guardo le sue mani belle che corrono sopra ai tasti e mi fermo, smetto di suonare.

Ho paura, Filì. Sono felice e ho paura. Cosa succede adesso? Mi posso fidare di te? Sei veramente così come io ti vedo, come ti sento? In questo momento perfetto, tengo paura che il mondo può crollare da un istante all'altro. Quanto potrei soffrire io, se succede questo? Lui allunga una mano e viene a sfiorarmi il graffio che tengo sul collo, da quando ho litigato con quelle stronze al laboratorio l'altro giorno.

«Ti fa male?» mi chiede.

E allora sono io che allungo una mano per metterla sopra il calore della sua guancia, e poi vengo verso di lui per dargli quel bacio che non lo so più da quanto lo stavo desiderando; per tuffarmi con tutta me stessa in quell'odore che mi fa ascì pazza.

È un attimo infinito, come quando sto suonando e perdo completamente il senso del tempo; ma bell' e buono ci dobbiamo staccare subito, perché sentiamo bussare forte: è Beppe che entra nella sala e ci rimprovera: «Guagliù, state sunann' o state cantann'?».

«Stiamo suonando» gli risponde Filippo.

«Ah» fa lui. «No, perché io llà sto, non me ne vado. Allora ricominciamo a *suonare*...»

E noi ricominciamo.

Anche per questo non me ne importa niente di imparare a leggere quegli spartiti che ti piacciono tanto a te: perché io suono meglio con gli occhi chiusi, 'o ssaje. E ancora meglio pozzo sunà accussì, con gli occhi chiusi e la mia bocca insieme alla tua.

PINO

Io lo sapevo che non poteva essere che mia mamma si era scordata di me. Non poteva essere che pure lei mi aveva abbandonato. Oggi è la prima volta che non viene nelle visite, però almeno mi ha mandato la pasta e ragù, e anche se non tenevo per niente fame mi metto seduto al tavolino davanti alla finestra e me la mangio come nu dannat'. Solo che il sapore è nu poco strano, non è lo stesso di sempre, forse perché s'è fatta fredda. Ma comunque a ogni boccone mi fa ricordare che almeno una persona al mondo che mi vuole bene io ce l'ho – oltre al cane mio naturalmente, Tyson, 'o core mio; lui però non conta, perché lui non è che mi vuole bene: lui proprio mi *ama*, come io amo a lui.

Quindi non devo essere triste per quei pezzi di merda dei compagni miei, la devo smettere di ripetermi nella testa quello che mi ha detto Ciro. Aggia penzà a me e no a sti sciem', che si sono fatti fa fessi da nu milanese. Io mi pensavo che Ciro era troppo intelligente e invece mò mi metto paura a pensare che cosa può succedere con tutti quelli là che nun me ponne vedè cchiù. Forse inizio a capire come si doveva sentire 'o Chiattill quando è arrivato cca dint' e si vedeva che teneva paura. Ora pure io so' nu walking dead, e solo pecché aggia ditt' 'a verità; ma io non song' comme a iss e aggia essere cchiù forte. Se tengo paura non lo devo dare a vedere, perché loro so' come 'e bestie quando sentono il sangue.

Devo guardare avanti e non pensare a loro, mi dico guardando il mare fuori dalla finestra; poi sento qualche cosa di duro sotto i denti. Mannaggia 'a miseria, mammà, che ce hai mis' into 'o ragù? Sputo fuori dalla bocca una targhetta rotonda, di metallo, che conosco molto bene. Sopra c'ha scritto: Tyson.

CARMINE

I corridoi dell'ospedale sono tutti bui e deserti a quest'ora. Ci siamo solo io, il poliziotto di guardia e l'infermiere che mi accompagna.

«Nun ce 'a faccio cchiù!» gli ricordo abbassando le spalle e tenendomi il pacco tra le mani, tutto piegato in avanti.

«Eh, t'aggio capit...» mi fa lui.

«Basta! Nun ce 'a faccio cchiù» gli dico fermandomi nel punto che ho visto questo pomeriggio.

Lui ci prova ad andare in quell'altro: «No, questo qua è il bagno dei medici».

Però a me non mi fai fesso così facilmente. Song' piecuro, ma no scemo, ed è proprio qua che devo andare: non in quell'altro. «Infermiere, la faccio qua fuori!»

Ormai mi odia proprio. «Ma a te quant' te manca pe' turnà all'istituto? 'O ssaie che c'hai rutt' 'o cazz?» mi dice.

Lo sai quanto me ne fotte a me che t'aggia rutt' 'o cazz? Qua è una questione di istanti. Non posso rischiare. Se mi porta nell'altro avrò sprecato la mia unica possibilità e domani mattina mi riaccompagneranno all'istituto. Mi pianto là dove sono e lo supplico: «Pe' piacere, me faje trasì? Eh?».

Si vede che si fa commuovere dalla mia faccia di piecuro perché con un sospiro prende la chiave e apre la porta.

«Veloce!» lo prego. L'hai capito o no che mi scappa?

«Un attimo... Vai.» Mi lascia entrare nel bagno dei medici e una volta dentro lo sento che chiude la porta con due o tre mandate.

Sono pronto. Dalla finestra non devo neanche saltare, basta scavalcare per scendere sulla scala di sicurezza che mi porta dritto dritto fuori, dove Nina si era addormentata aspettandomi in macchina e Anita è al volante, pronta a partire.

«Anita, tuo fratello è un genio.»

ISTITUTO PENALE PER I MINORENNI DI NAPOLI
RAPPORTO INFORMATIVO
URGENTE

Al Dirigente
Dott. Pasquale Sartori
Centro giustizia minorile
Viale Colli Aminei, 44 80131 Napoli NA

E per copia conoscenza

Al dirigente
Dott. Giulio Caracciolo
Comando di Polizia Municipale
Via Vincenzo de Giaxa, 5 80144 Napoli

Oggetto: Evasione Carmine Di Salvo

Gentile dott. Sartori,
do seguito con questa nota alla conversazione telefonica nella quale l'ho appena informata che Carmine Di Salvo, ricoverato da ieri presso l'Ospedale del Mare per gli accertamenti conseguenti a un malore, e lì regolarmente piantonato dal personale penitenziario, è riuscito comunque a eludere i controlli ed evadere dalla struttura. Il nostro responsabile della sicurezza, Comandante Massimo Esposito, ha già allertato le forze dell'ordine per attivare il pattugliamento della zona circostante l'ospedale.

Resto in attesa di un Suo contatto telefonico non appena possibile per coordinarci in questo momento di emergenza.

In fede,
Il Dirigente penitenziario
Paola Vinci

6
L’amicizia

ASL – Regione Campania
AZIENDA SANITARIA LOCALE Napoli 1 Centro
Ospedale dei Pellegrini

VERBALE DI RICOVERO

Alle ore 21:40 del 26 marzo è predisposto, dopo gli opportuni accertamenti, dal Medico del Pronto Soccorso per il paziente

Giuseppe Pagano

nato a Napoli il 10/08/2005 e attualmente in stato di detenzione presso l'Istituto Penale per i Minorenni di Napoli, giunto presso la nostra struttura con i mezzi del Servizio di Soccorso di Emergenza–Urgenza, un ricovero immediato con CODICE GIALLO con il seguente referto d'ingresso: ipossia conseguente a tentato suicidio per impiccagione.
Il soggetto presenta i seguenti sintomi: pallore cutaneo, dispnea, cianosi, tachicardia, alterazioni dello stato di coscienza.

Il Medico del Pronto Soccorso
Dott. F. Longo

Dov'è? Da dove veniva? Eppure sono sicuro che l'ho sentito, quella specie di urlo soffocato che arrivava da questa parte, ecco, da qua, dall'infermeria... Mi rendo conto che sto troppo in sbattimento perché impazzisco dalla voglia di sapere se Anita poi è riuscita a fare tutto come ce l'eravamo immaginato, se Carmine è ancora rinchiuso in ospedale o se almeno lui è riuscito a salvarsi da queste sbarre che sono dappertutto, che devo superare anche per procedere nel corridoio, andando alla cieca come un cretino verso qualcosa che forse è solo frutto della mia immaginazione.

Sembrava un piccolo grido, mischiato a un pianto, ma davvero è durato solo un istante – se mai c'è stato. E se mi beccano qua dentro sono cazzi. Ma non posso non andare a vedere. Quando dal buio del corridoio arrivo nei pressi della porta dell'infermeria in effetti mi sembra di vedere qualcosa di strano, ho quasi paura ad avvicinarmi, e appena apro le porte sento la mia stessa voce che esplode in un urlo disumano: «No!» mentre d'istinto mi slancio ad afferrargli le gambe. «No, no, no, no, no! Pino...»

Pino si è impiccato con un lenzuolo arrotolato.

Ha la faccia grigia e non capisco se respira. È più pesante di me, ma in qualche modo riesco a tirarlo giù, lo stendo per terra e immediatamente mi ricordo come devo mettere le mani per fargli il massaggio cardiaco e quali particolari sono fondamentali per la respirazione bocca a bocca: memorie incredibilmente vivide di quel campo vela estivo a Caprera dove ci obbligarono a fare sto corso di pronto soccorso di cui non gliene fregava niente a nessuno. E invece.

Sono in preda al panico, urlo per chiamare qualcuno che venga ad aiutarmi, non capisco neanche se è vivo o morto, ma nel dubbio continuo a oltranza. Che gli è potuto succedere, a uno come Pino, per arrivare a questo? Uno che di sicuro è bello agitato di suo, però almeno viaggiava ai livelli più alti della gerarchia di questo cazzo di posto... Mi gela il sangue nelle vene quando realizzo che in effetti negli ultimi giorni lui doveva essere parecchio decaduto, nella gerarchia dell'IPM: ovviamente per colpa di Carmine, che con quel depistaggio ha fatto cadere i sospetti di Ciro su di lui per quel carico di droga che mio padre avrebbe dovuto portare a Milano e non è mai arrivato. Col cazzo allora che è colpa di Carmine, visto che lui l'ha fatto per aiutare me. È colpa mia. Quindi non devi morire, Pino, capito? Io ce la metto tutta, tu in cambio però prendi quest'aria e ripigliati. Ti prego. Dai che ce la facciamo.

Non so cosa darei, perché su questo pavimento adesso fosse steso Greg.

SERENA

Ho paura. Papà sta con me, ma mi sento sola. Non me l'aspettavo di tornare a casa così presto, e già entrando mi sento spaesata, come se in queste stanze non ci ho mai abitato e la mia vera casa è un lettino in quella cella con Naditza e Silvia, con i miei disegni appesi alla parete e le loro cose sparse dappertutto, tutte colorate, sexy, carine. Cose da ragazza normale. Qua invece mi pare tutto gigantesco: troppo grande, troppo silenzioso, troppo uguale a come è sempre stato. Sto stanca, pure. Quando papà mi chiede se voglio fare qualcosa, se voglio mangiare, gli rispondo che magari me ne vado un poco a riposarmi. Salgo nel mio soppalco e mi sembra di essere mancata per duecento anni, come se questi altri disegni attaccati al muro fossero graffiti preistorici di un'altra civiltà, di un'altra vita. Ero io quella che li ha fatti? Non lo so, non me lo ricordo. Eppure so perfettamente quali matite, gomme, pastelli, vecchi biglietti e giocattoli mezzi rotti stanno dentro a ogni cassetto della scrivania. Ci sono due o tre tele appoggiate al muro, tutto esattamente come io l'ho lasciato. Tutto. Stringo i denti e mi siedo per terra, con le spalle al letto. Non ci devo pensare al taschino di quella camicia di jeans. Non ci devo pensare a quello che c'è dentro. Magari papà ha controllato ovunque e l'ha buttata, come ho fatto io là dentro l'altra volta, gettandola nel gabinetto. Non ci devo pensare.

Devo pensare che adesso incomincerò questo lavoro al bar, a mezza giornata. Anche di più. Anche tutto il giorno. Meglio così. Almeno sto là e non devo passare troppo tempo qua. Lì ci sta un amico di papà che sicuro non mi leverà gli occhi di dosso e gli racconterà tutto quello che faccio, è normale, come quell'altro amico suo, quello che mi aveva riconosciuta dopo che uscivo dalla rapina e subito gliel'ha detto. Se un papà ti denuncia vuol dire che ti vuole bene, no? E allora perché mi hai riportata qui? Non mi potevi lasciare in carcere con le compagne mie? Anche loro mi vogliono bene.

Sono stanca. Ma nessuno mi vieta di andare un poco a dormire, giusto? Ecco cosa devo fare: andare un poco a dormire. Prima voglio solo controllare un attimo se c'è ancora quella camicia di jeans, e se dentro il taschino, quello che si chiude con il bottone a pressione, c'è ancora quel pacchettino. Solo per vedere se papà nel frattempo l'ha trovata.

No, non l'ha trovata. E senza nemmeno rendermene conto sto seduta per terra, accanto al letto, e me la sto facendo in vena. Solo un minuto e poi ritorno, lo giuro. Tengo un sacco di cose da fare qua e voglio essere lucida. Devo cominciare questo lavoro al bar, anche per tutto il giorno. Così posso conoscere un sacco di gente e forse smettere di pensare a lui, no? È questo che dicono tutti, è così che funziona di solito, giusto? Ci devo solo credere. E magari lo troverò anche io l'amore che mi fa brillare gli occhi, come a Naditza col Chiattillo. Ora però sono troppo stanca e mi devo riposare un poco. Poi quando mi sveglio prendo i colori e faccio qualcosa. Me l'ha detto tante volte la prof di scenografia che non dovevo mollare. No prof. Non mollo. Sarebbe proprio un peccato, no? Voglio disegnare a Naditza come l'ho vista quel giorno davanti alla finestra, con gli occhi tristi e quel bel contrasto di luce, il giorno che avevo buttato quell'altra dose nel gabinetto.

Quando finisco di spingere lo stantuffo della siringa fino in fondo, sento una voglia di dormire così forte come non l'ho provata mai. Con la siringa ancora attaccata nel braccio, scivolo con la testa sul pavimento e mi lascio andare a questo sonno profondissimo. Anche il respiro diventa più lento, fino a essere tutt'uno con il respiro dell'universo, del quadro verde che mi guarda dalla tela che quell'altra Serena aveva dipinto tre anni fa. Quando mio padre sale e si mette a urlare, stringendomi tra le braccia come quando ero piccirella, io lo sento appena appena. E poi scivolo ancora più giù.

PIETRO

Nostro padre l'ha sempre detto, che chill' nun era comme a nuie. Che pure se si sbatteva tutto quanto pe' se fa vedè, di noi tre Ciro era il più debole, con la testa agli amici, alla musica, ai pensieri.

Entra nella sala dei colloqui tutto incazzato perché lo sa che voglio una spiegazione che non può più tardare. Infatti senza manco salutarmi mi dice subito: «È stato 'u Piecuro. Ho scoperto tutto. L'ha fatto per avere un colpevole».

Ma che cazz vai ricenn', 'o fra'? E mò che c'entra 'u Piecuro? Che ne sapeva iss 'e chell' che avèvam' 'a fa? Non era solo Pino che lo sapeva?

Mi spiega che Carmine e 'o Chiattill sono molto amici e quindi la cosa di incolpare a Pino lui l'ha fatta per aiutare al compagno suo. Ma che simm', pazzi? Mio fratello che si fa fottere da nu chiattill milanese e d' 'u Piecuro?

Hai 'a fa l'ommo, li devi aprire bene questi occhi, Cirù, nun si cchiù guaglione. Devi guardare in faccia alle persone per riuscire a capire chi è un infame e chi non lo è, la devi smettere di fidarti di tutti quanti.

«Ti si fatt' fottere comme a nu strunz» gli dico. «E menomale che comandi tu, cca dint'!» È nu Ricci, s'ha da scetà.

Ma quello, invece di chiedere scusa e di pigliarsi la responsabilità, si incazza, si vede che è ancora guaglione, che tiene la capa fresca: «Me so rutt' 'u cazz!» dice sforzandosi di non alluccare. Lo stesso ci sentono tutti, ma ci rispettano e non lo danno a vedere. «Voi pensate a truvà 'u Piecuro, llà ffora.»

E quando gli spiego che a Di Salvo ci putimm' pensà nuie, ma che pure 'o Chiattill ha da pavà, finalmente si calma nu poco e mi promette: «Chill' l'accido io, personalmente».

Bravo Cirù. Accussì ha da parlà nu Ricci.

NINA

«Nostra figlia nascerà in un posto bellissimo» mi sussurra Carmine accarezzandomi il pancione. Mi sono messa distesa con la testa sulle gambe sue e provo a chiudere gli occhi per rilassarmi un poco, lasciandomi cullare dal dondolio della nave e dalla dolcezza delle sue parole. Ma non ci riesco. Sento ancora quel dolore e non gli voglio dire niente per non farlo preoccupare, quindi però la preoccupazione mi resta tutta addosso a me. Glielo devo dire o no, di quelle perdite di sangue che ho avuto oggi? Può essere che sono pericolose per la bambina? Lui è stato così bravo a trovare il modo di uscirsene da là dentro, hanno combinato veramente un miracolo grazie ad Anita e a Filippo e io lo so che tutto questo lui lo ha fatto per me, per non lasciarmi sola. Quindi non devo tenere paura. Carmine è così felice... andrà tutto bene, come dice lui. «Mangeremo tutto il giorno mango e papaya» mi promette. «Staremo bene» aggiunge, e mi dà un bacio sulla testa. Ti amo per questo, Carmine. Perché con te sto bene sempre e dappertutto, pure senza mangiare mango e papaya, pure adesso, in questa cabina dove ci hanno fatto nascondere in attesa che domani la nave prenda il largo e ci porti lontano da Napoli, lontano dai Valletta e dalla famiglia tua, per iniziare una vita nuova e crescere insieme la nostra bambina.

Quindi non ci devo pensare, anche se adesso mi tira così forte la pancia. Non devo tenere paura. Lui è qua con me e la bambina sta scalciando che è na bellezza, come le piace fare sempre a quest'ora. Andrà tutto bene.

CARMINE

'N tiempo 'e tempesta, ogne pertuso è puort'. E mmiezz' ai bancali 'e stu puort' assurdo, dove il caso stasera mi ha fatto uscire dalla nave proprio quando stavano passando loro, mi pare un miracolo potermi nascondere dentro alla cabina di manovra di questo mezzo.

Anzi, può essere l'occasione perfetta. Mi sento sconsolato per questo destino che mi sta pigliando in giro. Che devo fare? Lui non mi ha visto. Se per sbaglio metto in moto questa gru portacontainer e aziono la leva, sempre per sbaglio lui verrà investito e sembrerà un incidente. La leva qua sta, se allungo la mano faccio tutti contenti. I Valletta. Mia mamma. Ezio. Pàtemo a Poggioreale. Così pago i debiti e mia figlia può nascere tranquilla, senza questa minaccia sopra la testa prima ancora di vedere la luce.

Se metto in moto, non devo più tenere nascosta Nina in quella nave per portarla dall'altra parte del mondo, per non lasciarla subito vedova. Può partorire qua a Napoli, con la mamma vicino, e comunque io lo so che sta molto più male di quello che mi dice, perché non mi vuole fare preoccupare. Non tiene bisogno solo di queste medicine che tengo in tasca ma di farsi vedere da un medico, come mi ha suggerito la farmacista.

Forse per farlo dovrei chiudere gli occhi.

Ma quello sta alluccando e lo sentirei lo stesso. Mi cerca, io non lo so come ha fatto a capire che sto qua vicino e non so nemmeno come hanno fatto a capire che dovevano venire a cercarci proprio dentro al porto, sotto il naso degli uffici loro all'IPM, perché tanto finché stiamo chiusi dentro la nave non ci possono trovare. Ma dovevano venire proprio quando ero uscito per andare in farmacia...

Guardo la leva e tremo, mentre quello allucca: «Carmine, nun te preoccupà, si risolve! Ci parlo io cca famiglia toja! Ci sta pure Paola! La direttrice te vò bbene!». Si muove in mezzo a questa specie di rulli enormi, molto più alti di lui, e non la smette di cercarmi. «Carmine! Tanto 'o ssaccio ca stai cca! Una via d'uscita ce sta.» A me mi manca il respiro. Non levo le mani dal volante, lo guardo e ancora una volta penso ca nun c'ha faccio. Ma perché?

«Truvamm' na casa! Ti faccio entrare dint' 'o programm' 'e protezione!» continua a sgolarsi, senza vedere che io sto proprio sopra a lui, dentro il gabbiotto di questo coso. «Nun te preoccupà, t'aggia ditt'! Nuovi documenti, nuova identità!»

Io sono pazzo se non lo faccio. Perché già lo so, l'ho capito che non è giusto partire con Nina in queste condizioni. Non possiamo rischiare di farla viaggiare in mezzo all'oceano, né per lei né per la creatura. Ma qua a Napoli io sono un uomo morto, o dentro l'IPM o cca ffora non cambia niente; pure se mi mandano a Milano, a Bologna, comandà, cosa vi pensate, che là i Valletta non ci arrivano? Che quelli non tengono compagni pure là? E quindi l'aggia fa, come mi dice mio fratello. Ma mentre tengo già la mano sulla leva, e un peso dint' 'o core che nun saccio che fa, lui è come se mi leggesse nel pensiero.

«E poi pienza a Nina e 'a criatura. Ti voglie bbene come a nu figlio, Carmine!»

Mi dispiace, comandà. L'aggia fa. Ma nun c'ha faccio.

E quando la direttrice lo vede e da lontano gli chiede, urlando pure lei: «L'hai trovato?».

Lui risponde solo «No!», e in tre passi si leva da sotto a me.

NADITZA

Sale come una fiamma che mi rimbomba in tutto il corpo e mi vola velocissima fino in testa e poi si libera in questo cielo magico, in questa notte che mi fa venire le lacrime agli occhi da quanto mi sento contenta. C'è giusto giusto il tempo di guardarlo senza riuscire a dire neanche una parola, soffocando quel grido che ci farebbe scoprire, per capire che siamo all'unisono ancora una volta, come quando suoniamo insieme. Però adesso è proprio n'ata cosa. Ora c'è questo cuore che non si vuole fermare di battere, c'è questa voglia di rimanere stretta a lui, con il respiro che non trova riposo, c'è la sete di stare attaccata al suo odore, sul suo collo, come due corpi e una cosa sola. C'è la notte che fa parte di noi e noi di lei, la sento, forse la *capisco* come non l'ho capita mai. Ci sono queste lacrime che mi salgono negli occhi e che non me ne importa niente di provare a fermarle, anzi le lascio andare mentre il petto mi batte un poco più piano, come se fossero parte di quello stesso piacere. Ma lui si spaventa, mi prende il collo con una mano e sempre tenendomi stretta, senza togliere la faccia dai miei capelli, mi chiede piano piano nell'orecchio: «Che c'è? Come stai? Mi fai preoccupare».

Io gli rispondo singhiozzando ancora più forte: «No no, sto bene. Sto troppo bene Filì, e forse non ci posso credere».

«Invece ci devi proprio credere» mi dice lui spostandosi un poco per venirmi a baciare con una delicatezza infinita la tempia, il sopracciglio, la fronte, mentre mi sfiora il fianco con le dita. «Perché è tutto vero, verissimo.»

Restando sempre seduta sopra di lui, mi stacco un poco dal suo abbraccio per guardarlo bene in faccia, tiro su col naso e mi viene da ridere.

«Tu sei pazza!»

Sì, stanotte mi sento pazza veramente, guardando quant'è bello questo Chiattill che dovevo conquistare per scommessa.

«Non lo pensavo proprio, che mi poteva piacere così tanto uno come a te» gli dico ridendo e continuando ad accarezzargli la gola, la spalla, il petto. Non ce la faccio a smettere di toccarlo, come lui non ce la fa a smettere di toccare a me.

«Perché, com'erano quelli che ti piacevano?» mi chiede con quella specie di smorfia seria seria che fa lui, e poi dice: «Comunque non lo so se mi piace, questo discorso...».

Una scrollata di spalle è tutta la considerazione che si meritano quei due o tre ragazzi con cui mi è capitato di uscire fino a ora. Scostumati, egoisti, antipatici. Belli, sì, ma una specie di bellezza buia, senza nessuna felicità: niente a che vedere con questo qua, che me lo mangerei di baci, e anzi già che ci sono mi avvicino a lui per dargliene ancora un altro e fargli sentire bene chi è che voglio. Era una sfida, con quelli là. A chi era più forte, a chi dell'altro se ne importava di meno, a chi si riusciva a mettere l'altro sotto i piedi. Pure a letto. Una partita a scacchi: se io ti faccio questo a te tu poi mi devi fare quest'altro a me...

Stanotte no. Stanotte con lui sono entrata proprio in un altro universo, dove il fatto non era che cosa ti faccio io a te o che cosa mi fai tu a me: era *esserci*, tuffarsi, scoprire qualche cosa di lui che avevo visto da lontano – o sognato, o sentito mentre lo ascoltavo suonare – e scoprire pure di me stessa qualche cosa che io non sapevo. Un sacco di cose, veramente, che io non sapevo. Per esempio, che questa cosa qua la potevo provare pure io. Quante volte io e Serena l'abbiamo presa in giro a Silvia, insultandola quando ce lo raccontava? «Sì, sì, sei esplosa proprio!!! E poi? Hanno sparato i fuochi d'artificio?» Invece era proprio così, come diceva lei. Un'esplosione di gioia, di vita, che mi fa sentire al tempo stesso stanca morta ed elettrizzata. Filippo guarda qua sotto dalla ringhiera del terrazzino dove ci siamo venuti a rifugiare, sembra incantato a guardare il riflesso delle luci sopra il mare.

Gli passo una mano in mezzo ai capelli e gli chiedo: «Sei triste? Pensieroso?».

Lui si avvicina per darmi un bacio leggero, sulla punta delle labbra, e mi risponde scuotendo un poco la testa: «No, che dici? Sono felice» ma io lo vedo che tiene gli occhi cupi, che non si staccano da là.

«Hai paura vero? Per il fatto di Pino?» insisto.

Lui fa una faccia strana, senza dire niente. Se è vero che, grazie all'aiuto di quello schifoso di Lino, Ciro è riuscito a scoprire tutta la tarantella che Carmine aveva combinato per proteggere Filippo gettando la colpa sopra a Pino, ho paura che ha ragione a essere preoccupato. Chill' è pazzo, Ciro, è uno di quelli che ci tengono troppo assai all'opinione degli altri. Da queste persone bisogna stare lontani, perché quando si sentono offese sono pericolose e non capiscono più niente: sono troppo deboli per fregarsene e andare avanti, allora rimangono ossessionate a incazzarsi sempre di più sopra quell'offesa che li ha fatti sentire smascherati e l'unica consolazione la cercano nella vendetta.

Me lo abbraccio e me lo tengo stretto stretto, al mio Filippo, guardando la luna che sta splendendo quasi piena sopra di noi e illumina tutto il cielo, cancellando le stelle intorno a lei. Anche io mi sento un poco triste adesso. Con un filo di voce, muovendomi piano piano tra le sue braccia al ritmo della canzone, con Serena dint' 'o core inizio a cantargli *Gelem, gelem* che mi piaceva tanto quando ero bambina: «A Romale katar tumen aven, E tsarensa bahktale dromensa?» mentre lui mi mette tutt'e due le mani nei capelli, dietro la testa, e poi mi fa venire i brividi scendendo con i polpastrelli giù lungo la schiena. Dobbiamo essere contenti di quello che abbiamo quando ce l'abbiamo. Lo devo essere anche per te, amica mia, che ora dormi per sempre e non sei più qua con noi. Il fresco della notte mi pizzica la pelle, lo tengo addosso. Sono viva. Stanotte sono viva e sono qua con lui, davanti a questo mare che non finisce mai.

«Non pensare a domani» gli dico cercando di sorridere e guardandolo dritto negli occhi. «Domani, quando scoprono che abbiamo dormito fuori dalla cella, vedrai che ti sbattono di sicuro in isolamento come vuoi tu!» prometto curvando un poco la schiena sotto il suo tocco. Se domani però lo mandano veramente in isolamento, io quando lo rivedrò al Chiattillo mio? Quando potrò sentire un'altra volta il suo odore? «Ma oggi sei qua, con me.»

E lui già mi sta baciando di nuovo.

FILIPPO

Venticinque minuti prima dell'accoltellamento

«Allora?»

«Eh... Che t'aggia dì, Filì? Mi sono dovuto consegnare per forza. Mi dispiace tanto per tutto quello che tu e Anita avete fatto per noi, per farmi uscire da qua, e alla fine non è servito a niente. Però Nina stava troppo male, non potevamo rischiare. E quindi anziché andare verso i Caraibi, ho preferito tornare di nuovo qua» mi dice Carmine con un filo di voce e gli occhi bassi. Siamo tutti e due seduti per terra, appoggiati con le spalle ai due lati opposti del corridoio nelle rispettive celle di isolamento dove in teoria in questo momento dovremmo essere rinchiusi separatamente. Ma anche oggi il comandante ci ha dato prova di essere una persona speciale, lasciando aperta la porta delle celle e chiudendo soltanto quella del corridoietto comune, prima di andarsene via.

«Tengo paura, Filì.»

«Pure io tengo paura, Carmine.»

«Ah, mò parli napoletano pure tu?» mi chiede sforzandosi di sorridere.

«Ciro ha scoperto tutto. Quindi pure io ora sono walking dead come te, fra'» gli racconto. «Non so veramente che cosa devo fare. Se riuscissi a farmi trasferire al Beccaria, a Milano, manderebbero qualcuno anche lì, vero?»

Lui mi guarda con gli occhi tristi, senza dire una parola, e non serve altro. Chiaro che manderebbero qualcuno. Questi sono dappertutto e hanno amici dappertutto, non è che Milano sia una città dove queste persone non fanno affari: è solo un posto dove certe cose si vedono meno, o forse vengono meno ostentate. Questo più o meno lo sapevo, ma ora lo vedo in un modo chiarissimo. E quindi non ho scampo, come lui.

«Fra quanto dovrebbe nascere la bambina?» gli chiedo, sperando di fargli distogliere almeno per qualche istante il pensiero da questo brutto fatto, come direbbe lui.

Infatti questa volta lo vedo sorridere veramente.

«Può essere un giorno come una settimana, non si sa. Dobbiamo aspettare» di nuovo si scurisce in viso, ma dura solo un secondo. «In ospedale ci hanno detto che la bambina sta bene e l'unica cosa importante è che Nina resta là dentro in osservazione, fino al momento di farla nascere. C'è la placenta un poco staccata» mi spiega.

«E questo cosa comporta?» gli chiedo.

«Niente, Nina rischia di perdere molto sangue quando la bambina nascerà ed è per questo che era così importante che nasceva in ospedale e che in questi giorni stava sempre vicino a qualche medico. Non la potevo tenere più nascosta sopra a quella barca. Possiamo stare veramente tranquilli soltanto quando Futura sarà nata. Insomma, *tranquilli*...» aggiunge, e a quest'ultima parola è come se la testa gli crollasse all'ingiù sulle ginocchia, che tiene strette al petto, perché gli pesa troppo.

«Chissà a chi assomiglierà, la tua Futura...» gli dico. «Anzi: ora che finalmente mi hai spiegato cosa vuol dire Chiattillo, direi che è arrivato il momento anche di raccontarmi perché si chiama Futura.»

Lui scuote la testa e fa finta di ridere, per farmi contento. «Ma allora lo vedi che si chiattill veramente! Soltanto nu guaglione di buona famiglia come a te poteva crescere in mezzo alla musica e non sapere che cosa significa questo nome.»

Gli rispondo solo con una smorfia, perché ovviamente ha ragione, e a quel punto Carmine inizia a raccontare. «Hai presente a mia nonna, la mamma di mio papà, quella che te ne ho parlato spesso? Quella che è morta l'anno scorso e che per me era più di mia mamma». Annuisco e lui continua. «Ecco, a mia nonna gli piaceva assai cantare e tra le canzoni che lei amava di più ce n'era una di Lucio Dalla che si chiamava proprio così: *Futura*. Me la ricordo come fosse ieri, ogni volta quando arrivava il ritornello teneva un sorriso meraviglioso, come se a quella bambina lei già la stava vedendo, e si dondolava un poco di qua e di là accompagnando il ritmo della musica. "E se è una femmina si chiamerà Futuraaaaaaa... Il suo nome detto questa notte mette già paura... Sarà diversa, bella come una stella, sarai tu in miniatura..."» Il canto sussurrato che mi sta facendo Carmine si ferma di botto in un singhiozzo.

Anche a me viene da piangere pensando al futuro di questa bambina, così come al nostro. Per farmi forza, controllo con le dita che il mio talismano sia sempre al suo posto. L'unico talismano che possiedo per proteggermi da tutto quello che potrà succederci: un orecchino che stamattina, quando ci siamo salutati, Naditza mi ha infilato in tasca senza che io me ne accorgessi. La stessa tasca degli stessi jeans da cui sei mesi fa, appena arrivato a Napoli con i miei migliori amici, alla stazione della metropolitana di Toledo una zingara bella e stronza mi aveva rubato l'orologio.

BEPPE

Sedici minuti prima dell'accoltellamento

Stasera tocca a me, stare dietro le sbarre. Non pensavo che fosse così terribile. Aggrappato con tutt'e due le mani, con tutta la forza che ho, guardo l'orrore che si svolge davanti ai miei occhi con un senso di irrealtà. È una follia. Non è possibile che questi ragazzi con cui condividiamo le giornate lo stiano facendo davvero. Non può essere che adesso siano loro ad avere in mano le chiavi e ad averci chiusi *fuori* da questa mensa, che in pochi minuti si è trasformata nell'inferno.

Come si deve sentire Paola, che fin dal giorno in cui è arrivata all'IPM ha sempre promosso il senso del rispetto, dell'autorevolezza del suo ruolo? Cosa faranno questi, che improvvisamente si sono trasformati in bestie indemoniate, con la riscossa che gli brucia negli occhi e i coltelli della cucina tra le mani? A quale orrore dovremo assistere stanotte?

«Dove cazzo stanno quei due infami?» chiede Ciro a Paola, urlando come un pazzo e puntandole un grosso coltello sotto la gola. Mi sento male solo a guardarlo. Provo ad aggrapparmi al buonsenso dell'unico tra loro che ha la forza per avere un po' di personalità e ragionare con la sua testa, anche in mezzo a questo casino assurdo.

«Edoà!» gli grido. «Sei diventato il pupazzo di Ciro?» Questa è la mia unica speranza: che Edoardo riesca a convincerlo a mettere fine a questa pagliacciata. Ma se ne rendono conto di quanto può costare a tutti quanti, questo scherzo? Temo di no. Ho paura che siano talmente presi dalla foga del momento da non capire più niente.

Infatti anche Edoardo – lo stesso Edoardo che proprio questo pomeriggio ha avuto la licenza per andare a Posillipo a partecipare a un premio di poesia con delle parole dolcissime, che ha avuto il coraggio di condividere con i suoi amici e perfino con degli estranei – ora è lì in mezzo ai rivoltosi, infoiato e a petto nudo. Sono sicuro che si sia tolto la maglietta per mostrare a tutti, compreso se stesso, quel tatuaggio con la tigre che porta sul petto e che dev'essere il suo vessillo di guerriero.

Ma lui viene a rispondermi: «Nun me romper' 'u cazz, Pe!» avvicinandosi di due passi alle sbarre della porta a cui sono attaccato, per poi rientrare a passo svelto nel suo branco di folli. Come se Edoardo fosse davvero una tigre chiusa nella sua gabbia e io il visitatore che viene apposta allo zoo per onorare la sua potenza.

«Ciro... Se li fai smettere io te lo giuro che non prendo provvedimenti, te lo giuro» gli propone Paola con un filo di voce. Non avrei mai pensato di provare una pietà così dolce, perfino così straziante, nei confronti di questa persona che conosco ormai da mesi e che tutti noi abbiamo sempre visto come una donna fortissima. Farei di tutto per riuscire a proteggerla, ma non posso fare niente e mi sento un coglione. Tutti i miei studi, tutta l'esperienza che ho con i ragazzi, per ritrovarmi qua, inutile, disperato, inchiodato dal panico, senza nessuna risorsa. Eppure neanche adesso riesco a odiarli. Tremo per lei, per tutti noi, ed è impressionante vederli in questa versione così animale. Forse se fossi un altro mi lascerei andare io stesso a una reazione quasi bestiale di paura o aggressività, ma questo non sono io. Ai bordi di questo film dell'orrore che è diventato realtà, rimango impietrito a osservare i miei ragazzi con il cervello acceso e lucido, che proprio in questo momento di follia corre più veloce che mai. Come avrebbero fatto a uccidere, a rubare, a ferire, mi chiedo, se non fossero allenati da una vita per vivere dei momenti come questo? La maggior parte di loro è stata addestrata fin dall'infanzia a tenere in mano una pistola per festeggiare l'anno nuovo e a sopprimere le emozioni che prova, fino a raggiungere una sorta di grado zero emotivo. Come potrebbero, crescendo, rendersi conto della sofferenza che procurano agli altri se non hanno mai dato un nome neanche alla propria? Ed è così che pensando di essere «fighi» o di dimostrare la propria forza, in realtà si fanno schiavi di un sistema che ne fa carne da macello, rubando loro l'adolescenza e sbattendoli qua dentro finché non saranno completamente alienati, e dunque ancora più fragili, più manovrabili, più assetati di consolazioni sociali che non servono a niente e non danno nessuna felicità.

«Ma come, scusa» la incalza Ciro, freddo ma carico di una rabbia disumana. Mi sembra un altro, sotto le luci di sicurezza blu che si sono attivate dopo che è stata spenta l'illuminazione. «Scassi sempre il cazzo tu, le regole, le conseguenze... E poi che fai, ce la fai passà liscia accussì? Eh?»

Paola non è in grado di rispondergli, ma dall'altra porta, quella che dà sul cortile, qualcuno è venuto a chiamarlo. «Cirooooo!»

Aggrappato alle sbarre c'è Massimo, anche lui teso e in qualche modo brutale, come loro, che è arrivato solo adesso dopo aver nascosto Carmine e Filippo per metterli al sicuro, come avevamo deciso insieme. Forse lui è l'unico che possa farsi ascoltare e rispettare da questi ragazzi inebriati dall'odore dell'odio come belve feroci. Però neanche lui riesce a convincerli a liberare Paola, neanche sotto la promessa che se lo faranno lui gli rivelerà dove abbiamo nascosto Carmine e Filippo. Anzi, a questo punto Ciro prende il bastone di Paola e iniziano a passarselo, girando intorno a lei, apposta per umiliarla e per farci capire che stasera non ce n'è per nessuno. Fino a che punto sarà disposto ad arrivare, Ciro? E che gli prende adesso con tutta questa rabbia contro Carmine e Filippo, le persone più pacifiche di tutto l'istituto? Mi pare evidente che tutti quanti i nostri ragazzi qua dentro hanno una vita segreta della quale noi non sappiamo assolutamente nulla: e allora come li possiamo accompagnare e proteggere?

Qua stasera veramente siamo noi che avremmo bisogno di protezione; noi che ci troviamo inermi nel poter difendere la persona che per ruolo ci sovrasta tutti, ma che in questa situazione è la più vulnerabile di tutti noi. Solo Edoardo si mette in mezzo per prendere in mano il bastone e fermare quel gioco orrendo. Ma Ciro è veramente fuori di sé. Rimette il coltello sotto la gola di Paola e la spinge vicino all'altra porta, per mettere pressione a Massimo. Quando cazzo arriva la Celere? Quanto è passato, dal momento in cui i ragazzi si sono chiusi qua dentro? Come possiamo fare a prendere ancora un po' di tempo, mentre li aspettiamo?

C'è qualcosa dentro di me che esplode, quando sento pronunciare a Massimo due parole che per la prima volta nella mia vita mi rendono davvero chiaro che cos'è il coraggio e mi fanno affiorare nel cuore un'espressione che fino a questa sera non avevo mai apprezzato – o forse, mai capito fino in fondo. Eroe.

Da dietro le sbarre, Massimo dice con tono fermo e chiaro due semplicissime parole. La voce non gli trema né sale di tono. Solo due parole: «Famm' trasì».

Entro completamente nel panico e mi attacco ancora più forte alle sbarre, come se potessi avere la forza di buttarle giù con queste mani. Quando i ragazzi, tutti gasati, prendono le chiavi per aprire la porta e lasciano entrare questo inatteso «ospite volontario», che viene subito costretto a piazzarsi in ginocchio davanti a Paola, io riprendo a urlare, continuando a rivolgermi all'unico che penso possa sentire le mie parole: «Edoà, guarda! Parliamo un attimo! *Pensa* un attimo! Posa il coltello!».

La sua reazione di venire a digrignare i denti davanti a me mi terrorizza ancora di più. Sono tutti in preda a un'estasi animalesca, dove la follia del branco li sta facendo sentire protetti, non più individui, non più responsabili delle loro azioni. Sono anime senza un briciolo di speranza, sono ragazzi di diciott'anni che sono pronti a stare rinchiusi altri venti in più, in cambio di questa notte di sballo. Come possono non capire la grandissima cazzata che stanno facendo?

«Vi potete fermare! Vi potete fermare in tempo! Lo capite o no?» urlo. E nessuno mi ascolta.

Ciro, Edoardo, Totò, Gaetano, sono tutti armati dei coltelli dalla cucina; ma ora è una sfida a tu per tu tra Massimo e Ciro, che tiene Paola in ostaggio.

«Tu overo pienz' 'e vincere sta guerra?» lo provoca Massimo.

«Sì!» sibila Ciro, stringendo un braccio intorno al collo di Paola mentre nell'altra mano le tiene il coltello sotto la gola. «Sta guerra a vence io! Se non mi dici subito dove stanno, l'accido annanzi all'uocchie tuoie. Vuò verè? Eh?» La sua voce è tesa, furibonda; non sembra avere più niente di umano. Bastano pochi secondi perché lo faccia. Lo può fare. Sento che non c'è niente e nessuno, in questo momento, che lo possa trattenere dal farlo davvero. Ho il sangue agli occhi e mi sento un folle, ma ora tocca a me.

«No! Vv'o ddico io!» grido. «Vv'o ddico io! Stanno nel deposito. 'Ncoppa a barberia. E mò lasciali stare, per piacere, Ciro...»

Mi sento uno straccio, un deficiente. Eppure, non avrei potuto fare altrimenti. È più legittimo scambiare la vita di due persone adulte con quelle di due ragazzi, o quella che è in gioco *adesso* con quella che potrebbe essere in gioco *dopo*? Quale essere umano potrà mai dare una risposta sensata a questa domanda? Di certo, non io. Non ora. Ma quale tortura più crudele può esistere, nel fondo dell'inferno, che avere il potere e la responsabilità di compiere in pochi istanti questa scelta?

Quando il coltello si stacca dalla sua gola, Paola singhiozza per il sollievo.

E Ciro si alza in piedi, lanciandoci il suo ultimo urlo: «Hai sentito, comandà? Sta guerra a vence io!».

Sono demoni dell'inferno.

EDOARDO

Nove minuti prima dell'accoltellamento

Io nun song' 'o pupazz' 'e nisciun'. Tantomeno di Ciro Ricci. Io voglio essere un'anima libera, un artista, uno che si vive la vita sua come gli pare a lui, con il rispetto per i compagni suoi ma senza calare la capa di fronte a niente e a nisciun'. I' song' come a sta tigre che tengo sopra al cuore: fiera, selvaggia, che può essere feroce se vuole cacciare oppure dolce come nu gatto, quann' vo' essa. Oggi è tutto allucinante, perché sopra la pelle tengo ancora il sale del mare insieme all'odore di Teresa e al calore della sua pelle. Sento nel petto tutto insieme: quei momenti nel mare con lei, l'orgoglio di recitare la poesia mia davanti a tutti quanti, in quella bella sala piena di gente che era venuta per noi. Un altro tipo di potere, che non sapevo proprio che esisteva. E oggi infatti c'ho addosso una forza disumana. Ma questa forza la dobbiamo sapere usare. Dobbiamo scegliere. Chest' è a forza overa. Anche quella di arrendersi, di fronte a chi diciamo noi.

Ciro no. Iss non è come a me. Stasera mi pare che è uscito fuori di capa totale e rischia 'e se metter' dint' 'e guai. Se gli voglio bene, lo devo aiutare. Dalla mensa lo seguo in cucina, dov'è è andato a prendere Lino che stava legato là dentro, e minacciandolo con il coltello vuole andare al deposito insieme a lui.

«Vengo ccu tte!» gli dico.

«No Edoà» mi fa lui. «Le mani me le devo sporcare io ccu chelli doie merde. Lièvet' 'a miezz'.»

«No» insisto venendo in avanti per mettermi in faccia a lui. È fuori controllo stasera, ma sta sbagliando proprio. Tutto il futuro nostro è nelle mani di quello che farà lui adesso. «Che cazz vuo' fa, Cirù? Nuie tenimm' altri piani, o te l'hai scurdat'?»

«Io nun m'aggia scurdat' niente» risponde. «Ma chilli

duie m'hanno fatto fa a figura d' 'o strunz, e tu 'o ssai ca chest' non può succedere si vuo' cumannà.»

«E come pensi di *comandare* se ti chiudono a Poggioreale e buttano la chiave? Ah? Chi cazz ci rimane cca dint'? A capa a vuò usà? Me l'hai 'mparat' tu» gli dico per convincerlo. Ma nun è overo. Non me l'ha imparato lui ma un'altra persona. Una ragazza che le cose le vede per quelle che sono e tiene il coraggio di chiamarle per quello che sono e fare le cose che sceglie di fare, lasciando perdere tutto il rumore che non serve a niente e crea solo tarantelle inutili e pericolose. Comme a chell' che sta facendo mò. Che significa per te la parola *comandare*, Cirù?

«Stamm' a sentì Cirù, l'accirrimm' fora» gli prometto. Fuori da qua è tutto diverso, 'o ssaie. Qua tu ti pensi di comandare ma stiamo sotto agli occhi di tutti e ogni cosa poi la paghi. La paghi veramente. Come faccio a spiegarglielo, che stasera sta rischiando di bruciare tutto il futuro suo? «T' 'o giuro, ce vaco io a Milano a me fa 'o Chiattill» insisto. «Ma nuie c'avimm' piglià Napoli! O vuo' mannà tutte cose all'aria? Ah?» lo sfido.

Ma stasera non tiene proprio capa di sentire ragioni.

«È meglio sta in galera a testa alta, che libero e chieno 'e scuorno» mi risponde. «*Chest'* è chell' che m'ha 'mparato pàtemo! Chest' è la nostra legge! O te mise a fa 'e ppoesie e t' 'o si scurdat'?»

Lo guardo negli occhi, pieni di fuoco e di rabbia, e penso che sì, è come dice lui. M' 'o so' scurdat', Cirù. Perché scrivenn' chella poesia e facenn' ammore cu ess mi sono sentito vivo in un altro modo, che è cchù forte d' 'o scuorno, più forte dei nostri padri e di tutte le leggi che ci hanno insegnato.

Ti lascio andare da solo, Cirù. Io mò tengo la libertà nel cuore e me la voglio scrivere con le mie mani, la legge mia.

CIRO

Quattro minuti all'omicidio

Quanto la amo. Sta alla finestra e tiene in mano la luce dell'accendino accesa per me, per darmi forza. Viola mia, pure questo è pe' tte. Tutto questo è pe' tte, perché tu me l'hai fatto capire che non ti devo deludere. Tu ti meriti il meglio e io il meglio ti voglio dare, senza tenè scuorno 'e nisciuno. A testa alta salgo gli scalini del deposito e apro la porta, dove sta 'o Chiattillo pieno di paura. Gli punto subito il coltello alla gola e gli chiedo dove sta chill'autro strunz, poi gli do una testata, ma subito mi butto sopra di lui per dargli due schiaffi e svegliarlo. Non voglio che perde i sensi come a Lino, là sotto ai piedi della scala, dopo che gli ho dato una bella testata per togliermelo di mezzo. «Scètate, ca devi vedè la morte negli occhi» gli prometto. «Sei stato bravo, mi avevate convinto che era stato Pino» dico stringendogli la faccia con le mani. Sta faccia 'e cazz, che c'ha ancora sul sopracciglio il taglio che gli ho fatto io, per metterlo sotto la protezione mia e fare vedere a tutto l'IPM che stava ccu mme.

«Pino è amico tuo!» piagnucola tutto spaventato. Mò lo vedi la paura che ti fanno gli ultimi momenti prima di morire, Chiattì. Ma te lo sei meritato. Ti è piaciuto fare il furbo con Ciro Ricci? E ora *ne devi pagare le conseguenze*, come dice la dottoressa. È overo o no? Hai voluto giocare con il fuoco e mò non ti lamentare se ti bruci. Lo so che non ci sei abituato e preparati, perché farà un po' male… Poi nun te stai zitt' manco dint' a nu mument' come a chist': si proprio na capa tosta tu. Ora spetta a te decidere se Pino è amico mio, eh Chiattì?

«Io non ho amici!» gli grido in faccia. Uno solo ne avevo, e gli ho sparato guardandolo negli occhi quando ho avuto la prova che era un infame pure iss. Comme a tte. Chissà che mi credevo che potevamo fare di grande io e te, Chiattì. Ma ora l'unica cosa grande che devi fare è murì e farmi vedere quanto sei capace 'e suffrì. Chest' è a fatica toia mò, poi te può ripusà.

Ma proprio adesso spunta 'u Piecuro, pregandomi di lasciarlo stare e di prendermela con lui. Certo che ti accontento, Piecuro. Con molto piacere. E poi dall'amico tuo ci torno dopo.

«Che è, tien' 'e ppalle mò?» gli chiedo, agitandogli il coltello davanti.

Stu strunz è svelto e riesce a farmi cadere il coltello mettendosi sopra di me, senza contare però che io sono più forte: con tutto lo sforzo della pazzia che tengo in corpo stasera, lo sposto da sopra, ripiglio il coltello e mi metto io sopra a lui. «Che è? Tieni paura mò?» gli chiedo. «Eh? Te stai caccann' sott'?» Questo volevo vedere. Quegli occhi chieni 'e paura, che mi pregano di risparmiarlo. Ma Nazario vuole vendetta, Carminiè. «Tu piecuro si nato, e piecuro devi murì!» gli grido, pronto a infilargli il coltello nel cuore.

Però all'improvviso arriva qualcosa che mi scoppia dentro al fianco e mi fa crollare da un lato. Vedo la faccia del Chiattillo sopra di me e capisco tutto in un secondo, mentre cado urlando dal dolore e tenendomi con la mano là dove fa male. Fa male, brucia. Io non voglio murì. Veramente hanno vinto loro? E come hanno fatto? Dove l'hanno trovata un'arma? Quei due si stanno parlando, forse, ma non capisco che se stann' dicenn'. Parlano di me? Di quanto so' stat' nu strunz a me fa fottere da nu chiattill e nu piecuro... Voglio sentire ma non li capisco, perché il dolore mi sta riempiendo tutto il corpo di questa cosa che brucia. Troppo forte brucia. Come lo scuorno. Poi vedo che c'è anche il comandante, ma quando è arrivato? Lo devono avere liberato chelli stronz' delle volanti che ho visto entrare mentre venivo qua, ma che non mi hanno visto. Oppure sto sognando? No, è la verità, perché quando mi solleva per prendermi nelle braccia sue, la fitta avvampa ancora più forte, quindi devo essere per forza scetato. Sento l'urlo mio e le braccia del comandante che mi stringono come nu criaturo. Che dirà mio padre, mò? Chist' non è sulo nu scuorno per me. Io non me lo merito, di essere figlio a don Salvatore. Non me l'aggia meritato mai. Marò, che caldo che tengo. Allora è questo, morire? È così che si è sentito Francesco, quando l'ho sparato?

Ci dovevamo prendere Napoli. No accussì. Lo dovevo fare per lui, per tutto quello che ha fatto per noi, per darci un futuro, per essere sempre più forti di tutti gli altri. E mò? Io non mi sento forte per niente, ma lui non lo deve sapere. Non sarebbe giusto. «Dite a mio padre che non ho avuto paura» mi raccomando con il comandante. Che fa, chiagne pe' me? Overamente? Chiagne e mi bacia. E forse sto chiagnenn' pure io, quando mi appoggio al suo petto e gli confesso la verità: «Non voglio morire, comandante».

«Nun te preoccupà» mi fa lui piano piano, cullandomi nelle braccia e stringendomi forte. Ecco, ma infatti nun è iss. È mammà.

VIOLA

«Lo sapevate tutti che sarebbe successo» dice con sicurezza il comandante una volta che siamo tutti schierati in cortile, i maschi al di là della rete e le femmine al di qua. Be', comandante, sì, ha ragione: lo sapevamo più o meno tutti. D'altra parte bisognerà pure far succedere qualcosa, per spezzare la monotonia di questo posto, non crede anche lei? «E nessuno ha parlato» continua. Eh no, ci scusi, dovevamo proprio venire a dirlo a lei. O alla direttrice. Certo. Trattengo i muscoli del viso per non mostrare a nessuno che sto sorridendo, anzi abbasso gli occhi. Composta e tranquilla, a braccia conserte, come lo richiede la gravità del momento.

«Questo era un vostro compagno» dice a voce troppo

alta, mentre gli infermieri portano verso l'ambulanza una barella coperta da un lenzuolo. «Nu guaglione comme a vuie. Ma è muorto.»

«Chi è?» gli chiede qualcuno dei ragazzi, uno di quelli orrendi di cui non mi ricordo neanche il nome.

«Vuoi sapè chi è? Beppe! Fermatevi.»

I barellieri si fermano e Beppe scopre la parte superiore del lenzuolo, facendo cadere un braccio riverso in giù e svelando a tutti noi il viso di Ciro, che tutti hanno sempre considerato molto bello ma che a dire il vero a me non è mai piaciuto, neanche nei primi tempi di quella specie di corteggiamento, quando ancora non aveva iniziato a deludermi. Figuriamoci adesso, tutto storto, con quella smorfia che gli deforma l'espressione. Sarà per questo che non sto provando nessun dolore, nessun senso di perdita, vedendolo così. Da domani per me non cambierà niente, qui dentro.

«Un perdente in meno» è l'epitaffio con cui lo lascio andare, stringendo ancora di più le braccia sopra il petto.

CROCE ROSSA ITALIANA
COMITATO PROVINCIALE DI NAPOLI

Scheda paziente

CHIAMATA

Data: 3 aprile
H chiamata: 21:12
H partenza: 21:18
H sul posto: 21:29
H partenza posto: 22:15
H in PS: 22:31
H libero e operativo:22:36

Luogo intervento: Istituto Penale per i Minorenni di Napoli, Via Acton, 1 – Napoli

Condizione riferita: Decesso già avvenuto

ATTIVAZIONI/AUTORITÀ PRESENTI

Corpo di Polizia Penitenziaria

DATI ANAGRAFICI PAZIENTE

Cognome e Nome: Ricci Ciro
Nato il: 17/2/2004 a Napoli, prov. NA
Dati dichiarati da: Comandante del Corpo di Polizia Penitenziaria

DECESSO (FIRMA DEL MEDICO)
Ora del decesso: 21:10
Firma: Carlo Boschi

Terza parte
IL BUIO

7
Sognare

VERBALE DI USCITA
DALL'ISTITUTO PENALE PER I MINORENNI DI NAPOLI

Il Dirigente penitenziario, in servizio presso l'Istituto Penale per i Minorenni di Napoli, e facente funzione di Responsabile della sicurezza pro tempore, in attesa di nuova nomina,

ATTESTA E APPROVA

il permesso per interrogatorio da parte del P.M. Anna Maria Caputo dei detenuti:

Filippo Ferrari, di anni 17.
Carmine Di Salvo, di anni 17.

Si attesta che alle ore 8:45 del 4 aprile i signori Filippo Ferrari e Carmine Di Salvo sono stati affidati in consegna a Giuseppe Romano, educatore presso l'Istituto, e a Gennaro Fusco, in servizio presso il corpo di Polizia Municipale di Napoli, per essere condotti su due macchine separate nei locali del Tribunale per i Minorenni, in Viale Colli Aminei, 44 – 80131 Napoli e qui riaccompagnati al termine degli interrogatori suddetti.

Il Dirigente penitenziario
Paola Vinci

MASSIMO

Sei minuti prima della sparatoria

Più forte di così non posso correre. Non posso e non voglio correre più di così, anche se ne avrei la tentazione. Ci andavamo, più forte, io e Antonio, quando eravamo ragazzi e stavamo sempre in giro insieme sopra allo stesso mezzo. Ora invece ci ritroviamo uno da una parte e uno dall'altra del parlatorio di un carcere, così come di tante altre cose nella vita. E quindi devo correre, perché lo conosco troppo bene e aggia capito bbuono perché ha accettato di vedermi proprio stamattina, dopo tutto questo tempo che ho fatto carte false per avere questo colloquio.

L'ha fatto per tenermi lontano da Carmine, stu strunz. Così non lo potevo proteggere mentre gli mandava addosso gli uomini suoi, approfittando del trasferimento dal magistrato. Svicolo tra le macchine e prego solo che si siano bloccati in mezzo al traffico pure loro. Poi vedo le due macchine della polizia parcheggiate una davanti all'altra di fronte al cancello del tribunale: Filippo sta in quella di dietro con Beppe, mentre Carmine aspetta nella macchina davanti, e Gennaro è andato al cancello per farsi aprire. Subito dopo passa una moto con due ragazzi con il casco integrale, quello dietro prepara la pistola e io prendo in mano la mia, tenendo il manubrio con l'altra. Sono pronto a sparare. Lo devo salvare, e poi portarmelo subito lontano da qua. Devo andare più forte. Se mi vedevano, forse se ne andavano senza manco provarci: proprio stamattina, per presentarmi dopo vent'anni davanti ad Antonio Valletta, ho fatto la pensata di mettere l'uniforme al posto della solita camicia, e si vede da lontano quello che sono. «Non vuoi vedere come muore un figlio?» mi ha chiesto mezz'ora fa. L'aggia visto proprio ieri, Antò. L'ho visto ieri sera, come mi è morto un figlio tra le braccia mie. E fino a stamattina non sono riuscito a chiudere gli occhi manco due minuti, chiagnenno pe' iss e pensando a quanto sono stato nu strunz, per tutto questo tempo, a non capire che di tutti quei ragazzi che stanno là ddint' Ciro era uno di quelli che teneva più bisogno di me. Da quando mi hanno dato questa uniforme, forse l'ho preso troppo sul serio il fatto di giocare a buoni e cattivi, come in quei film americani che una volta andavo a vedere al cinema. Ma la vita vera nun è accussì facile. E oggi almeno a quest'altro figlio l'aggia salvà per forza. Io non lo voglio vedere morire a questo figlio che si è preso la responsabilità di scegliere che cosa voleva essere e ha accettato di morire piuttosto che accirere a me. Perciò mò devo correre, non lo posso abbandonare.

I due non mi hanno visto, in una manciata di secondi sto dietro a loro, e non mi possono vedere. Quello che però vedo io è che chillu strunz di Gennaro non gliel'ha detto a Carmine che non doveva abbassare mai e poi mai il finestrino. L'aggia capito che stamattina fa caldo, ma porca miseria Gennà, cazzo, ci sta un motivo perché stu sfaccimm' di finestrino è antiproiettile... E non posso guardare quando la moto supera la macchina di dietro, si accosta alla prima e il ragazzo con tutta calma mette la mano dentro l'abitacolo e spara due colpi, a dieci centimetri dal petto di Carmine e a cinque metri da me.

PAOLA

Quattro minuti prima della sparatoria

Ce l'ha fatta. È bellissima. Perfetta. Le guardo le manine con le dita lunghe, i piedini, gli occhi che sembrano guardarsi intorno. Sento il cuore che mi batte come se rimbombasse in tutto il corpo, per la gioia.

Lo sai che non è tua, questa qua?

Scuoto la testa e mi tengo solo la gioia, il miracolo, l'immensa speranza di quello che è appena successo. Lei è nata e sta bene. Tutto il resto adesso non importa.

Benvenuta al mondo, Futura.

ANNA MARIA

«Pronto? Dottor Moretti?»

«Sì, sono io. Chi parla?»

«Buongiorno, sono il magistrato di sorveglianza Anna Maria Caputo, dal tribunale dei minori di Napoli. La disturbo?»

«Ah, buongiorno. Be', in questo momento mi trova fuori dal ministero, sto per rientrare ma ho ancora dieci minuti, quindi mi dica pure.»

«Dottore, mi ero messa a scriverle una relazione, ma poi ho pensato che forse aveva più senso innanzitutto confrontarci un minuto per telefono. Si tratta di Filippo Ferrari, ricorda, il ragazzo di Milano...»

«Certo che ricordo» mi dice lui. E poi, con tono ansioso: «Che è successo?». Certamente questa vicenda sarà stata una bella gatta da pelare anche per lui, con tutta la stampa che è uscita su questa faccenda nei mesi scorsi. E ancora non sa che cosa abbiamo tra le mani...

«Eh... insomma, sono successe un po' di cose nelle ultime ore all'IPM» gli dico, arrotolandomi una ciocca di capelli tra le dita fino a sentire la cute che tira.

«Sì, sono al corrente della rivolta di ieri sera e anche della morte del ragazzo» mi risponde secco. «Perché? C'entra qualcosa Ferrari?»

«Sì. C'entra eccome.»

Bevo un sorso d'acqua dalla borraccia e cerco di prendere un bel respiro. «È uscito qualche minuto fa dal mio ufficio e le devo dire che sono rimasta molto sorpresa. L'ho sentito come teste per l'omicidio di Ciro Ricci, di cui come forse lei già saprà si era subito reso reo confesso un altro dei ragazzi detenuti, Carmine Di Salvo. Interrogato sulle circostanze che hanno portato alla morte di Ricci, Ferrari ha esordito scagionando subito Di Salvo, per accollarsi lui stesso l'onere di questo gesto.»

«Che mi sta dicendo, dottoressa? E allora perché Di Salvo aveva confessato?» chiede lui stupito.

«La faccenda è molto particolare infatti: per questo mi sono permessa di chiamarla» gli spiego. «A quanto asserisce Ferrari, pare che Di Salvo abbia prestato la propria disponibilità a fingere di essere l'autore dell'omicidio per aiutarlo, perché i due ragazzi sono molto amici...»

«Più che particolare mi sembra tutto un po' folle, dottoressa... questo si piglia vent'anni per aiutare un amico?»

Mi alzo in piedi e sospiro. Come dargli torto. Sembra folle. *È* folle. È folle che un ragazzo di diciassette anni senta che in fin dei conti non ha nulla da perdere, anche se va incontro a qualche decennio di carcere in più. È folle che evidentemente Di Salvo fosse ben consapevole di avere sulla testa qualche altra condanna, ben più pesante di una detenzione...

Appoggio le braccia sul davanzale della finestra e mi passo una mano tra i capelli.

«Dottor Moretti, la devo informare che lo stesso Carmine Di Salvo un paio d'ore fa è stato ferito molto gravemente da due colpi di arma da fuoco proprio qui sotto al tribunale, mentre veniva a porgere la sua deposizione, e adesso si trova ricoverato in prognosi riservata.»

«Ah» è l'unico commento.

«Ma dunque mi faccia capire meglio: Ferrari come le ha spiegato quello che è successo ieri?»

«Pare che all'origine di tutto ci sia una tentata violenza nei confronti della fidanzata di Di Salvo, il quale per difenderla ha ucciso il rampollo di una famiglia... molto ben collegata. Ciro Ricci sembra fosse legatissimo all'ucciso e volesse vendicarlo a tutti i costi. Secondo la ricostruzione che mi ha dato Ferrari, i ragazzi hanno scatenato la rivolta proprio per permettere a Ricci di impadronirsi di un coltello e approfittare della confusione per uccidere Di Salvo e Ferrari, per difendere l'amico e sé stesso, gli ha inferto un colpo di cacciavite.»

«Che casino» mi risponde lui, e sento che anche il suo respiro è diventato più pesante.

Fuori dalla finestra, sul balcone della casa di fronte, ci sono un uomo e un ragazzo seduti a bere un caffè e a fumare una sigaretta su un minuscolo tavolino. Come la vorrei anche io, una sigaretta... Quella elettronica sta lì sopra la mia scrivania e mi basterebbe fare due passi per poterla prendere, però mi fa schifo questa ricarica alla vaniglia; io ne voglio una vera, di quelle che bruciano, che mi lasciano addosso l'aroma di tabacco per ore. Magari anche un caffè, accontentandomi della macchinetta nel corridoio, perché mi sa che non ce l'ho il tempo di arrivare al bar. Guardo l'orologio: appena chiudo con lui, scendo giù a fare cinque minuti di pausa. Oggi niente pranzo. La giornata sarà lunga assai, anche più del solito.

«Quindi è una legittima difesa, secondo lei?» mi chiede.

«Non lo so, non sta a me esprimermi su questo genere di valutazioni. Però ci tenevo molto a condividere con lei un'altra cosa, visto che invece quello che mi spetta come magistrato di sorveglianza è il riesame della pericolosità sociale, e di conseguenza l'applicazione delle misure di sicurezza: quindi considero come mio compito precipuo monitorare con molta attenzione il percorso maturato dai ragazzi. Lei lo sa bene com'era la vita di Ferrari prima di arrivare a Napoli, abbiamo già avuto occasione di parlarne: un ragazzo brillantissimo, che aveva degli ottimi voti al liceo classico e al tempo stesso ha portato avanti anche il Conservatorio, stava per fare un concorso per entrare in un'orchestra importante... insomma, lo sappiamo. Al tempo stesso Ferrari era anche uno che nei mesi scorsi si era sempre dimostrato restio ad assumersi la responsabilità per la morte di Stassi, ma proprio inflessibile, eh... Continuava a parlare di "incidente", sosteneva di non essere pienamente cosciente, poiché in quel momento si trovava sotto l'effetto di sostanze stupefacenti; addirittura inizialmente invocava scuse puerili del tenore di: "È stato lui che mi ha obbligato a fare questo gioco, io non volevo". Però le devo dire che nel corso degli ultimi incontri già mi aveva fatto intuire dei cambiamenti significativi, e oggi ha dimostrato in modo evidente di aver attraversato un percorso di consapevolezza molto profondo. *Questa* era proprio la cosa che le volevo dire: che mentre lo interrogavo sul gesto commesso ieri sera, oggi ho potuto verificare in lui una grande evoluzione in termini di coscienza della sua responsabilità e di pentimento per le azioni commesse, compresa la tragedia che è occorsa nel luglio scorso» gli sparo tutto d'un fiato, temendo che qualcuno ci interrompa richiamandolo ad altre questioni.

Voglio dirgli tutto velocemente, ma glielo voglio dire anche *bene*, e non so quanti minuti di attenzione potrà ancora concedermi. Però ci sono dei passaggi che per me sono fondamentali. «Il ragazzo si è aperto molto con me stamattina, ha pianto tantissimo, era sconvolto e per la prima volta da quando lo conosco mi ha parlato in modo molto consistente, non con i soliti monosillabi. Mi ha raccontato delle sue riflessioni, dei suoi cambiamenti di visione sulla gravità del proprio ruolo... si figuri che è arrivato a dirmi queste testuali parole: "Ci ho messo dei mesi a rendermi conto che ero un *assassino*, e ora so che è questa la verità". E le posso assicurare che non lo diceva tanto per dire o per guadagnarsi la messa in prova, mi creda.»

«Bene, mi fa piacere, dottoressa Caputo. Ma visto che ora devo rientrare al ministero, vorrei chiederle cortesemente cosa posso fare per lei.»

Ecco: come temevo. Il mio tempo è già scaduto.

«Lo dobbiamo mandare subito a casa, anche se sembra assurdo che io glielo dica proprio adesso, dopo questa confessione. Ferrari è davvero pronto a proseguire il suo percorso di ravvedimento e reinserimento con una misura di detenzione domiciliare, e poi con una messa in prova che gli permetta di riprendere gli studi. E non solo: questo ragazzo potrebbe essere anche lui in pericolo all'interno dell'IPM, e noi non possiamo far finta di non saperlo. Ho pregato Ferrari e il personale dell'Istituto di non fare menzione con nessuno della sua confessione, ma è ovvio che lo dobbiamo proteggere al più presto.»

Lui tace. Spero si renda conto che può essere davvero questione di giorni, se non di ore.

«Attendo solo un suo benestare prima di procedere con l'ordinanza di trasferimento dell'esecuzione della pena» gli dico avviandomi già verso la porta dell'ufficio, con la borsa sulla spalla e in mano il pacchetto di sigarette e l'accendino. «Vuole che le faccia avere copia del verbale?»

«Lasci pure perdere il verbale. Mi fido di lei, Caputo. Ci risentiamo domani mattina, la richiamo io.»

NINA

Ma non è che porta sfortuna ora che ho visto l'abito da sposa tutto intero, con le scarpe e tutto quanto? Oppure per i sogni non vale?

Me lo ricordo preciso, lo potrei disegnare nei minimi particolari quel vestito da sposa, così come mi ricordo con tutti i particolari pure l'espressione che faceva Carmine mio: mezza felice e mezza spaventata, quasi incredula per la gioia di quel momento... E io lo so, quando quel momento arriverà veramente lui farà proprio quella faccia là. La stessa che fece pure la prima volta in cui, dopo un sacco di tempo che ci pensava, trovò il coraggio di chiedermi se gli potevo fare conoscere il titolare mio, per vedere se se lo prendeva come apprendista parrucchiere. Quel giorno tutto timido mi confessò che la nonna gli aveva già insegnato qualche cosa, e invece era bravissimo!

Non mi potrò scordare mai l'espressione che fece il titolare quando lo mise alla prova dicendogli: «Perché non provi sopra a lei?» e me li fece tagliare a me i capelli, così vide con gli occhi suoi che cosa era capace di fare... Carmine mio è così, è più bravo di quello che si pensa di essere, in tutto. Perché a lui gli piace guardare la testa della gente, quello che ci sta fuori e quello che ci sta dentro, quindi riesce sempre a indovinare i desideri della cliente anche se lei non è brava a spiegarli, perché Carmine è una di quelle persone che la cosa che gli piace più di tutte non è fare quello che vuole lui, ma rendere felici agli altri. Infatti sono sicura che sarà un bravissimo papà per Futura e per me un marito meraviglioso. Il migliore.

Chiudo gli occhi e butto un poco indietro la testa per riposarmi ancora cinque minuti, prima che lei si svegli, cercando di non pensare a Carmine che sta attaccato al respiratore o alle parole che mi hanno detto ieri i medici. Mi sento il seno tutto duro, che mi tira, dunque vuol dire che a momenti Futura sarà pronta per la poppata; ma intanto dorme qua vicino al mio letto, con le braccine sollevate e i pugni stretti, serena, come se non mi avesse fatto passare tutta la notte in giro per la casa a passeggiare e a cantare... Tra un pochino aprirai i tuoi occhioni belli, e chissà se anche tu hai fatto qualche sogno, amore mio. Forse hai sognato al tuo papà, che si svegliava pure lui e ti prendeva in braccio? È bello sognare, Futura. Quando sarai più grande ti farò vedere un cartone animato che quando ero piccola io lo volevo vedere sempre, dove Cenerentola canta una canzone bellissima: «I sogni son desideri di felicità...». Ed è proprio vero, sono desideri, come quello che ho fatto io, che era arrivato maggio, era il giorno della festa della mamma e io e Carmine ci stavamo sposando.

Chiudo gli occhi di nuovo per acchiappare ancora quelle immagini, faccio un bel sospiro e sorrido: mi sa che mi è venuta un'idea.

Tenimm' 'o stess' sanghe, ma i' nun t'assumiglio. Chell' ca hai vinciuto tu, l'ha perzo figlieto...

Sto concentrato a scrivere, dentro ai ricordi che mi passano davanti agli occhi e che mi sembrano più presenti di questi qua che stanno nella sala con me. Vedo la faccia 'e pàtemo quando lei corre in bagno a lavarsi il sangue e iss s'assetta e finisce di mangiare come se non è successo niente, perché tanto è convinto che tiene ragione lui. Anzi, lui si pensa pure di essere una vittima, un povero disgraziato che nella vita è semp' stato sfurtunato. Cu 'e penzieri sto là con loro due, la voglio rivivere nei minimi particolari questa scena perché la voglio raccontare a tutti, è troppo importante. Lo devo fare per Gemma e per tutte quelle come a lei. Quelle come a mia mamma, che però si vogliono salvare. Anzi, si *devono* salvare. Perché se non decidono di salvarsi loro stesse, chi è che può farlo al posto loro? E quindi a me non mi interessa niente di sti strunz che c'ho intorno, non voglio neanche alzare la testa per guardarli, però se ne accorgerebbe pure uno scemo che quando Filippo entra nella sala di ricreazione, accompagnato da Beppe, tutti si fermano e scende il silenzio.

Lui si viene a sedere al tavolo mio, con gli occhi bassi, mentre dietro a me Edoardo, Milos, Gaetano e Totò che stavano facendo un bordello mentre giocavano a calcetto sono rimasti senza fiatare, e si devono fare rimproverare da Lino prima di ricominciare a pazzià. Certo che ne tiene di coraggio, stu Chiattill.

«Ciao, Cardio» mi dice. «Vuoi che me ne vada?»

«No» gli faccio io.

«Che fai?»

«Scrivo una canzone. Si chiama *Sangue nero*» gli dico passandogli il foglio, visto che mi ha chiesto se poteva vederla.

Lui lo prende e mi chiede: «Di che cosa parla?».

«Parla di me» gli rispondo con un sorriso che non tiene nessuna gioia. «De' mazzate che m'anna crisciuto. Della violenza che ho respirato da quando sono nato fino alla morte di Ciro.» A tutti e due ci piace la musica, ma io non sono un chiattillo come a te, che con quella magliettina verde sembri un principe pure oggi che devi stare morto di disperazione e paura, con Carmine in coma e chisti cca che tanto che non vedono l'ora di vendicare a Ciro sono capaci di pigliarsela pure con lui solo perché gli è amico.

«Chella munnezza nun arriva a sera» sussurra infatti Gaetano, mentre fa girare la stecca del biliardino con una frustata del polso.

EDOARDO

«Guagliù!» grido, quando vedo arrivare le guardie e gli operai con tutte 'e ccose che servono per pulire il murale. E subito corriamo fuori dal campo da calcio per metterci là davanti. Davanti al murale nostro. L'abbiamo disegnato noi, l'abbiamo fatto noi con le mani nostre, pezzo per pezzo, in tutte quelle mattine del laboratorio di ceramica, quando Teresa mi spiegava cosa dovevamo fare e mi guardava in quel modo, con gli occhi che cantavano solo a vedermi. È nostro. Nostro e di Ciro. L'ultima cosa che lui ha fatto prima di entrare in quel deposito per farsi ammazzare è stato buttarci sopra una latta di vernice, quindi è suo. E ora è ancora più suo, dopo che ci abbiamo scritto il suo nome con una corona: perché Ciro è stato il nostro re e sempre lo sarà. Non se lo devono scordare mai.

Se pensano veramente di togliere il nome suo, devono passare sopra a tutti quanti noi.

«Edoà» mi viene a dire Liz. «Nun fa strunzate.»

Ma che cazzo sta ricenn'? «A strunzata a state facenn' vuie» le rispondo.

«Facce passà, facce fa 'o mestiere nuostro» aggiunge Lino. «Ti conviene», e lo so che sta cercando di stare tranquillo per non farmi 'ntustà a nervatura pure a me.

Il comandante invece arriva dritto dritto a sfidarmi: «Che vulit' fa? Allora?» urla guardando tutti noi, fermi immobili qua davanti al murale senza dire 'na parola. «Rispunnit'!» continua, ma nessuno gli risponde. «Rispunn'» mi dice poi guardando in faccia solo a me. Ecco. Così glielo fa vedere bene pure lui a tutti quanti, e specialmente a sta capa 'e cazz 'e Gaetano, chi è che comanda cca dint' adesso che Ciro non c'è più.

E per farglielo vedere ancora meglio, io lo guardo e basta, senza bisogno 'e parlà.

«Stu murale è 'na denuncia contro 'a violenza» allucca, indicandolo come se noi che l'abbiamo fatto non lo conoscevamo a memoria. «E vuie l'avita sfregiato! Nun v'è bastato perdere 'n amico? No?»

Ma che dice? «Comandà, non siamo stati noi a uccidere Ciro» gli ricordo senza alzare la voce, senza scompormi, guardandolo negli occhi e tenendo le mani incrociate sopra il petto. Così ha da parlà un capo. Calmo e forte, senza bisogno di fare tarantelle per farsi ascoltare.

«Hai ragione» mi dice. Ma veramente mi vuole pigliare pe fesso davanti a tutti? «Volevate solo aiutarlo ad ammazzare qualcun altro, e guarda com'è fernuta.»

Comandà, non scherzate con il fuoco. Io lo so dov'è il punto debole vostro e non tengo nessun motivo per non azzannarvi, se mi parlate così. «Ah, pecché a colpa è 'a nosta? E voi dove stavate?»

Subito lo vedo che gli cambia la faccia: sembra che sta sostenendo il mio sguardo ma già tiene gli occhi pieni di lacrime, 'o strunz. «Scusate, ma non è vostra la responsabilità di quello che succede qua dentro?» infierisco. Lo devono capire tutti, pur' 'e gguardie, chi è che comanda mò cca dint'.

«Comandà» continuo, tranquillissimo. «Noi vogliamo solamente ricordare un amico. Voi invece volete cancellare quella scritta llà perché chella scritta vi ricorda quanto siete piccoli» gli dico a voce sempre più bassa, godendomi il momento quando è costretto a togliere lo sguardo dal mio, mentre mi metto in bocca una gomma e inizio a masticare piano piano.

Pure chillu strunz 'e Gaetano apre la bocca per aggiungere: «'A verità è chesta, comandante».

Allora l'avete visto che cca dint' sono proprio tutti sotto a me, pure iss che fino a mò quasi quasi pareva che mi voleva sfidare, pur di fare di capa sua e accirere subito 'o Chiattill anche se io ho deciso di no?

Io non gli levo gli occhi di dosso e non tengo più bisogno 'e parlà. Già ho vinto. Per festeggiare questo trionfo parte Totò a gridare «as-sas-si-ni! as-sas-si-ni!», seguito da tutti gli altri, mentre il comandante non può fare altro che voltarsi e andarsene. L'unico zitto, in mezzo agli altri che continuano a urlare tutti insieme intorno a me, sono proprio io.

MASSIMO

«Ciao, Ca'» lo saluto, mettendomi a sedere vicino a lui.

È da quando sono entrato nella stanza, prima ancora di vederlo, che ho gli occhi pieni di lacrime. E ora che mi sono avvicinato mi pare nu criaturo, con tutti quei tubi addosso. Che rabbia che sento, Carmine, che amarezza. Sono dieci giorni ormai che dormi in questo letto e ogni volta che vengo chilli strunz dei medici non mi dicono mai niente di buono: ma per me fanno così per pararsi il culo e non ci dobbiamo dare troppo peso a quello che dicono. Devo solo pensare che a volte i miracoli capitano e io non conosco nessuno che questo miracolo se lo merita più di te, che a diciassette anni sei stato pronto a scambiare la mia vita con la tua. Però non è giusto. Non è così che deve succedere. Non sono i figli che devono pagare i debiti dei padri.

Mai. Come quello mio con Antonio Valletta, che t'ha portato fino a questo letto d'ospedale. Io lo so che non ti sono padre, ma ingenuamente mi pensavo che, pure se un padre tu lo tieni, mi potevi essere lo stesso figlio, perché io in te mi rivedo e lo so molto bene qual è il prezzo delle scelte tue. Ora che stai così, con gli occhi chiusi e questi riccioletti sopra il cuscino, mi ricordi a pàteto quando eravamo guaglioni ed eravamo ancora tutti la stessa cosa. Quando tra me, tuo padre, Antonio Valletta, Salvatore Ricci e gli altri amici nostri la decisione da prendere non era da che parte della legge stare né come si dovevano spartire le piazze per lo spaccio, ma solamente chi quel giorno doveva stare in porta, se uno aveva fatto veramente fallo oppure no... Queste erano le scelte nostre: il ruolo a pallone oppure 'e ffemmene, come quando alle scuole medie Salvatore e Gabriele si appicciarono per tua mamma.

Mi dovrebbe venire da ridere a ripensare a sti fatti di una vita fa, e invece lotto perché non lo so se lui mi può sentire e quindi non mi voglio fare vedere che sto piangendo, che ho paura per lui. Lui ha bisogno della nostra forza per andare avanti; il miracolo se lo deve fare da solo, ma noi gli dobbiamo dare fiducia, gli dobbiamo far sentire che ce la può fare. Questo deve fare un padre con suo figlio, no? Dargli coraggio, fargli sentire sempre che non è solo.

«Non mollà, ti prego» gli dico. Tanto chi lo sa, se lui mi può sentire oppure no? «Dovevo esserci io al posto tuo.» Ma lui non si muove di un millimetro, a stento si vede il petto che si alza piano piano quando respira, grazie al tubo che tiene attaccato alla faccia. «Nun puo' murì accussì.» Adesso mi fa fatica pure a guardarlo, da quanto mi sento male per tutto quello che è successo. «Scusa se nun aggia capito niente. Ero io che dovevo proteggere a te, non tutto 'o cuntrario» gli dico continuando a sforzarmi di non piangere. Lui deve lottare, come ha sempre saputo fare fino a mò per seguire le sue scelte senza piegarsi mai: né davanti alla sua famiglia, con tutto il potere che c'ha, e neanche all'IPM, di fronte a ragazzi come a lui che magari non tengono la stessa forza che tene iss, ma che comunque avevano tutti i mezzi per poterlo fare abbattere e cambiare strada.

Mi alzo, mi avvicino di più e appoggio la fronte sopra alla sua, piano piano, per non spostare tutti i cavi e i tubi che lo stanno tenendo in vita. «Nun me lassà» lo saluto, poi gli do un bacio sulla tempia, come tante volte faccio con Pietro la sera quando lo metto a dormire.

Pure se tieni un padre, tu sarai sempre figlio a me, Carmine. Questo te lo prometto solennemente. E forse l'unica cosa sensata da fare oggi è andare da Pietro e da sua madre; dedicarmi un poco alla famiglia mia per vedere se almeno con quella ci riesco a combinare qualcosa di buono, a inventarmi un modo per salvare questa coppia, a levarmi dalla testa certi pensieri per Paola che non hanno senso e onorare il ruolo mio come si deve, almeno a casa.

Oggi Edoardo mi ha rinfacciato la mia responsabilità, e mi brucia assai dover ammettere che aveva ragione. Mi ha pure detto in faccia che noi siamo piccoli. Ma in tutta coscienza io che cosa gli potevo controbattere senza dirgli na fesseria, con Ciro che sta dentro al cimitero e Carmine sopra a questo letto?

MILOS

L'ultimo che faccio, con la punta dell'ago attaccato alla penna Bic, è Edoardo: prima il nome e poi la corona. Il tatuaggio è uguale identico per tutti noi, sulla mano sinistra. Una corona da re e quattro lettere sopra a ognuna delle dita: c-i-r-o. La stessa scritta che poco fa abbiamo tolto con queste stesse mani nostre dal murale; ma da ora in poi ce la porteremo per sempre addosso. Da ora in poi saremo sempre fratelli, noi quattro: io, Edoardo, 'o Pirucchio e Totò.

Appena ho finito, Edoardo bacia la croce che porta al collo e ci dice: «Accussì Ciro sta sempe ccu nuie», poi stende per primo la mano davanti, guardandoci uno per uno negli occhi, finché non la allunghiamo pure noi. Quattro fratelli ormai, anche se stamattina tenevo paura che 'o Pirucchio l'avrebbe ucciso a Edoardo, o Edoardo a lui, quando si sono appiccicati nel bagno. Io lo capisco 'o Pirucchio, perché pure per me Ciro non era solo un amico ma un fratello grande, che mi faceva sentire sicuro e voluto bene, e quella scritta era un modo per portargli rispetto. Però capisco pure a Edoardo, che in confronto a Ciro tiene un'altra capa e vuole comandare in un modo diverso, magari più furbo: per esempio come ha fatto mò, che trattando con le guardie ha scambiato di cancellare quel murales – che alla fine ci importava solo a nuie – contro i permessi di uscita che la direttrice aveva bloccato e che ci interessano a tutti quanti. Così adesso non c'è una persona cca dint' che non gli deve un favore, dalla dottoressa all'ultimo di noi detenuti.

E a me solo a pensarci già mi batte il cuore, perché non mi sarei mai azzardato a dirgli niente a questi qua, pure se mi sono fratelli, ma tra tutti quanti i ragazzi che stanno in questo IPM penso che io ero quello che teneva voglia, anzi, *bisogno* di uscire più di tutti.

NADITZA

E proprio quando tenevo il cuore completamente nello zucchero, con lui vicino dopo tanti giorni che non lo vedevo e che tremavo per lui, proprio adesso che stiamo suonando insieme ed è un momento accussì bello che mi pare di fare l'amore con lui, con le nostre mani che si muovono insieme sopra gli stessi tasti, con questa musica che stiamo creando insieme ancora una volta... ecco, proprio adesso Filippo bell'e buono apre la bocca e dice una cosa che mi fa gelare il sangue.

«Mi mancherà, tutto questo» spara con gli occhi tristi e lo sguardo basso, senza manco girarsi verso di me.

Sono io che di scatto mi volto dalla parte sua, smetto subito di suonare e gli chiedo: «Che vuoi dire?».

Lui non toglie le mani dal pianoforte, forse perché sa che se c'è silenzio Beppe e Nunzia, dalla finestra dove stanno chiacchierando tra di loro, si spostano di sicuro per venire a vedere cosa stiamo combinando. Ma oggi non è come quell'altra volta che ci stavamo baciando, Beppì. Anzi.

«Mi trasferiscono vicino a casa. Dicono che è più sicuro» spiega lui. «E poi da lì mi mettono in prova.»

Io non ci posso credere. «E me lo dici così?» gli chiedo, ma lui non mi risponde e continua a suonare, piano piano, zitto. Ma poi che mi deve dire, in fondo? E come me lo doveva dire se non così? Però a me lo stesso mi pare di uscire pazza.

«Da quanto tempo lo sai?»

«Da un po' di giorni. Ma come facevo a dirtelo?»

Non lo so, Filì, come dovevi fare a dirmelo dall'isolamento dove stavi. Non lo so. Però lo stesso mi fai ascì pazza accussì, proprio oggi che stavo così contenta... Ora è lui che mi sta guardando e io che sposto lo sguardo sopra al pianoforte per non vedere più la faccia sua. Lo odio. Non lo voglio vedere. Anche il pianoforte adesso si sta zitto, forse pure iss non trova più niente che vale la pena di dire.

«Io non voglio perderti, voglio trovare un modo» continua lui. «Tra poco c'è anche il tuo permesso...»

Ora sì che mi fai andare in freva, Filì. Ora sì che mi fai capire che con la testa tu te ne stai già là, *gagó*, là dove tutto è facile. Ma è facile per quelli come a voi, non per quelli come a me. E quindi se pensi così già non mi vedi più, già te lo sei scordato quello che sono io e chella che è la vita mia. Il mio permesso? Certo, te lo dico io che voglia che tengo di uscire in permesso e tornarmene al campo dai miei genitori... «Che modo devo trovà, Filì?» gli rispondo sforzandomi di tenere la voce bassa anche se mi sta scoppiando il cuore dalla nervatura. «Mò te ne esci, te ne torni alla tua bella vita a Milano e ti dimentichi di tutta questa merda!»

«No, perché tu fai parte della mia vita, va bene? E io non voglio dimenticarti. Non lo capisci?» prova a dirmi lui, cercando di stringermi una mano, ma io subito gliela tolgo. Come fa a non rendersi conto delle scemità che va dicenn'? Come fa a illudersi veramente che può andare come dice lui?

«No, sei tu che non capisci, Filì» gli rispondo sussurrando, anche se tengo il fuoco dentro e vorrei urlare con tutto il fiato che c'ho in corpo. «Fuori da qui saremo ancora più lontani. Da Milano al campo è un altro pianeta!»

«Fuori da qui saremo liberi di amarci e di fare qualsiasi cosa, quello che vogliamo» continua a insistere, e io mi sento qualcosa che si spezza dentro per la rabbia che provo di fronte alle sue bugie, anche se lo so che le dice per farsi fesso da solo.

«Ma che stai dicendo» esplodo e mi alzo in piedi urlando. Non me ne importa più niente se ci sentono. Non ce la faccio più a starmene buona buona con lui che mi parla così. «Chesta è na favola Filì! E vafancul' tu e le favole!»

Come fai a non capire che pure le favole bisogna potersele permettere, e che quelli come a me non ne hanno diritto? Apri gli occhi, Chiattì, e guardami per quello che sono veramente, non per quello che ti piacerebbe a te. Questa sono io: una zingara che fuori da questo IPM vive in una roulotte e come mette piede al di là del cancello la pigliano per venderla a un vecchio. Lo vedi o no che questa è la vita mia, fuori di qua? O allora chi credi che è la ragazza che tu dici di amare, se non ti rendi manco conto di queste cose?

Mi allontano da lui, con la furia che mi scuote dentro e lui che prova ad accarezzarmi con una mano. Non la voglio la mano tua. Tornatene a Milano, portati via tutto, la dolcezza di quelle mani, i tuoi baci, questa musica. Mannaggia il giorno che mi sono seduta davanti a un pianoforte affianco a te e mi sono fatta mettere pure io nella capa sti fesserie.

«Nadì! E mò ti devi calmare» viene a dirmi Beppe, voltandosi insieme a Nunzia verso di noi. Ma io sono già quasi arrivata alla porta. Non lo voglio vedere più.

Scendo le scale come una pazza, le stesse scale dove quella volta ci eravamo fermati a parlare e mi batteva il cuore. Invece ora mi sento come se mi hanno risucchiato tutto il sangue che tengo, come se questo cuore non può battere mai più. Voglio stare da sola, non voglio vedere a nessuno, voglio piangere per quanto sono stata scema a pensare che pure per una come a me ci poteva essere un'altra vita, un'altra strada, con quell'amore che nei miei sogni avevo visto sempre. Ma le favole non sono per tutti, penso crollando a piangere sopra il petto di Nunzia, che è venuta a cercarmi. E di sicuro non sono per me.

CARMINE

«Allora, direi che praticamente è tutto fatto. Gli inviti, vabbè, quelli sono pochi e già li ho dati tutti da qualche giorno, il vestito l'ho provato ieri e ancora ci sta un sacco di lavoro, ma il tempo c'è fino al nove maggio e la sarta dice che non ci sono problemi, per finirlo prima di quella data. Tanto a me non me ne importa niente che tutti mi guardano come se ero pazza: la sarta, mia mamma, la direttrice, tutti quanti. Io faccio finta che non me ne accorgo, perché in realtà a me non mi fa né caldo né freddo che cosa pensano loro. L'unico pensiero mio è che il nove maggio tutto deve essere uguale a quello che ho sognato; solo le scarpe devo ancora trovare, ma quelle me l'hanno detto tutte le clienti che sono sempre l'ultima cosa, quella più difficile, per qualsiasi sposa.»

Vorrei riuscire almeno a sorridere un poco, per farti sentire quanto è bello ascoltare le tue parole, Ninù. Io ci provo, te lo giuro, mi sforzo, ma non ce la faccio... Mi sento come se mi hanno staccato il collegamento tra la mente e il corpo. Come faccio il nove maggio a starti accanto in questo matrimonio che tu mi hai descritto in tutti i particolari, a baciarti davanti al prete, a camminare accanto a te tenendoti per mano, se adesso non riesco neanche a sorridere? Ma *quanto manca* da ora al nove maggio?

In questo posto dove mi trovo non ci sono i giorni, Ninù. Ci sono tipo delle finestre, quando vi sento parlare o quando certe volte vedo quelle luci che poi si spengono. Però purtroppo sento parlare pure i medici, che vengono qua a leggere i miei numeri e non sono mai contenti di quello che vedono. È troppo triste il tono di voce dei medici quando parlano di me, Ninù, e anche se non capisco niente di tutte quelle cose che si dicono loro, io quella tristezza la riconosco benissimo. Non tengo paura di morire, amore mio. Questo sì che te lo vorrei dire. Non tengo nessuna paura di cadere dentro a quelle luci, non sono brutte. Però lo stesso mi voglio aggrappare con tutte le mie forze alla tua voce, per non cadere là sotto. Abbiamo troppe cose da fare insieme, per andare là mò. Ti voglio vedere ancora quanto sei bella, voglio vedere la nostra bambina che già mi pare di conoscerla, per tutti i particolari che mi hai raccontato di lei.

E ora com'è che non ti sento più parlare, ma intorno a me c'è solo stu sfaccimm di bipbip della macchinetta che mi accompagna in tutti i momenti e si allontana soltanto quelle volte che inizio a scendere là sotto? Te ne sei andata senza salutarmi? Non esiste proprio. Forse ti sei addormentata qua con me, come quell'altra volta. Questo calore che sento sopra la mia mano dev'essere la mano tua. Nun te preoccupà, Ninù, vuol dire che eri stanca. Riposati. Ci sto io qua con te. Ora anzi ci riprovo. Cerco di prendere un respiro più grosso, con quest'aria fresca che mi arriva nel naso, e provo ad aprire gli occhi.

Niente. Ma non mi devo arrendere. Lo devo fare per te.

Un respiro forte forte, forte forte, forte forte… e via.

No. Un po' più di pazienza ci vuole. Non è facile.

E non lo so quante volte ci ho provato, ma all'improvviso al ritorno del respiro trovo una camera d'ospedale buia, rischiarata solo da una piccola lucetta e dal sorriso di una ragazza bellissima, che dorme come un angelo appoggiata al letto dove sto io, con la sua mano sopra alla mia.

ANITA

«Quindi non era Giulia quella che andavi a trovare tutte le volte che partivi per l'Olanda!»

«Eh... no, insomma» le rispondo. «Non solo, diciamo.»

«E da quanto tempo va avanti questa... relazione?»

«Mamma dai, "relazione"! Ci stiamo frequentando.»

«Ah...» sorride lei, e poi ripete fra sé e sé come se volesse fissarsi in mente questa formula: «Vi state frequentando». Poi si gira bene verso di me, ci pensa su un attimo e va diretta: «Non siete *fidanzati*?».

«No mamma, non siamo necessariamente "fidanzati", o comunque non ce ne frega niente di usare un'etichetta di questo tipo» le spiego, mettendomi in coda per il casello e rendendomi conto immediatamente che le altre due code per il telepass, entrambe comunque infinite, stanno andando un po' più svelte di questa dove siamo noi. Poi, siccome so che per lei queste etichette sono importanti e così rischio di mandarla in ansia inutilmente, mi premuro di specificare: «Però ci vogliamo bene, tranquilla».

Lei come al solito cerca di non far trapelare nessuna emozione, eppure posso vedere benissimo che ho fatto la cosa giusta a dirglielo, perché ora in effetti è molto più sollevata. Che cosa c'è da avere tutta questa paura, non lo capirò mai.

«E lui... cosa studia?»

Mi viene da ridere. Questa è proprio mia mamma. Non mi chiede se è bello, cosa gli piace, come ci siamo conosciuti o se ho intenzione di raggiungerlo in Olanda (meglio: così rimando il momento in cui le dirò che sì, anche se non ci piacciono le etichette ho già fatto la mia *application* per un dottorato a Maastricht, però preferisco dirglielo solo se poi mi prenderanno). La prima cosa che le viene voglia di chiedermi è di cosa si occupa, cioè che mestiere farà... «Claudio fa economia, mamma. Si laurea alla prossima sessione.»

E anche con questa notizia vedo che tira un sospiro di sollievo. Non oso immaginare come la prenderà, se mai verrà a sapere di Filippo... A pensare questo evidentemente devo aver fatto qualche faccia strana senza neanche accorgermene, perché come al solito non le sfugge niente.

«Non ridere di me» mi rimprovera facendosi tutta seria come se fossi una ragazzina, ma al tempo stesso con un tono offeso, come se tra noi due lei fosse la ragazzina e io l'adulta.

«Ma no mamma, non stavo ridendo, lo sai» la rassicuro. «Mi fa solo un po' impressione sentirti fare certi discorsi un po'...»

«Un po' snob?»

«Eh...» confermo io stringendomi un po' nelle spalle. Questa volta rido veramente, però non è vero che voglio ridere di lei; io voglio ridere *con* lei. «Un pochettino, dai mamma, ammettilo!» le dico allungando una mano per stringere la sua.

Lei, sempre serissima, guarda fisso davanti mentre siamo intrappolate in questo malefico ingorgo che ha risucchiato la nostra macchina, come tutte le volte che prendiamo l'uscita Napoli Porto per entrare in città.

«Lo sai da dove vengo, Anita» mi dice quasi con le lacrime agli occhi. «Lo sai benissimo che quando avevo la tua età poter guidare una macchina come questa, o andarmene in Olanda tutte le volte che ne avevo voglia per trovare il *fidanzato*... o quello che è, sarebbe stato al di là di ogni immaginazione. Quindi cerca di capire cosa significa per me sapere che siete al sicuro anche da un punto di vista materiale. Specialmente adesso» mi dice, con la voce più spenta. «Se non fosse stato per quella borsa di studio non ci sarebbe stato niente di tutta la nostra storia, neanche voi. Suonerei la domenica l'organo della chiesa, avrei sposato uno del paese e... capisci? Non sarei la persona che sono. Ecco perché mi fa piacere sapere che il ragazzo che tu stai *frequentando* è una persona seria, che studia con impegno per costruirsi il suo futuro. Tutto qua.»

«Lo so, mamma. Scusa.» E a questo punto, forse perché le sue parole mi hanno ricordato qualcosa a cui di solito non penso mai, mi viene spontaneo parlare di puro istinto.

«Prima che arriviamo da Filippo ti voglio dire una cosa» mi sorprendo a dirle mentre finalmente stiamo imboccando via Reggia di Portici. «Mi devi solo promettere che non gli dirai nulla, lui non deve mai sapere che io te ne ho parlato.»

Povera, forse ho un po' esagerato, perché la vedo che sbianca. «Tranquilla, mamma! È una cosa bella» la rassicuro.

Questa volta il suo sollievo è proprio evidente e addirittura si mette una mano sul petto, socchiudendo gli occhi per regolarizzare il respiro.

Lentamente si volta verso di me e mi chiede secca: «Quindi?».

Non so come dirglielo, ma forse tanto vale sparare subito la notizia e basta. «Mamma, anche Fili sta frequentando una persona.»

«Filippo?»

«Eh sì.»

«È quella sua compagna di classe, come si chiama, Irene, quella che gli piaceva tanto? E come hanno fatto? Si sono scritti delle lettere?»

«Irene? Quella stronza? Non credo proprio!» Di nuovo ferma a un ingorgo, in attesa che questa bella signora con il cagnolino al guinzaglio, che è appena uscita dal panificio, con tutta calma finisca di parlare al telefono e cortesemente liberi la doppia fila dove ha parcheggiato, bloccando mezza Napoli, mi chiedo se in effetti è proprio così. «Anzi:

se in tutti questi mesi lui abbia avuto qualche contatto con Irene io non lo so. Ma spero proprio di no! Non è che Filippo si confidasse più di tanto con me, *prima*» specifico.

«Ora siete molto più uniti, lo vedo» mi dice lei. «Ne sono felice.»

«Anch'io. È stato... strano che dovesse andare così.»

«E quindi? Chi è che sta frequentando Filippo?» insiste lei con gli occhi luminosi, a metà tra la mamma che deve controllare tutto dei suoi figli e la mamma rincuorata che il suo bambino abbia trovato qualcosa di bello pure in questa situazione da schifo.

«Qua però ti avviso che mi devi dare realmente prova di non essere snob, ok?»

Ecco che prende il sopravvento la mamma ansiosa e controllante: «Perché? Chi è?».

«Allora... lui me ne ha parlato tante volte, ormai. Mi ha detto un sacco di cose. Che l'ha conosciuta lì all'Istituto; che si amano tantissimo; che lei è molto bella; che ha un dono pazzesco per suonare il piano... E che sostanzialmente si trova nell'Istituto per scappare dai suoi genitori, che vivono in un campo rom e vorrebbero farla sposare subito, anche se lei è pure più piccola di lui.»

«Sposare? E perché la sua famiglia vive in un campo rom?»

«Eh mamma, perché *sono* rom.»

«Ah. Quindi lui è innamorato? E pensi che sia vero che a lei piace la musica? Non lo dice solo per convincerci?»

«Lui è innamoratissimo» sorrido. «Gli viene la faccia da scemo tutte le volte che me ne parla. E pare che lei sia di una bravura incredibile.»

«Mah. Speriamo che sia davvero così. Non vorrei che sentendosi solo, chiuso lì per tutti questi mesi, Filippo si sia lasciato abbagliare da qualcosa che non ha un riscontro con la realtà e che un giorno potrebbe deluderlo e farlo soffrire moltissimo. Tu lo sai com'è tuo fratello» conclude lei a denti stretti e con gli occhi sempre puntati sulla strada, che ormai costeggia il mare. Siamo quasi arrivate, secondo me è incazzata nera. «E comunque mi auguro che prima o poi gli verrà voglia di parlarne pure a me.»

PAOLA

Era da tanto che non sentivo il cuore così pieno di gioia. Loro sono bellissimi e mi sembra di non aver mai visto qualcosa di più bello di questi due ragazzi con la loro bambina. La felicità brillava negli occhi di Nina quando mi ha detto trionfante: «L'avete visto, dottorè, che avevo ragione quando vi ho dato l'invito per il matrimonio? Ma voi ve lo siete comprato poi il vestito? Io e Carmine vi vogliamo più bella che mai, anche se voi lo siete sempre, bella» e poi è venuta ad abbracciarmi. Avrei voluto stare con loro ancora un po', sentire i loro progetti, godermi la vista di Carmine sveglio e sorridente, con Futura tra le braccia; ma non potevo non andarmene immediatamente, quando l'infermiera è tornata per la seconda volta a ricordarci che l'orario di visita ormai era concluso e che Carmine è ancora molto debole e non può stancarsi... Se ci sono delle regole bisogna rispettarle, e questo vale anche per me; pure quando le regole non mi piacciono.

Apro la porta e trovo Massimo, che sicuramente finito il turno si sarà precipitato qui in moto, ma comunque non è riuscito ad arrivare in tempo.

«Paola» mi chiama. «L'hai visto?»

«L'ho salutato appena. I medici dicono che deve stare tranquillo» gli rispondo.

D'istinto mi avvicino subito a lui, pensando a quanto può essere grande la sua gioia se già lo è così tanto la mia. Abbiamo scambiato poche parole in queste settimane, ma credo di aver visto molto bene i segni di quello che gli ha lavorato dentro e che lo ha portato a un pensiero così assurdo come quello di voler lasciare il suo ruolo all'IPM. Però non avrebbe proprio senso. Non avrebbe senso per lui, per i ragazzi, per tutto quello che lui ha sempre fatto per loro, per quello che io ho capito grazie a lui e spero anche lui grazie a me, per la nostra collaborazione che all'inizio non è stata facile ma ora è così straordinaria... Non è giusto che finisca così.

Ora che la forza dell'amore di Nina è riuscita a rendere concreto quello che i medici ritenevano praticamente impossibile, è bene che questa carica vitale si trasmetta anche a lui, all'orgoglio che deve avere per il suo lavoro.

Lo abbraccio stretto, dicendogli commossa: «Sono così felice! Anche per te».

E lui mi prende i capelli tra le mani e tocca la mia fronte con la sua.

Come se volesse baciarti...

«È stato un miracolo!» mi dice guardandomi negli occhi, ma io sono troppo emozionata per ricambiare il suo sguardo.

No, è che hai troppa voglia di baciarlo per ricambiare il suo sguardo!

È troppo intenso. È troppo bello. È troppo grande la gioia che sto sentendo.

E forse lui è troppo sposato? Cos'è che stavi dicendo prima, sulle regole da rispettare?

«Io... devo tornare all'IPM» gli dico, staccandomi dalle sue braccia.

ANNA MARIA

«Pronto?»

«Buongiorno, è la dottoressa Caputo, il magistrato di sorveglianza dal tribunale dei minori di Napoli. Parlo con Antonio Cascella?»

«Certo dottoressa, buongiorno, sono io. Tutto a posto con il contratto.»

«Ah ecco, quindi possiamo procedere a formalizzare? L'offerta è stata accettata?»

«Sì, dottoressa, la proprietaria ha accettato e non ci sono problemi neanche per la clausola di riservatezza che mi ha chiesto. Se mi conferma che possiamo procedere con un contratto di foresteria, a noi basta tenere come riferimento il tribunale e poi dentro la casa ci potete mettere chi volete voi.»

«Benissimo. Questo per noi è cruciale.»

Non possiamo rischiare, proprio adesso che Carmine Di Salvo miracolosamente si è rimesso in piedi e ha accettato di entrare nella protezione testimoni, che venga rintracciato per qualche banale documento burocratico... Sarebbe veramente una follia, penso rigirando la sigaretta elettronica tra le dita.

«L'ho compreso molto bene, dottoressa. Può stare sicura. Ora sono fuori, ma appena rientro in ufficio vi mando la bozza del contratto, dove mi mancano soltanto i dati per l'intestazione. Lì trovate pure l'iban, potete fare i pagamenti tranquillamente a sessanta giorni e tenete presente che la casa come vi dicevo è già pronta da abitare.»

«Ci sono mobili, piatti, pentole, tutto? Posso mandarvi i ragazzi anche tra una decina di giorni?»

«Anche domani dottoressa. Lei il mio numero ce l'ha, glielo dia anche a loro se lo ritiene opportuno, così avranno un angelo custode qui in paese, noi siamo qua a Palma, proprio a due passi dall'appartamento.»

Mi volto a guardare fuori dalla finestra, rigata dalla pioggia che cade a goccioloni. Sembra proprio che l'abbiano già questi ragazzi, un angelo custode che ha fatto del suo meglio per loro.

LINO

È bellissima, elegantissima. Di sicuro non capita tutti i giorni di vedere una donna così da queste parti. Chi è? Un nuovo magistrato? Allora come mai sta discutendo così animatamente con Gennaro davanti al portone dell'IPM? Quando mi avvicino lo capisco subito, e indovino al volo anche chi deve essere suo figlio.

«Ciao Gennà» attacco. «Salve signora. Che succede qua?»

«Mio figlio è rinchiuso qui dentro. Si chiama Salvatore Baldi, e ho bisogno di vederlo.» Infatti. È proprio come pensavo: Sasà, quel piccoletto tutto timido che è arrivato l'altro giorno con lo zainetto pieno di vestiti firmati.

«Sì, ma come le avrà detto sicuramente il mio collega, ci vuole l'ok del magistrato» le spiego, rendendomi conto che da vicino è ancora più bella. I suoi occhi azzurri sono pieni di paura ma si vede che è una femmina che nella vita ha fatto e avuto sempre quello che ha voluto lei, ed è abituata a dare ordini.

«Eh, gliel'ho detto» conferma Gennaro. «Il problema è che non c'è l'autorizzazione.»

«Sì, l'ho già richiesta» insiste la signora. «Ma intanto non ci posso parlare? Quello ci muore là dentro, se non ci parlo...»

È veramente una capa tosta! Però capisco la preoccupazione che può tenere una mamma, specialmente per un ragazzino comme a iss. Quanto può avere?, quattordici, quindici anni. «Stia tranquilla, i ragazzi sono seguiti. Anche bene. Mica li abbandoniamo» le dico, mentre già Gennaro le fa segno di liberare l'ingresso: «Prego signora, andiamo».

«Promettetemi che non gli faranno del male» mi supplica lei, facendomi tornare in mente le immagini della tarantella che hanno combinato Totò e gli amici suoi prendendolo di mira, e come lui non sapeva manco da che parte cominciare per difendersi, perché si vede proprio che non è abituato a frequentare ragazzi come questi. «Tenetemi informata, vi prego» mi sussurra avvicinandosi e porgendomi un biglietto da visita. Tiene un profumo che non ci sono manco parole per descriverlo.

«Mi dispiace, non posso» le faccio, secco.

«Vi prego» continua a insistere lei, guardandomi con quegli occhi e infilandomelo nel taschino della giacchetta, con il tono di chi non lo sa proprio cosa significa sentirsi dire di no.

«Chesta sarà nu guaio» dico a Gennaro quando lei si rimette nella sua Mercedes e se ne va. Poi prendo il biglietto dalla tasca per leggere il suo nome.

ANNA

«Come stai, mamma?»

Gli rispondo solo con un'alzata di spalle. Come sto? Com'è diventata la mia vita, senza di lui che ne era il fulcro e adesso che ha fatto tutte le cose terrificanti che ha fatto, che si trova rinchiuso qui dentro con due condanne sulla testa e da mesi mi rivolge la parola a stento senza nemmeno raccontarmi le cose che gli stanno a cuore, lui che un tempo non vedeva l'ora di riempirmi di chiacchiere su tutto quello che gli capitava? Come vuoi che stia, Filippo?

«Mi dispiace» continua. «Davvero, non sai quanto mi dispiace.»

E poi mi sorprende completamente, mi spiazza in un modo che non avrei mai immaginato, come prima ha già fatto Anita in macchina, mentre venivamo qui. Si vede che questa è proprio una giornata di grandi annunci... «Se sono ancora in piedi» mi dice tutto serio «è soprattutto grazie a te. Agli insegnamenti che mi hai dato e all'esempio che sei stata per me. Tu mi hai sempre detto: "Cerca il bello nelle cose", no? Perché c'è. Magari è nascosto, ma c'è. Ecco, io l'ho trovato anche qui il bello. Cioè, l'amicizia con Carmine... e l'amore per Naditza.»

Naturalmente cerco di mostrare la massima sorpresa quando mi parla di lei, per non tradire la confidenza di Anita.

Ma lo osservo con molta attenzione, mentre mi racconta di quello che prova per questa ragazza, di come ammira il suo modo di suonare. Per la prima volta mi dico che forse è giusto che alla sua età io non sia più la confidente di quello che gli accade, e questo non significa che lui non sia più il mio bambino. È sempre lui, con lo stesso sorriso dolce di quando aveva sette anni e la sua massima aspirazione era ottenere il permesso per venire qualche volta a dormire con noi nel lettone, se l'indomani non aveva scuola. Ora però è un uomo, come è giusto che sia e come è normale che sia accaduto, dopo tutte le vicende che ha attraversato in questi mesi.

Allungo le mani a prendergli le sue per dirgli: «Questo posto ti ha cambiato, sai?», rendendomi conto che da quando Filippo ha suonato per la prima volta qualche nota su un pianoforte ho sempre pensato che fosse quello lo spazio in cui poteva rendermi più orgogliosa di lui: ma mi sbagliavo di grosso, questa conversazione ne è la prova.

Ma la cosa che mi lascia veramente spiazzata è la sua richiesta di accogliere addirittura questa ragazza in casa nostra, in attesa che vengano completate tutte le formalità burocratiche che permetteranno anche a lui di rientrare a Milano.

Sulle prime rimango a dir poco esterrefatta. L'idea di far entrare nella nostra famiglia una persona che non ho mai visto e di cui non so nulla, se non quelle poche cose che mi ha detto prima Anita, mi sembra impraticabile. Ci metto un momento a rendermi conto che così com'è cambiato lui ora dovrò essere pronta a cambiare anche io... per esempio, per notare quanta generosità ci sia nel pensiero che Filippo ha avuto per la sua ragazza.

Anche io in fondo, se non avessi incontrato qualcuno che ha creduto in me e nella mia musica, forse non sarei mai arrivata a Milano: questo meraviglioso giovane uomo che adesso mi siede di fronte, guardandomi con gli occhi pieni di gioia e di fiducia, non sarebbe mio figlio. Non lo so se è lui o quella ragazzina di tanti anni fa, che sognava di poter studiare musica più di ogni altra cosa al mondo, a spingermi verso qualcosa di totalmente inaspettato.

La sorpresa più grande di questa strana giornata viene proprio dalla persona da cui meno me lo sarei aspettato: io stessa, che dopo un istante dalla sua domanda gli dico di sì.

CARMELA

«Quant'è bellill'!» dice sua madre dondolandosi a Ciruzzo nelle braccia. Io me ne accorgo lo stesso, anche se sono stanca, stanchissima, che una stanchezza così grande non l'avevo provata mai: lo ha preso dalla culletta apposta, per potersi guardare l'orologio al polso senza farmelo vedere.

Ci hanno detto che stavano mettendo Edoardo sopra una macchina per raggiungerci già più di due ore fa, quando ancora non avevo finito di partorire. E com'è possibile che ancora non è arrivato? Quanto ci vuole dall'IPM all'ospedale? Di sicuro non ci vogliono due ore.

FILIPPO

«Che giornata!» mi dice Carmine raggiante, mentre scendiamo insieme gli scalini che dal giardino della chiesa dove abbiamo pranzato ci riportano sulla piazzetta. «Cioè, ti rendi conto? M' so' spusato! Hai capito? So' spusato! Che jurnata!»

Quando Nina mi ha detto che si sarebbero sposati, prima ancora che lui si svegliasse dal coma, ovviamente mi sembrava una cosa assurda; guardavo quell'invito e mi pigliava male per lei, pensando a come si sarebbe sentita quando poi questo nove maggio sarebbe arrivato davvero, se lui fosse stato ancora imprigionato in quel letto. E dopo che lui è stato bene mi è sembrato addirittura ancora più assurdo, quando ho capito che l'avrebbero fatto veramente. Pensavo che Carmine avesse perso completamente la brocca, avrei voluto dirgli ma ragazzi, già c'avete una figlia, chi ve lo fa fare a sposarvi a quest'età, cosa pensate, di andare in pensione a trent'anni? Ma ora invece lo capisco. È stata una giornata stupenda in cui abbiamo staccato un po' dalla realtà in questo giardino tutto pieno di fiori, niente più sbarre di metallo, niente più celle, né urla. Eravamo tutti felici, abbiamo bevuto, mangiato, Nina ha cantato mentre lui giocava con Futura... Sono troppo felice per loro. Il nove maggio è arrivato e non potevamo desiderare che andasse meglio di così. È stato molto bello anche quando Carmine all'altare le ha promesso che non l'avrebbe lasciata mai più, e io lo so che lui è uno che le sue promesse le mantiene veramente. Secondo me loro due staranno insieme tutta la vita, avranno un sacco di altri figli e anche a novant'anni si sorrideranno con la stessa complicità e la stessa gioia che gli sto vedendo brillare negli occhi.

«Ciao, Anita!» dice salutando mia sorella, che deve mettersi subito in macchina per rientrare a Milano. Da un lato farei di tutto per poter salire con lei e tornare a casa, dall'altro sono così contento per lui ed è un momento così speciale per tutti noi, dopo quello che abbiamo passato, che riesco anch'io a salutarla con leggerezza. Oggi è un giorno di festa, il cielo è di un azzurro incredibile e non ci voglio pensare.

«Ti vedo felice e ve lo meritate» gli dico, quando ormai siamo scesi tutti quanti nella piazzetta e siamo pronti a salutarci. «In bocca al lupo per tutto, allora.»

Ma Carmine è sempre Carmine... «Fratè, mò tocca a te!» mi dice carico a mille. «Quale in bocca al lupo per tutto?»

«A fare che?» gli chiedo, stranito.

«Ma come a fa che? Ti devi sposare! Ti devi sistemare!»

«Sposare? Non c'ho neanche la barba e vuoi che mi

sposi?» ribatto io ridendo e passandomi una mano sulla faccia. Va bene tutto, ma da qua a sposarmi pure io...

Tanto lui ha sempre una risposta pronta per tutto e per tutti: «Vabbuò, ci pensa Naditza, 'o ssai, chella è scetata!».

Eh, lo so bene che Naditza è sveglia, qua il chiattillo sono io, no? «Ma song' io che m'aggia scetà, scusa eh!» gli ricordo. Anche se devo ammettere che se proietto su noi due il pensiero che facevo prima su di loro e provo a immaginarci come due vecchi che hanno trascorso tutta una vita insieme, quest'immagine non mi mette nessuna paura, anzi mi riempie il cuore di dolcezza.

Qua intanto dobbiamo andare, tutti si stanno salutando e Beppe è già al volante che mi aspetta.

«Ti voglio bene» gli dico, e poi lo abbraccio forte, sotto il coro di mille rondini che sono venute a festeggiare insieme a noi.

NINA

È tutto perfetto, come lo volevo io. Un desiderio che si avvera, una nuova vita che incomincia per noi tre. Fuori da questa chiesa, che in quel sogno io avevo già visto tale e quale, ci sta la nostra casetta che adesso mi metto a sistemarla bene e a farla diventare una bomboniera. Siamo insieme, siamo liberi, con il programma di protezione testimoni, la nostra fede al dito e intorno a noi tutte le persone che ci vogliono più bene. Una festa della mamma più bella non si poteva neanche immaginare. Abbiamo passato una giornata meravigliosa, e ora che a uno a uno li salutiamo anche l'aria è diventata più dolce.

Carmine si sta incamminando verso la piazza con Futura in braccio, mentre io mi sistemo un minuto prima di raggiungerli. Sono troppo belle queste scarpe, ma adesso, dopo tutto il giorno che ci cammino sopra, il tacco alto si inizia a sentire... Sento i versi delle rondini che passano sopra di noi, in questo cielo azzurrissimo dove piano piano la luce si inizia a fare più delicata. È tutto perfetto. Tutto. Tranne una cosa: quella macchina grigia che sta andando troppo veloce per i miei gusti, troppo vicino a loro.

«Carmine!» urlo, e come una pazza inizio a correre nella loro direzione per scansarli: ma poi è come se mi esplode una bomba addosso, e all'improvviso non sento più niente.

ASL - REGIONE CAMPANIA
AZIENDA SANITARIA LOCALE NAPOLI 4
Ospedale Lauro
Via Fiume, Palma Campania (NA)

Certificato di constatazione del decesso

Alle ore 7:28 del 10 maggio è deceduta presso la nostra struttura, nel corso di un intervento chirurgico per la rimozione di un'emorragia subaracnoidea, la signora

Nina Palumbo in Di Salvo

nata a Napoli il 22/11/2003 e ricoverata in seguito a EMORRAGIA CEREBRALE DIFFUSA conseguente a investimento automobilistico.

Il delegato del Direttore Sanitario
Dott. C. M. Picariello
Direttore dell'Unità di Neurochirurgia

8
Essere migliore

MINISTERO DELLA GIUSTIZIA
DIPARTIMENTO DELL'AMMINISTRAZIONE PENITENZIARIA
DIREZIONE GENERALE DEL PERSONALE

Al Direttore
Dott.ssa Paola Vinci
Istituto Penale per i Minorenni di Napoli
Via Acton, 1 – 80133 Napoli NA

OGGETTO: trasferimento a domanda personale appartenente al Corpo di Polizia Penitenziaria

Per opportuna informativa si comunica che questa Direzione Generale sta dando seguito per sua diretta richiesta alla procedura di trasferimento, presso il tribunale di Napoli, del Comandante del Corpo di Polizia Penitenziaria Massimo Esposito, precedentemente allocato presso la vostra struttura, con decorrenza dal 1 giugno p.v.

Cordiali saluti.

IL DIRETTORE
Dott.ssa Marisa Spampinato

GAETANO

«Oh, Pirù, vien' 'a ccà!» mi viene a chiamare Edoardo fermandosi dietro le sbarre della nostra cella, dopo che Lino ci ha chiusi dentro, a me e a Totò, e nel corridoio Gennaro sta portando via pure a lui, a Milos e agli altri.

«Che vuoi, Edoà?» gli grido spostandomi verso di lui dal tavolino sotto la finestra, dove me ne stavo in pace per i fatti miei a guardare il mare. Che cazzo vogliono mò tutti quanti?

«È overo sta cosa?» mi chiede con uno sguardo atroce, aggrappandosi con le mani alle sbarre.

«Che cosa?»

«L'hai uccisa tu?»

«A chi?»

«A chi? A chi? Nun me dicere strunzate, 'o Pirù. Voglio sapè 'a verità!» urla.

«Vuoi la verità?» gli rispondo. L'avete sentito tutti, quello che ho detto prima nella doccia: che il Piecuro già l'ho sistemato e l'unica cosa che mi dispiace è che non so se c'avrò il tempo di sistemare i conti pure con il Chiattillo, ora che lo trasferiscono a Milano. L'unica verità che ti posso dire già la sai, Edoà, e mò per ricordartela te la faccio rivedere: allungo la mano sinistra, quella dove sta scritto il nome di Ciro con la corona. Quel tatuaggio lo tieni pure tu tale e quale, però a me mi pare che tu ce l'hai solo per bellezza...

«Ma vafanculo!» allucca, staccandosi dalle sbarre e va dietro agli altri verso la sua cella.

«Ma vafanculo tu!» gli faccio io con un gesto, tornandomene alla finestra. Totò ha preso le sue cose e si sta rivestendo, sotto alla scritta che io feci quel giorno mentre Ciro stava proprio qua alla finestra, dove sto io mò, che fumava e mi guardava senza dire niente. Cirù, ma comm'è che proprio Edoardo, che da te ha avuto tutto, è chillo che mò che nun ce staie cchiù ti sta girando le spalle? È chella femmina, Teresa, che l'ha fatto uscire di capa?

Pure a me mi hai dato tanto, Cirù, e non credevo mai di separarmi da te così presto. Sei stato l'unico che mi ha dato una strada diversa da quella di mio padre, e pure se lo sguardo di quel ragazzo quando gli ho sparato nelle gambe me lo rivedo di notte e di giorno e ancora non smette di farmi paura, chill è sulo nu problema mio, che ancora sono troppo debole di testa. Ma sarò più forte. Lo farò per te, per essere 'o pirucchio che ti sta sempre azzeccato addosso pure mò che non ci stai più, penso lanciando un pugno sopra l'armadietto dove stanno le mie magliette.

«Oh, Pirù, certo che non si sa chi è che t'ha fatto ire 'nfreva, tra 'o Chiattill e Edoà!» ridacchia Totò.

«Sto 'nfreva sì!» gli dico io senza manco girarmi a guardarlo. Fuori dalla cella il cielo è grigio, il mare è nu poco agitato oggi e io sento caldo come se tengo trentotto di febbre, pure se sto ancora bagnato della doccia e c'ho tutti i capelli appiccicati dietro il collo. Poi me li asciugo, ora sto troppo incazzato.

«Sto 'nfreva per Ciro, più di tutti. La memoria sua addà essere rispettata. O no?» gli chiedo, richiudendo l'armadietto e questa volta voltandomi per vederlo dritto in faccia: mò mi sento pronto a incazzarmi pure ccu iss. Da che parte vuole stare, Totò, a parte quella di fare sempre lo spiritoso?

FILIPPO

Adesso che ci hanno chiusi in cella, Pino non ci sta più dentro e continua a muoversi di qua e di là come un animale in gabbia.

«Guagliò, arricuòrdat' na cosa: 'a ruota gira e 'a verità è 'a figlia d' 'o tiempo. Mò t' 'o faccio vedè come l'acciro a chillu bastardo» mi dice.

Pure io mi sento furioso, però in un altro modo.

Quelle parole allucinanti che Gaetano ha detto davanti

a tutti mi continuano a rimbombare nel cervello: «Il Piecuro già l'ho sistemato», mentre sento ancora addosso l'adrenalina della rissa che si è creata – che *io* ho creato, per dirla tutta – nella doccia. Eppure in qualche modo, ora che qua dentro siamo solo io e Pino e me ne sto appoggiato sul letto a guardare fuori verso il mare, mi sento anche freddo, distaccato, pronto a combattere un altro tipo di battaglia; e questo fondamentalmente perché non ci posso credere che sia stato veramente lui a uccidere Nina. Che abbia avuto il fegato di spingere coscientemente l'acceleratore di quella cazzo di macchina sopra una ragazza che si è sposata pochi minuti prima, davanti agli occhi di suo marito e della sua bambina. Mi sembra semplicemente impensabile. Ma è ovvio che quello che sta dicendo Pino è altrettanto folle. Non lo so se sono d'accordo con lui che la verità è figlia del tempo, ma a cosa può portare andare avanti con questa cazzo di violenza? E in più, come possiamo essere sicuri che questa sbruffonata che ha detto Gaetano sia la verità e non un modo mostruoso e folle per farsi vedere figo dai suoi amici? «Il Piecuro già l'ho sistemato...» l'avrebbe detto così, come se volesse proprio vantarsi in pubblico di un omicidio che gli può portare altri vent'anni di condanna, se fosse stato vero?

«È una cazzata» gli rispondo con tono monocorde. «Come faceva Pirucchio a sapere che Carmine era lì? Sono stati i Valletta. Ci hanno provato una volta, non ci sono riusciti e adesso ci hanno riprovato» dico a Pino voltandomi verso di lui per guardarlo in faccia. Siamo ancora tutti e due bagnati dalla doccia e coperti solo dei nostri asciugamani, troppo concentrati su questo per pensare a vestirci.

«Allora prima indago e poi acciro a chi è stato» insiste lui. Lo so che Pino è uno che non molla e questo è anche un suo aspetto bello. Da quando è tornato dentro continua ogni giorno a ripetermi quanto mi vuole bene, che si è pentito amaramente di tutto quello che mi ha fatto passare ma ora è una persona diversa anche grazie a me, che dopo il voltafaccia di Ciro sono il suo unico amico qui all'IPM e che se ne avrò bisogno potrò contare per tutta la vita sul suo aiuto, perché non se lo dimenticherà mai che io gli ho salvato la vita pure se lui con me si stava comportando di merda... Lo sento che è molto sincero, ma non è così che io voglio il suo aiuto. Non avrebbe senso combatterli diventando uguali a loro.

«Pino, chiudiamola qui» lo prego.

Lui però mi sa che non ha proprio nessuna intenzione di cambiare prospettiva e infatti mi ringhia: «Ma che vuoi chiurere? Io mò sto accumincianne!» D'altra parte, guardando la rabbia che vedo nei suoi occhi, mi rendo anche conto che lui è la stessa persona si è fatto rimandare qui dentro dalla messa in prova per aver quasi ammazzato di botte un povero cristo che secondo lui si era comportato male solo per aver chiamato il padrone del cane che lui aveva preso, costringendolo a restituirlo ai legittimi proprietari... non sarà un caso se qua dentro tutti lo chiamano Pino 'o pazzo, anche se certe volte mi sembra l'unico davvero lucido tra tutti noi. Ma in ogni modo ho molta paura per lui, mi dispiace da morire sapere che tra qualche giorno me ne andrò a Milano e dovrò lasciarli da soli in questo momento.

«Senti, già sto in ansia per Carmine» gli ricordo. «Non voglio che un altro amico si fotta la vita. Ti prego, pensa al tuo futuro, basta!»

E istantaneamente, non appena pronuncio questa parola, mi torna in mente a bomba una cosa che ho imparato dentro questa stessa cella. Quando ancora Carmine era Carmine, non lo spettro muto e disperato di se stesso che ho visto al funerale di Nina, una sera è stato lui a spiegarmi – ridendo e prendendomi in giro come al solito – che nella lingua napoletana il futuro non esiste proprio, neppure nella coniugazione dei verbi.

«Ma quale futuro, Chiattì? Quale futuro?» mi rinfaccia infatti Pino. «Io sì e no tengo nu presente.»

Al tempo stesso tutt'e due mi piacciono e mi mettono paura, soprattutto la mamma. Però Anita è ddoce e generosa ed è facile stare vicino a lei, come con suo fratello. Scendendo insieme sulla scala mobile che ci sta portando di nuovo al quarto piano, capisco subito come mai bell'e buono mi ha chiesto di ritornare giù.

«Ecco, guarda qua, vero che è troppo carina?» mi chiede prendendo la gruccia con quella camicetta blu che aveva notato prima. «Che dici, me la provo?» fa, appoggiandosela vicino alla faccia per farmi vedere se le sta bene.

«Certo!» le rispondo io. «È bellissima!»

«Dai» dice lei, guardando la taglia sull'etichetta e chiamando la commessa per chiederle se c'è una quarantadue dello stesso colore.

«Sì, credo di sì, gliela porto subito», e la commessa – tutta vestita di nero, con una pettinatura che pare un caschetto dei soldati del millenovecento e degli occhi di ghiaccio, bellissimi ma praticamente senza vita umana – ritorna da noi con la camicia della misura giusta. «I camerini sono da quella parte, se vuole provarla.»

«Sì grazie. Lo so» le risponde Anita prendendola, poi si volta verso di me come se questa idea le era venuta proprio mò mò all'improvviso e non è che invece era tutto preparato fin dal piano di sopra per arrivare a questo momento. Noooo... «E tu Naditza perché non provi questa maglia qui? Secondo me ti starebbe benissimo, guarda che colore.»

«Assolutamente» si inserisce la commessa pure se nessuno le aveva chiesto niente, agguantando già la gruccia di quell'altra maglietta e schiaffandomela in mano. «Una quaranta, giusto?» mi chiede squadrandomi dalla testa ai piedi, e aggiunge: «Questo colore è perfetto per lei».

«Per me sei una Spring» mi dice Anita.

Una *cosa*? La commessa guarda Anita come se ha detto una cosa giustissima, e cala la testa con la stessa serietà che c'aveva la signora Anna la prima volta che mi ha sentito suonare Beethoven. «*Bright Spring*» specifica.

Dalla mia faccia sicuramente si vede che per me stanno parlando arabo (anzi, a dire la verità qualche parola di arabo io la so, al contrario di quello che hanno appena detto loro che non c'ho capito niente) perché Anita si volta verso di me sorridendo e mi spiega: «Questa è l'armocromia, non ne hai mai sentito parlare? Vabbè, ci sta, magari a Napoli non è così diffusa come a Milano, che siamo tutte in fissa! Comunque è una cosa geniale, vedrai, poi a casa facciamo tutte le prove».

«Ok...» rispondo, sentendomi sempre più a disagio. Chella fetente di Anita, che nota tutto come a suo fratello, prima si dev'essere accorta di come avevo guardato questa maglietta rossa con la cerniera più scura, pure se mi ero tenuta alla larga e non l'avevo nemmeno toccata, per paura di quanto poteva costare.

«Dai, andiamo a provarcele!» mi dice tutta allegra, spingendomi verso il camerino. E che non lo so, Anita, che quando poco fa a casa sei venuta da me a pregarmi di farti compagnia perché "ti scocciava troppo uscire da sola a fare shopping" era tutta una scusa per potermi portare qua e regalarmi qualche cosa di più bello di questi quattro stracci che mi sono portata da Napoli? E ti pare che non me ne sono accorta, che sei talmente delicata da inventarti tutta sta tarantella per non farmi sentire in imbarazzo, e magari ti comprerai pure qualche cosa che non ti serve a niente, in modo che io mi vergogno di meno di farti spendere quei soldi? Andando verso il camerino trovo per la prima volta il coraggio di avvicinarmi, farle una piccola carezza sopra i capelli e dirle: «Tieni dei capelli bellissimi Anita, io li avrei sempre voluti come a te, neri e lucenti, invece guarda qua» rido scuotendo la mia chioma da leonessa, da zingara, da selvaggia.

Chest è chell che song': una zingara. Una selvaggia. Una che nella vita sua, se per caso qualche volta si è messa un vestito più bellino, era solo un travestimento per andare in certi posti a rubare senza farmi notare. Non ne ho avute mai occasioni per mettermi una magliettina così bella come a questa.

«Mi sono già permessa di cercare qualcosa sia per lei sia per la sua amica» viene a dirci la commessa, rivolgendosi sempre ad Anita, perché già ci ha capite benissimo. Questa per me è una che a fine mese, con la furbizia che tiene, solo di percentuali si porta a casa più di quello che guadagna il padrone di tutto quanto il negozio... «Per lei ho pensato a questa camicina verde mela e dei pantaloncini grigi semplicissimi, visto che belli? Lei è una Deep Winter, no? Per la sua amica invece ho preso questa tuta intera color mattone e anche una camicina più delicata.» La signora con i suoi modi gentilissimi ma senza tregua praticamente ci sta obbligando a provare tutte queste cose e non ce n'è una che non ci sta bene, mannaggia a lei. Ma io non voglio niente.

Io non me lo so spiegare come è successo, ma quando arriviamo al bar all'ultimo piano, dove Anita ha preso appuntamento con un'amica sua, porto una busta gigantesca dove dentro c'è tutto quello che mi sono provata, mentre lei tiene un pacchettino minuscolo con i pantaloncini e basta. Questa Alessandra è uno splendore. Alta, con i capelli rossi lunghi più dei miei, un vestito chiaro che arriva fino ai piedi e dei sandali pitonati che mi fanno ascì pazza. Pare un quadro, e come Anita è pure gentilissima.

«Tu devi essere la famosa pianista!» mi saluta venendomi ad abbracciare in cima all'ultima rampa di scale mobili, dandomi subito due baci sulle guance. Io me li pensavo tutti diversi questi milanesi, sinceramente non ci sto capendo niente. Usciamo tutt'e tre nel bar che sta affacciato sopra alle guglie del Duomo, ed è una cosa da togliere il fiato. Pure se dall'altro lato una vista simile si vede anche da casa loro, io penso che non mi abituerò mai a tutta questa bellezza. E mentre mi siedo al tavolo con loro, stringendo sempre tra le dita i laccetti della busta, perché non mi fido a lasciarlo qua accanto vicino a me, chissà perché mi viene quasi da piangere.

«Cosa prendi?» mi chiede Alessandra, poi annuncia ridendo: «Io mi sa un Negroni... In fondo è venerdì! E tu?».

«Campari spritz!» risponde Anita decisa richiamando l'attenzione del cameriere, che comunque da quando siamo uscite sul terrazzo non le aveva mai tolto gli occhi di dosso.

«E lei, signorina?» mi chiede il cameriere, con in mano la macchinetta dove segna le ordinazioni.

«Eh... non lo so... una birra.»

«Bionda?»

«... Sì.»

«La gradisce dolce o amara? Ipa?»

Mamma mia quante domande. E che ne so io? «Dolce?» provo a buttare lì.

Il cielo è azzurrissimo, pieno di rondini, se non facesse questo caldo umido sarebbe una meraviglia. La birra è buona, ci hanno portato pure patatine, taralli e olivette e le ragazze stanno facendo di tutto per coinvolgermi nelle loro chiacchiere. Allora perché non mi sento felice?

Fin da quando ero veramente piccola sono sempre stata convinta che per me un chilo di libertà valeva più di cento chili d'oro, ma guardando questa Madonnina tutta brillante e fiera, che se ne sta dritta dritta davanti a me con la sua corona di stelle sopra la testa, mi rendo conto che io lo pensavo perché l'oro ce l'avevo (magari non proprio cento chili), e invece la libertà no. Ma uno non lo può neanche immaginare il peso di certe cose finché non le tiene, come io mò sto stringendo il manico di questa busta gigante. E forse tante volte stare in un bel posto, dove l'unica cosa che devi fare è tenere il coraggio di scegliere quello che vuoi, può diventare più difficile che startene rinchiusa dentro una cella, se tu a scegliere non ci sei mai stata abituata.

E quasi quasi mi viene da distrarmi dalle loro chiacchiere per contare mentalmente quanti soldi tiene in tasca tutta la gente che passa. Sarebbe troppo facile adesso alzarmi, fingere di urtare qualcuno, chiedere scusa con gentilezza e poi mischiarmi nella folla che sta scendendo giù dalla scala mobile, con il portafogli infilato sotto la maglietta.

Spero che vieni presto, Filì.

TOTÒ

Per primo tocca a Milos, poi a Gaetano, e alla fine a me. Edoardo fa il superiore e se ne sta a fumare vicino alla finestra pe' cazz suoie, senza manco guardarci. A me mi lasciano sempre per ultimo. E tanto, mentre loro lo stanno abbuffando di calci, a me mi sale sempre di più la nervatura. Ora ci divertiamo, Sasà. Eh? «Guardam' a me» gli dico. 'O voglio vede' dint' all'uocchie mentre si piscia 'nguollo, comme 'a chell'ata vota. «Hai capito allora cca dint' ch'hai 'a fa?» e mi butto addosso a lui per fargli capire che qua non scherzo, non sta scherzando nessuno. «Fa' 'o cane!» gli ordino. Mi devi ubbidire, merda schifosa. «Fa' 'o caneeee!» gli urlo in faccia. Ci dobbiamo spicciare, prima che ci sentono e ci trova qualcuno. Ma iss è talmente scemo che manco capisce che deve fare. Non ti preoccupare, te lo spiego io. «Fa' 'o cane! Fa' 'o cane! Fa' 'o cane!» gli ripeto standogli sopra e pigliandolo a schiaffi sopra a chella faccia 'e scemo che tiene, fino a quando San Gennaro nun ce fa 'o miracolo e si mette piano piano a fare: «Bau... bau... bau...», con me che gli stringo i polsi nelle mani. Hai imparato a fa' 'o cane? Allora cambiamo. «Fa' 'o lupo!»

«Uh! Uh!» Bravo. Accussì si fa. Ora con i soldi di mammà ti si accattato pure il paparino, eh? L'abbiamo visto tutti come ti tratta Lino: ma quanne mai ha fatto la stessa cosa con qualcuno di noi? Allora facciamo una cosa più difficile, così impariamo bene, guagliò. «'A cavalletta! 'A cavalletta!» insisto, sempre addosso a lui, senza lasciarlo un momento. Iss mi guarda cu na faccia 'e fesso.

Eh, ci dovevi pensare prima, bello mio... «Iaaaa! Fa' 'a cavalletta!»

'O povero strunzo sta tutto impanicato. «Iaaaa! Iaaaa! Iaaaa!» mi risponde, e io mi metto a alluccà 'nzieme a iss. «Iaaaa! Iaaaa!» Poi non mi dire che nun t'aggia aiutato, strunz!

MASSIMO

Niente, non c'è motivo di salire a casa. Non c'è tempo. La moto è qua davanti e io lo so benissimo dov'è che devo andare. Ogni secondo è prezioso, ma c'è una cosa troppo importante che devo fare prima di andare a cercarlo, anche se ormai lei non è più il mio capo e lavorativamente ormai non mi viene niente. Ma deve saperlo. Il telefono già lo tengo in mano: ci vuole un attimo a fare il suo numero.

«Paola...»

«Massimo?» Cuore mio statti zitto! Com'è possibile che solo a sentire la sua voce ti sento sbattere fino alla gola e tengo le gambe molli?

«Ti posso disturbare un momento?» le chiedo, cercando di focalizzarmi su quello che è successo e sulla gravità di quello che potrebbe succedere.

«Certo! Come stai?» mi dice lei con una voce dolcissima, come se l'avessi chiamata per fare quattro chiacchiere. Di sicuro non lo può neanche immaginare, di che cosa le voglio parlare.

«È successa una cosa, Paola.»

«Dimmi. Sta bene la bambina?»

«Sì, Futura sta benissimo. È Carmine» le dico, sentendo l'ansia che mi monta nel petto sempre di più, come se queste parole stessero facendo diventare la cosa ancora più reale. «Sono stato da lui a Palma Campania proprio poco fa, sono rientrato a casa mò, e quando sono sceso dalla moto ho trovato quattro chiamate da parte di Sara, la mamma di Nina... Mi stava chiamando per dirmi che come io me ne sono andato da casa loro, iss bell'e buono si è preso un berretto, un paio di occhiali scuri ed è uscito.»

«Uscito? E per andare dove? Sara ha qualche idea? Lui le ha detto qualcosa?»

«No, Sara non lo sa dov'è andato...» Credo di saperlo io, dov'è andato, ed è proprio questo che mi sta facendo mancare la terra da sotto i piedi. Perché c'è solo una cosa che può portare un uomo disperato come a lui fuori dalla casa dove sta sua figlia, giocandosi in un colpo solo il programma di protezione e tutto quello che s'è conquistato in questi mesi. Ha resistito a tante prove, Carmine, sempre forte, dritto, senza mai spostarsi dalla sua strada. Ma un dolore così grande tiene la forza di buttarti da tutta un'altra parte da dove tu volevi stare, può fare di te una persona diversa da quello che sei, che vuoi essere, che *hai scelto* di essere. Non si può neanche immaginare, dove ti può portare un dolore comme a chist.

«Ma quando l'hai visto l'ultima volta come ti è sembrato?» mi chiede Paola, preoccupatissima. Lo sta pensando pure lei, quello che penso io? Ho paura di chiederglielo, ma comunque mi fa bene confidarmi con lei: «Stava bbuono, troppo bbuono. Na nuttata 'e chianto ed era tutto passato. Sono stato uno stronzo a crederci».

«Che cosa avrà intenzione di fare, secondo te?» continua lei. Il fatto è che ho paura di saperlo molto bene, che cosa può avere intenzione di fare Carmine; ma a questo punto è inutile parlarne. Bisogna solo muoversi al più presto, pregando Dio che posso arrivare in tempo per salvarlo. Almeno questa volta.

«Non lo so. Ci sentiamo più tardi» le dico con le chiavi della moto di nuovo in mano. Giusto per una cosa non mi pento di avere mandato quella lettera di trasferimento dall'IPM: perché al tribunale ancora devo prendere servizio la settimana prossima, e così intanto sono libero di cercare Carmine, se riuscirò a trovarlo dove penso.

'A Sanità nun è zona soia. Che ci fa, qua sotto a casa mia? Da dietro le tende della sala da pranzo quando arriva lo noto subito, e pure se non lo vedevo da quando era criaturo lo riconosco a prima vista: chella merda del figlio piccolo di Gabriele e Wanda. Quello che chiamano 'u Piecuro. Quello che mi ha ammazzato a Nazario.

Cu che curaggio vene cca? Che cazz vo' 'a me?

Sta pure sulo, manco 'o frato s'è portato; i ragazzi gli girano intorno con i motorini, lui sta in mezzo e stanno facendo nu burdello 'e pazzi, insultandolo tutti insieme, finché Gennarino non ferma il motorino e si mette a parlare con lui. Allora esco sul balcone; voglio proprio sentì che cosa tiene da dire.

«Te si perso? O te si sulo sfastidiato 'e campà?» gli chiede Gennarino. E tiene ragione: dev'essere asciut' pazzo per venirsi a fare ammazzare proprio qua, davanti al portone nostro, davanti all'altarino dove la luce davanti alla fotografia di Nazario non si spegne mai, né di notte né di giorno. Ho saputo che gli è morta la moglie e lo so bene pure io che la sofferenza fa ascì pazzi.

Quello infatti nun risponne, ma tira fuori nu fierro dalla tasca dei jeans e glielo punta addosso a Gennarino... Allora nun è pazzo, è scemo: che cosa si pensava, che i ragazzi nostri andavano in giro a mani vuote?

Ora sta sotto tiro da tutti i lati, e Gennarino che è nu guaglione con la capa sopra alle spalle lo avvisa tranquillamente di abbassare quella cosa che tiene in mano.

«Nun so giochi pe' tte. Te fai male» lo avvisa. Ma iss pare che non sente quello che gli viene detto, Gennarino inizia a urlare: «E cala sta cosa!». In tutta risposta lui gli chiede: «Chi è stato?».

«A fa che cosa?» gli chiede Gennarino.

«A uccidere a Nina, chi è stato?» fa lui con un filo di voce, sempre tenendo in mano la pistola.

«Vuoi sapere chi ha ucciso Nina?» risponde Gennarino

scherzoso, ma io tengo il cuore in gola. So' solo guaglioni, com'era il mio, e in questa piazza ci sono troppe pistole con la sicura tolta: qua se parte il primo succede na tarantella e già mi pare che ne abbiamo passate abbastanza. «Tu 'o ssai?» Gli chiede a quell'altro che sta dietro di lui sul motorino, come si chiama, Peppino? Ma io non sento la risposta, perché già sto scennen' di casa. Mò tocca a me, entrare in scena in questo teatro che stanno facendo.

Sulle scale per fortuna da fuori viene solo silenzio, ma l'urlo però lo sento pure da dietro al portone: «CHI È STATO?». È l'urlo 'e nu guaglione disperato, che non tiene più niente da perdere ed è pronto a mettersi davanti al mirino di cinque pistole per sapere chell' che vo' sapè. Comme 'o capisco. Solo che io disgraziatamente tutto quello che dovevo sapere l'ho saputo, e per i gusti miei è stato pure troppo.

Quando apro il portone e lui si gira verso di me, mi pare che tiene ancora gli occhi di quanne era criaturo, solo che adesso sono occhi stanchi, tirati, con le borse, perché si vede che pure iss la notte non riesce più a dormire. E la pistola non la abbassa, ma me la punta dritta dritta in faccia.

«Signora, trasitavenn', chist nun sta bbuono cca capa» mi grida Gennarino. Ma giustamente che ne può sapere lui, di che impressione mi può fare vedermi puntata addosso una pistola? Solo una misericordia mi può fare, si m'accide e mi spegne questo inferno dove mi devo svegliare tutt'e mmatine in quella casa vuota.

«Ci penz' io» lo tranquillizzo, e mi vado a mettere proprio davanti a iss, di fronte alla canna della pistola che mi sta all'altezza della gola. Spara, Di Salvo. Spara mò, se vuoi. Tanto lo so che non è questo che vuoi.

«Site state vuie, è overo? L'avete uccisa voi a Nina?» mi chiede. «Vi dovevate vendicare della morte di Nazario. È accussì?»

«Che ti devo dire, *Carmine*?» gli dico io, guardandolo negli occhi. «La verità, o una fesseria?»

«'A verità» mi risponde, tremando.

«No. Tu non 'a vuo' 'a verità. Tu vuoi sentire solo quello che ti fa contento. E allora vabbuò, te faccio cuntento. So' stata io!» gli dico. Ammazzami, adesso. Accussì simme cuntenti tutt'e due. Premilo quel grilletto, mi prenderai nel centro del collo, dove hai preso pure a Nazario, e in un minuto sarà fernuto tutte cose. «E mò accireme pure» gli urlo, con le lacrime agli occhi. «Tanto è da mò che so morta, quanne tu m'hai acciso a Nazario.»

Ma invece di sparare, lui mi guarda e abbassa la pistola.

La sofferenza apre gli occhi, pure se uno non vuole. Pure se uno vulesse sulo dormire, morire, non capire cchiù niente, quella ti fa vedere le cose nei minimi particolari, così precise come non le hai viste mai. Ed è per questo che sto guaglione ha capito bene quello che gli ho detto e ha visto chi era che gli stava parlando. Perché tiene lo stesso dolore che c'ho io.

Bene. Ho finito la parte. Jatavenne a pazzià, guagliù. Io me ne posso turnà a casa, dove da troppi mesi ormai continuo tutto il giorno a pulire sul pulito e non ci sta più niente da stirare.

I ragazzi si rimettono a girargli intorno come prima, gridandogli insulti e scherzando fra di loro. Ancora non hanno vissuto abbastanza da potersi rendere conto che stu piecuro tiene più coraggio di tutti quanti loro messi insieme. A me mi fa schifo quello che ha fatto Nazario, ma mi deve fare ancora più schifo questo qua, altrimenti veramente non posso vivere più. Io lo devo odiare per forza, pure dopo che sono riuscita a informarmi per filo e per segno di che cosa aveva combinato Nazario per pigliarsi quel colpo di forbici da uno come a iss, che con la sua famiglia non ci azzecca niente e si vede da lontano.

E quindi lo odio. Eppure, quando da dietro la tenda vedo che è crollato 'nterra comme a nu Pullecenella che gli hanno tagliato i fili, e in mezzo al girotondo di quei motorini si sta puntando 'o fierro sotto la bocca, quasi quasi lo invidio: anche se io tra un po' tengo quarant'anni, sono una vecchia ormai, mentre iss è sulo nu guaglione, e non è giusto morire a quest'età. Mi sento il respiro che ritorna nel petto, quando sento qualcuno che arriva gridando «Carmineee!» e riconosco quell'infame di Massimo Esposito, che evidentemente nun s'è miso scuorno 'e turnà cca, dopo tutto questo tempo, per venire a salvare uno dei ragazzi suoi.

Ora finalmente posso abbassare la tapparella e, nel buio che s'è fatto, buttarmi sopra il divano con un braccio sopra agli occhi. Non voglio vedere più niente.

KUBRA

«Dovresti essere contenta» mi dice la direttrice. «Tua madre è fuori pericolo.»

Sapesse che contentezza provo, a sentire che anche se le ho infilato un coltello nella pancia non ho ammazzato la mia mammina, che in fondo voleva solo vendermi a quel porco del suo cliente per avviarmi alla stessa vita di merda che fa lei... Non sto nella pelle dalla contentezza, sa?

«Una condanna per tentato omicidio è più leggera di quella per omicidio. E soprattutto, presto ti pentirai di quello che hai fatto.»

Ah, perché lei ha pure il dono di poter leggere nel pensiero? Non riesco proprio a stare zitta di fronte a una cazzata del genere, e commento secca: «Se lo dice lei...».

Ma quantomeno la tipa dev'essere abbastanza intelligente, perché lascia cadere il discorso e si sposta su qualcos'altro: «Cosa ti piacerebbe fare? Hai qualche passione?».

«No» le rispondo, decisa.

«Be', noi qui abbiamo diverse attività c'è un laboratorio di musica, un laboratorio di cucina...»

«Devo fare qualcosa per forza?» le chiedo. Così almeno capisco di che morte devo morire qua dentro e non se ne parla più.

«Sarà lunga. Decidi tu come passare il tuo tempo. Potresti imparare qualcosa che ti sarà utile quando uscirai.» Ma questa che ne sa di cosa mi poteva interessava imparare, di quanto mi piaceva studiare, per esempio, e di come quella stronza di mia madre non ha mai capito niente di tutto questo? Che cosa me ne dovrei fare del suo corso di cucina per entrare a Ingegneria o Economia gestionale? E perché mi deve parlare come se fossi una scemetta qualsiasi, se sono appena arrivata e nemmeno mi conosce? Tanto non sa niente di me, se non quello che c'è scritto su quelle relazioni della polizia. E non smette mai di parlare... «Il mio compito è quello di farvi uscire migliori di come siate entrati» continua, confermandomi con questa frase da Baci Perugina che infatti di me non sa niente e non ha capito niente.

«Dove vivo io» le spiego «per essere migliore devi essere *più stronzo* degli altri.»

«Cambierai idea» mi risponde sicura. Sì sì. Staremo a vedere.

Per fortuna questa tortura viene interrotta da una poliziotta che entra tutta agitata senza nemmeno bussare, e subito le dice: «Paola, ha chiamato Massimo... Hanno sospeso la messa in prova di Carmine, sta rientrando in IPM».

La direttrice sembra molto scossa da questa notizia. Chi è Carmine? «Accompagnala» ordina alla poliziotta. E poi si premura di dirmi con quella voce dolce, come se mi volesse bene o qualcosa del genere: «Per qualunque cosa sono qui».

Sicuro, mi verrebbe da risponderle. Aspettami qua che arrivo.

BEPPE

Quando entriamo in sala li invito tutti a venire vicino a me, intorno al pianoforte: «Facciamo un briefing, forza».

«Che è un briefing?» mi chiede Cardiotrap, poco avvezzo giustamente al lessico aziendalese che ho imparato una vita fa, ai tempi in cui ancora lavoravo con mio fratello nell'impresa di famiglia, e che ogni tanto, come il peperone, torna a ripresentarsi quando meno me lo aspetto.

«Una riunione» gli spiego. «Allora, visto che Sasà pare ci sappia fare con questa roba, lui si occupa dell'impianto audio e voi del repertorio» annuncio, cercando di trasmettere ai ragazzi tutta la carica possibile. Stasera ne avranno bisogno. Non devono accorgersi nella maniera più assoluta di quanto sono triste per la partenza di Filippo.

«Grazie, Beppe» mi dice proprio Filippo, con la matita fra i denti, andando a sedersi al pianoforte e sistemandosi lo spartito davanti.

«E di che?» gli rispondo. Vorrei dirgli tante cose in questo momento. È grazie a *lui*, invece, che l'idea di aggregare i ragazzi intorno a questo piano, che dormiva in deposito da troppo tempo, è riuscita a creare realmente nuovi spazi e opportunità importanti, per chi di loro ha saputo coglierne l'occasione. Se penso a Naditza, o a com'era Cardiotrap, la nostra star della serata, prima di conoscere Filippo e Carmine, quando bazzicava nei paraggi del gruppetto di Ciro e non diceva manco una parola...

«È un bel modo per salutare gli altri» afferma Filippo, che ormai parla con la dolcezza e la compostezza di un uomo fatto. Mi viene da sorridere, e forse un po' anche da commuovermi, se ricordo com'era anche lui nei primi giorni del suo arrivo. Ora è un pilastro per tanti di loro, e davvero non so come si sposteranno gli equilibri da domani in poi, senza il suo sorriso e le sue mani su questo piano. Però è proprio agli altri che devo rivolgere le mie attenzioni: agli altri che restano.

«Ah, ma non lo faccio solo per te» gli dico ridendo. «Lo faccio per Cardio: prima che parti dobbiamo registrare le canzoni e *tu*» proclamo indicando Sasà con un dito «me le carichi sui social.»

Tu, piccoletto spaurito, che ti porti sulle spalle una denuncia pesante come quella di violenza sessuale, eppure non sembri capace di fare del male a una mosca...

«Sì» risponde serio Sasà, e si vede che è contentissimo di trovare il suo spazio. Non sta a me giudicarti, affronterai un processo e la giustizia farà il suo corso. Il mio compito è dimenticarmi dei capi d'accusa, delle schede, delle relazioni dei magistrati, e vedervi tutti quanti per quello che siete: degli adolescenti che per un motivo o per l'altro stanno passando un momento di merda e hanno bisogno di strumenti, di sostegno, di amore. Questo è il mio lavoro: entusiasmarmi per la serata che abbiamo davanti, aiutarvi a valorizzare i vostri talenti e a rivolgere lo sguardo da quella parte, d'ora in poi, qualunque sia il vostro passato e la ragione che vi ha portati qui dentro.

È ovvio che questo non è facile: né per me da fare, né per loro da ricevere. Perché magari alcuni di loro non ci sono proprio abituati, a questo tipo di attenzioni. «Non ci dormi la notte, eh?» mi sfotte infatti Cardio. E poi rimedia subito aggiungendo: «Grazie» e mettendomi una mano sulla spalla.

Pure a lui vorrei dire tante cose. Di come mi rende orgoglioso e felice il fatto che stasera si prenda questo spazio per raccontare in musica la parte più dolorosa della sua vita, di come non m'importa se ha bisogno di sfottermi per sentirsi più figo, o qualcosa del genere, perché capisco da dove viene questa cosa e quindi rimarrei al suo fianco anche se mi sfottesse per cent'anni di fila. Ma non è il momento della commozione. Questo è il momento dei preparativi, e loro hanno bisogno di carica, di smorzare la tensione con una risata. «Eh... Grazie!» lo sfotto io di rimando. «Più siete fetenti e più mi affeziono, non c'è niente da fare!»

«Allora stamm' 'nguaiati!» risponde lui con un sorriso bellissimo.

«Stamm' 'nguaiati, sì!» confermo. Ci puoi giurare, Gianni. Ho sbagliato di tante cose nella mia vita e di sicuro non sono un uomo perfetto, ma su questo ci puoi giurare: potrete essere fetenti quanto volete nei confronti miei, dei vostri compagni o di voi stessi, ma a maggior ragione io non smetterò mai di affezionarmi a voi. Mai.

«Ok, allora la prima cosa è registrare il piano» interviene Sasà, che intanto ha sistemato la sua strumentazione. Io mi metto vicino a lui e gli passo un braccio sulle spalle, cercando di capire qualcosa nel video del suo computer. «Poi ho un programma per aggiungere quello che vi pare.»

«Bene, allora iniziamo noi a lavorare, prendi le cose da là» dico a Sasà che si abbassa per prendere le cuffie e il resto dell'armamentario. «Noi iniziamo a fare questo. Voi che fate?» chiedo ai due artisti.

«Proviamo?» propone Filippo, e Gianni pronto risponde: «Eh, sì, proviamo». Lo vedo bene che è agitato, ma a maggior ragione gli farà bene provare adesso, prima di esporsi stasera davanti a tutti i ragazzi e ai genitori, compresa sua madre. E da domani dovrà proseguire questo percorso senza Filippo, quindi ben venga l'arrivo di Sasà che potrà continuare a fargli da spalla.

«Che proviamo?» chiedo io per spronarli.

«*Sangue nero...*» sceglie Gianni. Bravo guagliò. Sei coraggioso a partire da quella più difficile, da quella che per te è più intima.

«Dai, iniziamo» gli dico mentre sciolgo i cavi delle cuffie e mi sento emozionato come forse non lo sarò neanche questa sera. A volte la preparazione è anche più intensa, più dolce, dell'evento in sé; e questo di stasera, con Massimo che viene (se viene) solo come ospite e Filippo che ci saluta per sempre, è un evento che mi pesa molto sul cuore. Tutto cambia e fa parte del nostro mestiere vedere le persone che escono, che in certi casi purtroppo ritornano, come è successo proprio oggi con Carmine, a volte arrivano, come quella ragazza con gli occhi pieni di rabbia che mi ha urtato poco fa in cortile, e altre – come nel caso di Filippo – ci lasciano perché si sono meritati qualcosa di meglio. Il cambiamento è vita: se non ci fosse stata Paola come direttrice e fosse rimasta quella di prima, il pianoforte sicuramente sarebbe ancora sotto il suo telo nel deposito, e questo momento non avrebbe mai avuto luogo. L'unica è avere fiducia nella vita e in quello che ciascuno di noi, passando, potrà lasciare per gli altri che verranno. Come Filippo con questo pianoforte.

«Però mi devi dare l'attacco tu, Chiattì» gli dice Cardiotrap voltandosi verso di lui. E in un attimo è pronto a cantare.

GEMMA

Suo padre entra proprio quando loro tre si erano messi al loro posto, troppo carini, con i cappucci delle felpe tirati su e già era partita la base su cui Gianni avrebbe dovuto iniziare a cantare. Allora si sposta immediatamente dal microfono e mi raggiunge nell'angolino dove mi sono messa per vederli meglio.

«Che succede?» gli chiedo.

«Ci sta mio padre» mi dice mettendosi faccia al muro per non vederlo.

«E allora?» lo sprono io. «È proprio perché c'è lui che devi cantare!»

«Gemma, io nun ce 'a faccio» mi risponde tornando a voltarsi verso di me.

«Tu gli devi fare vedere quanto sei forte» gli dico. Me l'ha insegnato proprio lui, cavolo! «Con le tue canzoni, tu lo stendi!» Che bello però, parlargli così, come ha fatto tante volte lui con me.

«E se non ci riesco?» mi chiede Gianni. Sento che è confuso, impaurito, spiazzato, eppure non ho alcun dubbio che ce la farà. «Ci riesci» gli prometto con una carezza sulla guancia, sotto il cappuccio color vinaccia che gli copre la testa. La musica si è fermata e la sala rumoreggia. C'è un mare di gente che lo sta aspettando, tra i ragazzi e le famiglie, e pure loro mi sa che sono rimasti belli spiazzati. Che ansia.

«Guardami» gli dico ancora. «Fallo per me. Se vinci tu, vinco anch'io.» Perché mi piace pensare che quella canzone forse non l'avrebbe mai scritta, se non avesse incontrato me.

Mi abbraccia forte, per prendere da me quell'energia che non sapevo di avere dentro ma che ora sono prontissima a dargli, e torna al microfono, sostenuto dall'applauso di tutta la sala.

Agg cchiappat mazzat
E l'agg vist rà, pe strada, po a cas
Papà c vatt a mammà e nun è giust
C po t miett o ttrucc
Le ritt cient vot cagn
Ma niente s'aggiust
No, non me lo spiego
Occhio per occhio rende il mondo cieco
Io che ti prego
Io non mi piego alla violenza che ha lasciato l'eco
Ai buchi che ha lasciato l'ego
A un corpo morto che hai lasciato steso
Io di certo non ne sono uscito illeso

E mo c vuo fà
Nata vot no
Lasc stà
E mo c vuo fà
Nata vot no
Lasc stà

Sang nir nfacc a sta gent
L'accir' 'a violenz
Ma a nisciun mbort nient
Sang nir ngopp a sta vocc
Sang ogni nott

Ma nisciun s n mbort
Nisciun s n mbort

Quando si volta a guardarmi sento il cuore che mi scoppia. Per la felicità che provo per lui. Per i flash di ricordi che mi si sparano negli occhi sentendo le parole di questa canzone, come ogni volta. Per il viso di Viola, duro e chiuso, mentre se ne sta seduta in mezzo agli altri. E specialmente per quella lettera che lei mi ha fatto recapitare. Quella lettera di Fabio che negli ultimi giorni ho letto e riletto duecento volte, chiedendomi quanto ci fosse di vero nelle sue parole d'amore.

«L'agg vist rinda l'uocchje tuoj / N'ammore chin e paur'» sta cantando Gianni adesso: l'ho visto nei tuoi occhi un amore pieno di paura. Come quello che lui ha sempre visto crescendo tra sua madre e suo padre. Come quello che io provavo per te, Fabio. Sento lo stomaco che si strizza, mi manca il fiato. Io non lo voglio un amore pieno di paura. Io non mi piego alla violenza che ha lasciato l'eco. No. Io voglio essere felice. Voglio essere forte, come lo è lui che adesso ha il coraggio di cantare queste parole davanti a tutti, compreso chi lo ha fatto soffrire così tanto. Quando finisce è un trionfo di applausi, e allora attaccano quella canzone che piace a tutti e che ormai ho imparato anch'io. La cantiamo tutti insieme, pure gli educatori, i poliziotti; i ragazzi iniziano ad alzarsi in piedi per cantare a voce alta sollevando le braccia, finché Totò non li trascina tutti vicino al piano per urlare abbracciati: NUN TE PREOCCUPA' GUAGLIO, CE STA 'O MAR' FOR'! CE STA 'O MAR' FOR', CE STA 'O MAR' FOR'! ARRET' 'E SBARR', SOTT' 'O CIEL' CE STA 'O MAR' FOR' CE STA 'O MAR' FOR', CE STA 'O MAR' FOR'! E quando portano dentro anche Beppe per cantare insieme a loro, Gianni lascia il microfono a Edoardo, viene da me e mi dà il bacio più bello del mondo, mentre intorno a noi il delirio di gente che canta e batte le mani sembra che lo stia facendo apposta per festeggiare la nostra gioia.

Mi sento grande, bella, luminosa, splendente. Non sono mai stata così felice in tutta la mia vita.

CARMINE

Fino a mò, nelle docce, io non lo so come facevo senza di lui. Se non era per Filippo che mi veniva a cercare per salutarmi, già tutto vestito per andarsene a Milano, e li faceva andare via, quelli finivano 'e m'accirere. Mi fa ancora male la gamba, il fianco, mi sta scendendo pure sangue dal naso, ma non me ne importa niente. Tiene ragione Gaetano 'o Pirucchio, quando dice che si m'accire mi fa un piacere e che ci gode di più a vedermi soffrire così.

E ora che sono tornato in questa cella che abbiamo sempre diviso io e lui, dove ci siamo pure presi a mazzate, dove abbiamo pianto, dove tante volte ci siamo abbracciati per la gioia o per farci forza l'uno con l'altro, per la prima volta mi pare gigantesca.

Ma mi devo abituare a stare qua dentro senza di lui. Pure se lui non è morto è come se lo fosse, perché mò se ne torna alla vita sua che non tiene niente a che spartire con la mia. E siamo a due. Non lo so com'aggia fa. Eppure ce la devo fare.

ISTITUTO PENALE PER I MINORENNI DI NAPOLI
RAPPORTO INFORMATIVO

Al Magistrato di Sorveglianza
Dott.ssa Anna Maria Caputo
c/o Tribunale per i Minorenni
Viale Colli Aminei, 44
80131 Napoli NA

Oggetto: Filippo Ferrari/trasferimento a Milano

Cara Anna Maria,

credo che rimarrai sorpresa quanto me nell'apprendere questa notizia che mi ha lasciata profondamente sconvolta e che non so ancora come interpretare.

Ti scrivo infatti per informarTi che Filippo Ferrari, ottenuti finalmente tutti i passaggi burocratici per il trasferimento alla detenzione domiciliare nella sua abitazione a Milano, che aveva desiderato così tanto e dove adesso lo aspetta la ragazza che lui ama e che come sai si trova in affido temporaneo presso la famiglia di Filippo, che generosamente si è resa disponibile ad accoglierla, ha deciso invece di rinunciare a questo trasferimento per avvalersi della prerogativa di rimanere qui recluso all'IPM.

Consultandomi con i colleghi e gli educatori, tutti noi riteniamo che la scelta del ragazzo debba essere dovuta a un estremo atto di amicizia nei confronti di un altro detenuto, Carmine Di Salvo, al quale Ferrari è molto legato e che si trova in questo momento in uno stato di vera e propria disperazione, dopo che la giovanissima moglie è stata uccisa davanti ai suoi (e ai nostri) occhi nel giorno stesso delle loro nozze, probabilmente nell'ambito di una guerra tra famiglie rivali.

Non sappiamo dunque se accogliere questa notizia assolutamente imprevista come un atto incomprensibile e quasi folle oppure come un gesto di rara generosità, tale da dimostrare in modo inoppugnabile il compimento in tutto il percorso di ravvedimento nel quale, come tu ben sai, abbiamo fatto del nostro meglio per accompagnare Filippo fin dal primo giorno del suo ingresso in questo Istituto.

Il paradosso più grande è che se così fosse, proprio ora che questo ragazzo ha dimostrato più che mai di meritare una messa in prova che gli consenta di riprendere le fila della sua vita e del futuro che lo attende, dovrà invece trascorrere altro tempo in stato di detenzione. Mi auguro quantomeno che il ruolo di leadership che ormai ha conquistato nei confronti di molti altri ragazzi qui detenuti possa essere loro di esempio e di sprone. Noi facciamo ogni giorno del nostro meglio, ma non ho dubbi che l'aiuto che questi ragazzi possono darsi tra di loro abbia senz'altro una forza e un valore di gran lunga maggiore rispetto a quello che può arrivare da parte nostra.

Per qualunque commento o considerazione in merito, attendo di sentire il Tuo parere.

Un caro saluto,

Il Dirigente penitenziario
Paola Vinci

9
Soffrire

MINISTERO DELLA GIUSTIZIA
DIPARTIMENTO DELL'AMMINISTRAZIONE PENITENZIARIA
DIREZIONE GENERALE DEL PERSONALE

Al Direttore
Dott.ssa Paola Vinci
Istituto Penale per i Minorenni di Napoli
Via Acton, 1 – 80133 Napoli NA

OGGETTO: mancato trasferimento a domanda personale appartenente al Corpo di Polizia Penitenziaria

Per opportuna informativa si comunica che, dietro richiesta del diretto interessato, questa Direzione Generale ritiene nulla la procedura di trasferimento presso il tribunale di Napoli, del Comandante del Corpo di Polizia Penitenziaria Massimo Esposito, già allocato presso la vostra struttura, che avrebbe dovuto avere decorrenza dal 1 giugno p.v. e invece ne consente il reintegro presso l'Istituto Penale per i Minorenni con decorrenza immediata.

Cordiali saluti.

IL DIRETTORE
Dott.ssa Marisa Spampinato

MASSIMO

«Comandà! Ma allora siete tornato veramente?» mi dice Gennaro incontrandomi nel corridoio, con un sorriso gigante rivolto al distintivo che porto di nuovo sul petto.

«Sì, Gennà. So' turnat'. Come andiamo qua?» gli chiedo.

«Eh» risponde lui. «Ora fatemi scappare che la direttrice sta nera, le devo andare a chiamare subito Filippo.»

«E perché sta nera? Che ha cumbinato Filippo?»

«Aveva avuto dal magistrato il permesso di tornare a casa e invece ha deciso di restarsene qua, comandà, cosa vi devo dire?» mi sgancia correndo già via verso il braccio dove stanno le celle dei ragazzi.

Ha deciso di rimanere? Ma questo è pazzo proprio... Ci vuole veramente la palla di vetro per capire che cosa ci sta dentro la testa di questi guaglioni, come dicono una cosa già ne stanno pensando altre cento completamente diverse, e bravo chi gli riesce a stare dietro.

Ma sono qua apposta.

«Allora oggi amma decis' 'e rimanè tutti quanti?» dico a Paola, sorprendendola dietro le spalle quando entro nel suo ufficio. E me ne accorgo pure io che sta veramente nera stamattina, pure se solo a vederla in faccia mi si apre il cuore, quant'è bella. «Sempre che tu mi voglia ancora» aggiungo per farla sorridere, rendendomi conto solo dopo di aver parlato con un tono troppo dolce. Sono un coglione e me la devo mettere via completamente questa stupidaggine. Paola è solo una collega meravigliosa, è il mio capo, è una bellissima donna e una persona straordinaria, ma questo non significa niente. Tengo una moglie e un figlio a casa, e quello che prova questo cuore pazzo non importa. Sono cose che capitano e poi passano, no? Devo resistere e passerà.

«Sembravi molto convinto, quando sei andato via» mi risponde lei, seria seria. «Cos'è che t'ha fatto cambiare idea?»

In quegli occhi azzurri così acuti, scrupolosi, io la riconosco completamente: lo so che lei ci tiene a sapere l'origine di tutto, perché per lei è troppo importante capire bene le cose prima di farsi la sua idea, prima di prendere una decisione. È il modo suo di onorare il ruolo che ricopre, e in questo la capisco assai.

«Un padre non abbandona mai un figlio in difficoltà» le rispondo. E mi commuove pensare che è stato proprio Pietro a farmi ragionare su questo, a indovinare che pure questi ragazzi sono figli a me senza esserne per niente geloso. «Chesta è casa mia.»

Così finalmente riesco a strapparle un sorriso che già mi illumina tutta la giornata. «Ci sei mancato» mi dice, senza avvicinarsi per venire ad abbracciarmi.

«Pure voi» le rispondo, e non mi avvicino a lei neppure io.

PINO

Certo che Carmine l'ho capito che soffre, però non se lo merita proprio un compagno come a lui. Ma scusa, quello rinuncia a tornarsene a casa sua, lasciando pure la fidanzata per restare a schiattà in questo posto di merda per non lasciarti da solo, e tu prima lo pigli a parole e poi manco vieni a fare l'attività insieme a noi? Ma che cazzo 'e cumpagn' si?

«Carmine n'ha vulut' faticà» dico a Filippo mentre stiamo scartavetrando insieme quest'altra barca che ha fatto portare Beppe. «Dice ca stu progetto non c'interessa» continuo. In effetti me lo ricordo l'ultima volta che siamo usciti tutti insieme, e Carmine stava con la testa fra le nuvole, incazzato, non ha voluto muovere manco un dito per manovrare le vele, fino a che poi il comandante gli ha fatto arrivare Nina che già stava con il pancione. Mi dicono pazzo a me, ma chill è da mò che sta fora 'e capa, secondo me.

«Sta perdendo la testa» mi conferma pure Filippo, «e non sapere chi ha ucciso Nina peggiora le cose.»

«Vabbuò, tanto so' stati i Valletta» gli rispondo.

«Dice di no. Ha parlato con la madre di Nazario ed è convinto che non sono stati loro.» Poi abbassa la voce per non farsi sentire dagli altri ragazzi che stanno qua intorno nel cantiere. Tanto ci copre il rumore della carta vetrata che stiamo strofinando sopra allo scafo della barca. «Forse sono stati i Ricci. Per vendicare la morte di Ciro. Quella gente ha orecchie dappertutto, e anche se Carmine era in programma protezione magari hanno scoperto che si sposava.»

«Vabbuò, ma tanto nun ce sta bisogno» ribatto io. Tutta sta tarantella di informazioni rubate magari invece non serviva proprio.

Ma iss non ci crede. «Come hanno fatto altrimenti?»

Come hanno fatto a trovarsi proprio là senza bisogno di sapere prima cosa sarebbe successo? Continuando a passare la carta vetrata sul legno della barca più forte che posso, mi viene subito un'idea.

«Hanno fatto come ai cani» gli dico.

«Tu stai in fissa per i cani, eh?» fa lui, come se gli sembra una cosa completamente senza senso. «Cioè?»

«Hanno fiutato l'odore, hanno trovato le tracce e hanno inseguito qualche invitato.»

Filippo si gira a vedere se qualcuno ci sta ascoltando, ma per fortuna stanno tutti abbastanza lontani. «Forse sì» conferma. Finalmente si è convinto pure lui. «Forse hanno seguito Paola e Massimo!»

«T' 'o sto ddicenn'»

«Le telecamere! Bisognerebbe guardare le telecamere il giorno del matrimonio sotto casa loro...» dice Filippo, spostandosi e lasciando perdere la carta vetrata. Non c'è manco bisogno di scambiarci un'altra parola tra me e lui: è chiaro che deve andare subito dal comandante a dirgli che cosa abbiamo pensato.

«Fa' ampress'!» gli dico mentre già lo guardo andare.

Sono felice. In questa specie di baretto che non è altro che un furgone aperto, con qualche seggiolina colorata davanti al mare e al castello ormai mi sento a casa: quando Massimo arriva e viene a sedersi accanto a me non vedo l'ora di dargli subito questa notizia che per tanti motivi mi rallegra il cuore: «Ho fatto richiesta al Tribunale dei Minori per l'affidamento di Futura».

Solo che anziché condividere la mia gioia per quest'idea che farà del bene a tutti quanti, Massimo resta freddissimo, con le braccia serrate, e il suo unico festeggiamento è chiedermi: «Sei sicura di quello che stai facendo?».

«Sì. Ci ho pensato molto» gli rispondo ferma. È vero. Non sempre servono mesi e mesi per prendere una decisione, anzi a volte è meglio pensare a una cosa a fondo notte e giorno che disperdere le energie e l'attenzione lasciando scorrere il tempo e chiedendo pareri a mezzo mondo. Ci ho pensato tanto e non ho dubbi.

Di' pure che meglio di così non ti poteva andare... mi sussurra quella solita voce dentro la mia testa, ma io non la sto proprio ad ascoltare. Certo che per me questa è un'opportunità meravigliosa e che l'idea di poter accogliere in casa mia quella piccina mi dà una gioia indescrivibile; ma sarebbe perfetto anche per Carmine. La sua richiesta di allontanare a tutti i costi la bambina dalla famiglia Di Salvo poteva esporre Futura ad andare in affido a una famiglia qualsiasi, e Carmine al pericolo di non poterla mai più riabbracciare, pur di sottrarla dalle mire di sua madre... Come avrei potuto permetterlo? Un po' perché si trova ancora in uno stato depressivo dopo la morte di Nina, un po' perché è un ragazzo di una generosità straordinaria, ha scelto addirittura di rinunciare alla figlia pensando in qualche modo di salvarla, ma questo è terribile. Perdere completamente la paternità di Futura sarebbe ingiusto per la bambina e anche per lui... Ecco, questo è un punto che sicuramente agli occhi di Massimo può avere molto valore, e glielo sottolineo per ricordargli quanto è importante: «Poi abbiamo sempre detto che la vicinanza di Futura potrebbe aiutare Carmine. Potrà vedere come sta la figlia, cosa fa, come cresce. E in questo modo sarà più facile farli incontrare» gli ricordo.

«Sì, ma una bimba richiede tempo, attenzioni...»

Marco ci interrompe arrivando al nostro tavolo con il mio tè e il suo caffè, ma senza neanche toccarlo Massimo riprende subito a dirmi: «Tu sei una donna sola e impegnata». Io lo guardo e mi stupisco che un uomo come lui possa esprimere un pensiero così tradizionalista. Dunque per accogliere bene un bambino non serve l'amore, la cura, la comprensione dei suoi bisogni, ma una mamma a tempo pieno e possibilmente anche un marito? Una famiglia classica, di una volta... come quella dei genitori di Gianni Cardiotrap, per esempio?

«Mi prenderò una babysitter per quando lavoro» gli spiego stranita, guardandolo negli occhi, ma lui insiste.

«È tosta, è difficile, Paola.»

Non pensi che magari te lo dice perché come sai è la sua *famiglia che in questo momento è diventata tosta e difficile? O perché ti vuole bene e si sta preoccupando per te, prima ancora che per Carmine e per la bambina? O anche perché gli manca qualche informazione... Come mai non gli hai ancora detto che non sei più così* sola *come pensa lui?*

«Ho parlato con Lorenzo, il mio ex marito» gli rivelo. «Sai che lui fa l'avvocato, mi ha anche dato una mano con le pratiche dell'affido. Già il suo lavoro lo porta abbastanza spesso qui a Napoli, e adesso verrà ancora di più, in modo da potermi stare vicino.»

A questo Massimo non risponde. Sembra colpito, quasi rattristato, da quello che gli ho detto.

Eh. Magari è geloso? Può essere che non sei solo tu, quella che si è innamorata.

Fa fresco qua, si sta bene, non c'è confusione, sembra di stare lontani da tutto e da tutti. Come dice Anita, negli ultimi giorni Milano si sta svuotando. Le famiglie iniziano a portare i bambini in vacanza, invece gli studenti si vengono a buttare qua dentro, dove adesso sta anche lei. Io penso che non ho mai visto niente di più bello di quei cortili quadrati dell'università pieni di ragazzi che chiacchierano con i libri in mano, si fumano una sigaretta tra una lezione e l'altra, si vengono a mangiare un panino insieme sotto l'ombra dei portici. A volte mi piace starmene di lato, per i fatti miei, a guardarli, mentre Anita sta in biblioteca tutta concentrata con duecento libroni davanti, e con le mani corre sulla tastiera del computer come suo fratello sopra al pianoforte.

Perché non è venuto, come mi aveva promesso? Perché non è corso da me quando ne ha avuto la possibilità? Io ancora sto bruciando. È anche per questo che me ne sono venuta ad aspettarla fuori, togliendomi da dove stanno tutti gli altri. Non ce la faccio proprio a parlare con qualcuno, se per caso mi vengono a chiedere qualcosa; mi dà fastidio anche solo se qualcuno mi guarda, e quindi sto meglio qua da sola, sotto gli alberi, davanti al portone dell'università. Me ne potrei andare a casa, ma anche se adesso la signora Anna non c'è io mi metto scuorno pure della cameriera, e comunque non tengo genio di mettermi a suonare, sto troppo triste pure oggi, anche se la signora dice che è un peccato se non studio e io lo so che tiene ragione. Però non tengo genio di niente, solo di stare qua, aspettare che Anita finisce e non pensare a niente.

Ho il telefono in borsa ma non c'ho nessuno da messaggiare, perché pure le amiche mie stanno tutte chiuse dentro all'Istituto. Che stanno facendo a quest'ora, là? Sono già scesi in cortile? Con chi si sarà seduto Filì? Sempre con Pino, o c'è pure Cardiotrap?

Mentre me ne sto così, a fare passare il tempo guardando la forma delle nuvole e pensando a quello che non dovrei pensare, sento qualcuno che qua a due passi da me, in questa pace totale, si è messo a gridare, allora mi giro per guardare.

«Che fai? Dammi quel portafoglio!» sta urlando quel signore che da mò se ne stava fermo dall'altro lato della strada e parlava al telefono. «Dammi il portafoglio! Ladra!»

Sta tirando per il braccio una ragazza della mia età, una zingara come a me, che ora si è messa pure lei a alluccà: «Lasciami! Mi ha messo le mani addosso!».

Devo intervenire per forza. Non è giusto così. Corro da loro gridando pure io: «Ma che cazzo fai?».

Poi gli piazzo una bella ginocchiata dove a un uomo fa più male, le do la mano e la trascino via correndo. Ormai la conosco benissimo questa zona, lo so io dove possiamo andare.

«Ci conosciamo? Ma tu chi sei?» mi chiede la ragazza con gli occhi pieni di gratitudine, quando ci fermiamo in quel vicoletto dove infatti non c'è nessuno.

«Nun 'o saccio cchiù manco io, chi sono» le rispondo riprendendo il fiato.

CARMINE

A me m'avita scassat' 'o cazz tutti quanti. Ma com'è che non lo capisce nessuno che voglio solamente essere lasciato in pace per i fatti miei, almeno questa volta che Pino si è trascinato Filippo a giocare a pallone e finalmente me ne posso stare in grazia del Padreterno due minuti? Ma è una cosa tanto difficile da capire?

Come si viene a sedere vicino a me, accanto al campo da pallone, subito il comandante incomincia con le domande: «Tu non giochi?».

A me mi mettono l'ansia queste cose. Tanto già lo so dove vuole arrivare. «Perché siete tornato, comandà?» gli chiedo.

«Secondo te?» mi risponde infatti lui. Maronna che fatica. Tutti addosso a me devono stare. Glielo devo dire per forza.

Mi aggrappo con una mano alla rete che mi sta davanti e senza guardarlo in faccia mi sforzo di cacciare fuori qualche parola dalla bocca: «Se lo fate per me già ve l'ho detto, è inutile. Io song' una battaglia persa».

Ma iss non si arrende, non mi molla. «Tu cchiù m' 'o ddici, e cchiù mi viene voglia di vincere sta battaglia» mi fa tutto convinto. Io gli voglio bene e lo so che lo dice con il cuore, ma di che sta parlando? Quale battaglia pensa di vincere, con me?

«Voi me la potete ridare indietro a Nina?» gli dico con gli occhi sempre fissi sopra a quelli che stanno giocando, pur di non guardare in faccia a lui.

LIZ

«Liz, lo so, non ho l'autorizzazione del magistrato. Ma io devo vederlo!» mi supplica Teresa. E basta vedere quanto ci tiene, per capire che questa storia non è stata un fuoco di paglia ma si sono presi assai tutti e due... Solo che lei è una cosa e lui è un'altra, con tutto il bene che gli posso volere a Edoardo. Questa ragazzina è pura, si vede proprio che tiene il cuore pulito e non ha né segreti né malizia. Mentre quell'altro... è vero che da quando l'ha conosciuta gli è cambiata la testa da così a così, però la sua situazione sempre quella è, e sono sicura al cento per cento che Teresa non ne sa niente.

«Ascolta Teresa, tu hai fatto delle cose importanti per questi ragazzi qua dentro, però adesso devi guardare avanti, devi considerare quest'esperienza conclusa» le dico. «Portati via le cose belle, le cose sane. Dimenticati di tutto il resto.»

Lei mi guarda con quell'aria di sufficienza, come se io non sapessi niente di loro, le facessi questo discorso così a caso e lei mi stesse ascoltando solo per buona educazione, finché ce la fa.

«Ma tu che cazz ne sai?» sbotta infatti a un certo punto, con la faccia che si è fatta dura.

«Teresa, per favore» cerco di calmarla.

«Ma per favore cosa?» reagisce lei, sempre più nervosa. «Non posso vedere un ragazzo che sta dentro l'IPM? Parlate tanto di aiutarli e poi siete i primi a emarginarli!»

Mò inizio a diventare nervosa pure io. Proprio a me non mi devi parlare così, bella mia. «Ragazzina, abbassa la cresta» le rispondo. «Io ti sto dicendo delle cose per il tuo bene, lo vuoi capire o no?»

E quando lei cambia completamente espressione e mi prende le mani, scusandosi per il tono di prima, supplicandomi di farle vedere Edoardo e dicendomi che lo ama, io mi sento gelare. Altro che fuoco di paglia. È uno strazio. A volte l'amore attecchisce più forte proprio nelle situazioni più assurde; e a volte la giustizia che noi abbiamo scelto di rappresentare prende delle forme dolorose, difficili, e che però sono necessarie.

«Allora te lo devo dire proprio.»

«Cosa?» mi chiede Teresa, con tutta l'ingenuità di questo mondo. Ecco: non solo non sa niente, ma non *sospetta* niente, a differenza forse di Carmela.

«Edoardo ha una moglie, e gli è appena nato un figlio» le dico secca. Anche se quel giorno che è uscito in permesso per vedere il bambino che era nato, dalla faccia che aveva al rientro io l'ho capito subito che piuttosto che vedere suo figlio aveva preferito usare il tempo per incontrarsi con lei. Ma questo io a Teresa devo avere la misericordia di non dirglielo, se no questo fuoco non si spegne più.

WANDA

Eh, e che tengono da suonare questi... cosa si credono, che non li ho visti dalla terrazza prima ancora che entravano nel portone? Si pensano che suonando il campanello così io mi metto paura di loro?

Si vede proprio che a me non mi conoscono, è vero piccerè? Eh bella di nonna? Quelli sono dei signori che ti sono venuti a prendere, Futura mia, ma glielo dici tu invece con chi vuoi stare, boccuccia bella? A me mi pare ieri che sopra a questa terrazza mi tenevo nelle braccia a papà tuo, al mio Carminello, e anche lui mi faceva questi sorrisetti che mi facevano ascì pazza, proprio come ora stai facenn' tu. Forza, l'ultima volta e poi basta: volavolavolavolavolavola... Lo sapevi tu che il tuo papà era il cuore mio? Poi invece mi ha voltato le spalle, seguendo tutte 'e strunzate che ci ha mis in capa chella pazza 'e mia suocera. Ma ora si tu, 'o core mio. Sei tu la mia principessa, la piccolina che avevo sempre desiderato, il regalo più bello. E sei tu, piccerè, che quando sarai grande diventerai una regina e dovrai portare avanti a questa famiglia, così come ho fatto io. È vero o no, bellella?

Vabbuò, questi stanno ancora suonando, mò ti rimetto un minuto qua nella culletta, gli vado a spiegare due cose e poi la nonna ti viene a riprendere e ti fa volare di nuovo. Mi aspetti qua, buona buona?

Quando apro la porta il primo che vedo è uno con la barba che non so proprio chi è, secondo me con quella parlata raffinata che tiene non dev'essere nemmeno di Napoli. Dietro di lui c'è chella zoppa della direttrice e quell'altra scema dell'assistente sociale. Ma è iss che parla per tutt'e tre, tutto spiegato, chi cazz si crede di essere?

«Signora buongiorno, sono l'avvocato Cantini» si presenta, con la cartellina in mano. «Qui ho il decreto del tribunale per l'affido di Futura Di Salvo alla qui presente Paola Vinci» mi fa indicando la direttrice, chella stronza che l'altro giorno nun s'è misa scuorno di dirmi certe parole, forse non sapendo bene con chi stava avendo a che fare... «Siamo venuti a prendere la bambina insieme all'assistente sociale incaricata.»

Sì, come no, co 'u cazzo che vi do la bambina, all'ànema è chi v'è muorto, penso io sbattendogli la porta in faccia. Ma iss è cchiù forte di quanto sembrava, tutto acchittato com'è, e riesce a tenerla aperta appena appena per passare, con l'aiuto di chella zoppa che ci ha infilato in mezzo il bastone.

«Fora da' casa mia, subito!» gli ordino mettendo un braccio in mezzo per non farli entrare. Ma iss non mi vede proprio e sta già passando oltre l'ingresso, seguito da quelle due che si porta dietro.

«Non faccia sciocchezze signora, andremo fuori con Futura. Dov'è la bambina?» mi dice mettendosi in mezzo come se quella è casa sua.

«Com'è ca ti chiamano a te? Punto e Virgola?» chiedo a chella stronza prendendola per un braccio. E così bell'e buono si può togliere una bambina da casa di sua nonna per farla andare con un'estranea che non tiene il sangue suo e non sa manco chi è? «Tu nun 'a tuocc' a mia nipote» le dico guardandola bene negli occhi per farle capire bene a chi si sta mettendo di traverso.

«Lasci andare quel braccio o chiamo la polizia» fa iss, il barbuto, con quel solito tono di comando. Uè, ma chi sei pure tu?

«Forse vuie nun sapite a chi avet' annanzi» gli dico mollandole il braccio e lasciandola andare avanti a zoppicare mmiezz' a' casa, mentre intanto lui tutto precisino mi risponde: «Lo sappiamo molto bene e non abbiamo paura».

«Ma che pienz' 'e fa?» le dico quando la vedo tornare dalla terrazza con la creatura nelle braccia. «Futura è nipote a me e vuie nun site nisciuno pe' essa, mettitavill' dint' 'e cervell'.»

«C'è un decreto del tribunale, signora» insiste iss con le carte in mano. Come può essere che quelle carte sono più forti del sangue mio?

«Avvocat' do cazz! Non sai niente» gli grido dietro, ma già se ne stanno andando, con la bambina che mò si è messa paura e si è messa a piangere.

«Uè, piccerè, piccerè» la vado a calmare correndo alla porta e spostando all'avvocato per darle ancora una carezza, pure se sta 'ncuollo a quella llà. «Nun chiagnere, ce tuorn' a casa, ce tuorn'. Nun te preoccupà. 'A parola mia. Ce tuorn' a casa» le prometto alzando la voce, così mi sente anche in fondo alle scale.

Oggi hanno vinto loro, ma mò ce penz'io.

KUBRA

«Allarga le gambe» mi dice Liz, per iniziare a perquisirmi contro la finestra del bagno dove noi ci siamo venute a nascondere. Io provo a inventarmi qualcosa tipo che mi sta facendo male, per prendere tempo, ma quella non si fa fregare e fra due secondi penso che avrà già finito e sarà pronta a passare a Silvia. Cosa le succede se le beccano quella canna addosso?

È per questo che quella stronza di Viola si è fatta in quattro per procurargliela... Ecco il perché di tutta la sua gentilezza improvvisa. E sicuramente dev'essere stata lei anche ad avvisare Beppe e Lino, altrimenti perché sarebbero venuti a controllare qui nel bagno delle donne proprio mentre noi stavamo fumando? Che merda che è! Con tutta la rabbia che mi viene addosso, è un attimo creare un diversivo per lasciare a Silvia il tempo di sbarazzarsi della canna. Basta reagire in modo un po' manesco, come se non sopportassi più di farmi mettere le mani addosso da Liz. Al massimo poi puniranno me, ma tanto che me ne frega?

Quando arriva Beppe per difenderla, urlandomi di calmarmi e di farla finita, io ne approfitto per prendermela pure con lui con insulti e manate, finché non viene Lino a prendermi le braccia da dietro e portarmi via, mentre ancora lo sto mandando affanculo.

La cosa importante è che quando siamo quasi arrivati alla porta Silvia mi fa segno con gli occhi e sorride. Bene, ce l'ho fatta a distrarli tutti quanti, non le troveranno addosso niente.

TOTÒ

Allora ti è piaciuto, eh, Sasà, fa 'o strunz cu chella femmina? Eh? Non lo sai che non si toccano, 'e ffemmene?

«Fermo, ca te faie cchiù male, fermo!» gli dico quando gli abbasso i pantaloncini e le mutande e intanto Milos e 'o Pirucchio gli spingono la testa sotto l'acqua, nel rubinetto, mentre Edoardo gli dà tutte quelle pacche sul sederino che gli doveva dare mammà quann' era creaturo per farlo crescere più giusto. Ma comunque meglio tardi che mai, no?

Più penso a chell che ha cumbinato stu strunz, e più mi fomento a guardarlo che cerca di liberarsi in tutti i modi sotto le mani dei compagni miei. Jà, così ti impari questa bella lezione! Come ti sei sentito mentre lo facevi? Eh? Non ce l'hai un poco di rispetto per le femmine? Mò t' 'o 'mparamme nuie, come si fa a esse omm'.

Ma naturalmente quando avevamo appena appena iniziato, subito arriva il paparino, anzi lo zio come giustamente dice Edoardo: Lino, sempre pronto a difendere il piccolino suo gridandoci: «Oh! Ma che cazz state facenn'? Lasciatelo stare!».

Figuriamoci se chiudeva un occhio per noi, come aveva sempre fatto fino a che c'era Ciro. Tiene ragione, 'o Pirucchio, che senza di lui cca dint' è cambiato tutto.

«Ha da capì che 'e ffemmene nun se toccano» gli dice Edoardo mentre tutti quanti ci stacchiamo da lui e lo lasciamo stare.

«Tieni ragione!» gli risponde iss. «Prima si mettono incinte, e poi si tradiscono? Eh?»

«Sciàcquat' 'a vocca, Linù!» gli grida Edoardo, e siamo tutti accanto a lui per tenerlo, sennò gli si butta addosso.

«Toccami! Toccami! Non vedo l'ora!» lo provoca Linù. Non gli deve dare soddisfazione, Edoà, e noi ce lo portiamo via perché tanto nun ne vale manco 'a pena, cu st'infame. Ma la cosa che veramente mi fa incazzare è che tutto questo Lino lo fa proprio pe' chillo llà, ca fa tutto 'o piccirillo ma in verità è solo nu puorco senza rispetto.

BEPPE

Quando apro la porta della sua cella in isolamento e le chiedo se posso parlarle, in realtà non ho la più pallida idea di cosa dovrei dirle, o chiederle. Sono confuso, eppure lucidissimo; di una tristezza mortale, e al tempo stesso di una felicità che non avevo mai provato così acuta e dilagante come adesso.

Lei si alza dalla brandina dove stava seduta e si sposta vicino alla porta finestra che dà sul mare, per allontanarsi da me. Ecco che cosa c'era in Kubra che per me è sempre stato così familiare, come se l'avessi già conosciuta: gli occhi di Latifah, la sua stessa energica delicatezza. Come ho fatto a non capire subito che doveva essere sua figlia, fin dalla prima volta che l'ho vista qui in cortile?

Provo a scusarmi per come mi sono comportato prima, nei bagni del cantiere, sebbene non stessi facendo altro che reagire a una *sua* provocazione, a una *sua* aggressione: ma in ogni caso lei non ne vuole sapere proprio, delle mie scuse.

«Guarda che sono sincero» le dico. Ed è vero.

Ma lei rimane là, nel punto della cella più lontano rispetto a quello dove mi trovo io, con le braccia conserte davanti a sé e lo sguardo puntato sul mare. «Nessun uomo lo è» sentenzia amaramente.

Che cosa hai vissuto, Kubra, che noi non sappiamo? Che cosa ti ha potuto portare a compiere un gesto così mostruoso come quello che tu hai commesso nei confronti di tua madre? Latifah è una donna che è impossibile non amare e nessuno lo può sapere meglio di me, che sono ancora qui a rimpiangerla dopo quasi vent'anni che l'ho persa. Qual è la vostra storia oggi?

«Perché dici così?» le chiedo con dolcezza. «Qualche ragazzo si è comportato male con te?»

Lei non mi risponde, ma ha cambiato un po' espressione. Mi sembra così ferita che mi chiedo se questa ragazza splendida abbia mai permesso a qualcuno di avvicinarsi a lei.

«Hai un brutto rapporto con... con *tuo padre*?» provo a buttare lì, sentendo una fitta allo stomaco mentre pronuncio quelle due parole, ora che ho letto la sua scheda e nella mia testa più che un dubbio c'è quasi una certezza, ormai.

«Mio padre...» esita lei, sempre senza guardarmi. «Io mio padre non l'ho mai conosciuto. Pensa che veniva da una famiglia ricca, che però a mia madre la schifava. Per loro era una mignotta negra e basta. Mia madre dice di odiarlo, che era un vigliacco.» E adesso sì che Kubra riporta lo sguardo su di me, sebbene non possa avere neanche la minima idea di quello che stanno significando queste parole per il suo educatore che sta qui ad ascoltarle. «Uno che prima la voleva sposare e poi non ha avuto il coraggio di difenderla... Ma lei, quella cogliona, lo ha amato alla follia, e secondo me sotto sotto lo ama ancora.»

Io sono sconvolto, ho le lacrime agli occhi e non so assolutamente come poterle nascondere. Ma devo. Non ho altra scelta.

«La vuoi sapere la cosa divertente?» continua Kubra appoggiandosi con le spalle alle sbarre. «Mio padre è di Napoli... e a me proprio qua m'hanno spedita.»

TAL

Eccola, Naditza, quella brutta stronza, in una via qua a due passi dalla casa, tutta vestita bene. Cosa credevi, che mi facevo prendere? Ancora mi fa male da morire la spalla che ho sbattuto cadendo dalle scale, ma figuriamoci se non riuscivo a scappare prima che arrivassero gli sbirri! Sono sicurissimo che li ha chiamati lei per farmi arrestare, quella zoccola...

«Naditza!» le grido strattonandola per le braccia. «Sei stata tu a chiamarli?»

Ma lei adesso va più veloce di me, perché dopo quella cazzo di caduta faccio fatica a reggermi in piedi, figuriamoci a inseguirla. «Stronza!» le urlo dietro. «Puttana!»

Sono venuto fino a Milano per riprenderti e tu mi volti le spalle così? Pensi che adesso ti è bastato venire a stare con loro per diventare figlia di questi qua e metterti a difendere loro anziché aiutare tuo padre a svaligiargli la casa?

Eh no, cara mia. Prendilo, prendilo, quel motorino, te l'ho insegnato io come avviarlo senza chiave. Vai. Ma non credere di andare lontano. Pensi di essere cambiata, ti puoi vestire da milanese quanto vuoi, brutta magnamerda, ma resti sempre mia figlia. Vedrai.

NADITZA

Non è che mi sono persa, è che non so dove andare.

Se dopo giro a destra su corso Italia, prendo le solite due traversine là dietro, quelle che faccio sempre a piedi, e poi tiro dritto, arrivo a casa in due minuti. Ma cosa trovo? Ci sarà ancora un sacco di polizia – che fra l'altro sono proprio io che l'ho fatta chiamare – e i genitori di Filippo, quando scopriranno che nel furto ci sta in mezzo pure mio padre, figuriamoci se mi credono che io non c'entro niente. Lo odio con tutta me stessa, odio quella ragazza che ho aiutato l'altro giorno e che ha parlato di me, odio i rom che non si capisce come fanno ma sono una specie di unica famiglia dove le notizie passano pure tra Milano e Napoli. Odio me stessa, perché sono una scema e sto sprecando un'occasione d'oro, ma più di tutti odio a lui, che mi deve sempre venire a rovinare la vita e non c'è un posto dove posso stare tranquilla, senza ritrovarmelo davanti e senza che cerca di prendersi dei soldi da me, o con il matrimonio o da queste persone che mi hanno accolto a casa loro. Non c'è un posto in tutto il mondo dove posso pensare di sentirmi a casa, non a Napoli e neanche a Milano: ma non va bene, neanche per me che sono una zingara.

Per questo non so nemmeno dove lo devo portare, questo sfaccimma di motorino che ho rubato per potermi allontanare da lui. E quindi non giro a destra e neanche a sinistra, ma continuo a tirare avanti, ritrovandomi dritta dritta a un posto di blocco.

Era da mò, in effetti, che non venivo arrestata.

MASSIMO

«Sono arrivate le immagini della telecamera montata sulla macchina della sorella di Filippo» annuncio a Beppe che sta qua accanto a me alla mia scrivania. Se è vero che la sua macchina ha incrociato quella dell'assassino, come ricorda di aver visto Filippo...

Eccola, la macchina, un suv grigio, parcheggiata a pochi metri dalla piazza della chiesa. «Hai visto? Ce sta na pistola» mi fa notare Beppe. «Vai indietro.»

Fuori dal finestrino della macchina, infatti, vediamo una mano che impugna una pistola. E quando andiamo a ingrandire l'immagine, sopra a quella mano vediamo anche qualcosa che mai nella vita nostra avremmo voluto vedere: un tatuaggio con una piccola corona e le quattro lettere del nome Ciro.

RAPPORTO INFORMATIVO

Al Pubblico Ministero
Ignazio Giordano
Procura della Repubblica
c/o Tribunale di Napoli
Centro Direzionale Isola E/5
80134 Napoli (NA)

E per copia conoscenza

Squadra di Polizia Giudiziaria
Via G. Gussone, 1
80125 Napoli (NA)

Oggetto: Individuazione tatuaggio

Il 12 giugno alle ore 8:00, visionata la registrazione video tratta dalla telecamera posta all'interno del veicolo della signora Anita Ferrari per il giorno 9 maggio scorso, in relazione alle indagini per l'omicidio di Nina Palumbo, dichiaro di aver individuato con estrema chiarezza e in maniera inequivocabile, sulla mano del presunto assassino, un tatuaggio recante le quattro lettere del nome Ciro sulle rispettive dita della mano sinistra, oltre a una corona sul dorso della mano stessa.

Il medesimo tatuaggio – fatto qui all'interno dell'Istituto in memoria di un amico morto e di certo non disponibile sui cataloghi dei tatuatori professionisti – contrassegna la mano sinistra di quattro dei nostri detenuti: Edoardo Conte, Gaetano Gargiulo, Milos De Barre e Salvatore Ruggiero.

Propongo alla direttrice dell'Istituto, dott.ssa Paola Vinci, di disporre immediatamente una misura di detenzione in isolamento per i quattro e rimango a disposizione per il seguito delle indagini.

Il responsabile della sicurezza
Comandante Massimo Esposito

Quarta parte
IL SALTO

10
Riconoscersi

ISTITUTO PENALE PER I MINORENNI DI NAPOLI

Oggetto: Richiesta autorizzazione all'ingresso in carcere per Agata Torrisi e Sabrina Bresciani

Oggi, 18 giugno alle ore 7:51 si autorizza l'ingresso presso l'Istituto Penale per i Minorenni di Napoli alle signore Agata Torrisi e Sabrina Bresciani, incaricate di svolgere attività come REGISTRAZIONE PODCAST.

Si allegano alla presente i documenti d'identità e l'autorizzazione del magistrato.

L'agente di Polizia Penitenziaria
Gennaro Fusco

«Secondo me, abbiamo beccato il giorno sbagliato» mi sussurra Sabrina mentre saliamo le scale con tutta l'attrezzatura e ci siamo distaccate di qualche passo dai due poliziotti che ci precedono.

Io la guardo strana ma non mi stupisco: come al solito non mi sarò accorta di qualcosa che lei invece ha notato benissimo. Ci può stare...

«Non lo so» mi dice lei. «Il comandante aveva una faccia troppo strana.»

«Vabbè, magari invece è sempre così» le rispondo io.

«Bah» fa lei, e già sta ridacchiando. Mi urta appena appena con il gomito, indicandomi con gli occhi che ridono il comandante, che sta salendo le scale davanti a noi. «In compenso...»

«Ma dai!» le ribatto io con una gomitata più forte. Intanto siamo già arrivate al pianerottolo giusto, e il poliziotto più anziano sta aprendo la porta della palestra, che evidentemente di solito rimane pure questa chiusa a chiave.

«Qui va bene?» chiede sbrigativo il comandante.

Sabrina entra subito con il suo passo leggero, si aggira controllando il rimbombo nei vari angoli della palestra e poi conferma facendo di sì con la testa: «Grazie, per me va benissimo», voltandosi verso di me.

«Sì sì, mi piace un sacco» aggiungo. «Molto figo avere anche un po' sullo sfondo il tema dell'allenamento, anche se non si vede lo possiamo in qualche modo raccontare. Allora possiamo sistemarci?»

«Vabbuò» fa il poliziotto più anziano, lanciando un'occhiata al suo capo. «Vi vado a prendere i primi ragazzi da intervistare?»

«Sì, grazie, qui fra due minuti siamo pronte» gli rispondo appoggiando lo zaino su una panca e aprendolo per tirare fuori il quaderno e la matita, mentre Sabri inizia a preparare i microfoni.

«Quanti gliene porto, tre, quattro, eh comandà?»

«Gennà, incominciamo con questi qua: gli porti Edoardo, Gaetano 'o Pirucchio, Milos e Totò. Fa' ampress', va', che tutti e quattro devono già avere finito quando la direttrice rientra dall'incontro che aveva in tribunale.»

«Agli ordini comandà!» esclama il poliziotto e fermandosi un momento accanto alla porta, con la mano sullo stipite, aggiunge sorridendo: «Dottoressa, poi quando volete siamo pronti pure noi per l'intervista, eh!».

Gli rispondo anch'io con un sorriso (pensando che comunque sì, sarebbe super interessante intervistare anche loro, se facciamo in tempo) e mi rivolgo a Sabrina: «Pronti? Possiamo fare l'intro, intanto?».

Lei si avvicina per sistemarmi la posizione, orienta meglio i microfoni e poi torna alla regia audio, per darmi il via.

«Che cos'è il contrario della fragilità?» leggo dal tablet che ho davanti. «Potremmo immaginare che sia la forza, o il potere, o la resistenza, o addirittura qualcosa di cui si sente tanto parlare ultimamente, cioè la resilienza, quella capacità che dopo un urto permette a un materiale di ritornare esattamente alla situazione di partenza… E se invece il contrario della fragilità fosse qualcosa che riguarda la capacità di *cambiare*, dopo aver subito un urto? Di *migliorare* il proprio sistema, avendo appreso qualcosa che prima non sapevamo e che ci permette di muoverci verso il futuro, anziché rientrare nel passato? Questa è l'antifragilità e questo è il nostro podcast. Benvenuti a una nuova puntata.»

Faccio un secondo di pausa, di cui Sabrina approfitta per darmi un ok con la mano.

«Oggi ci troviamo a Napoli, dove i nostri ospiti saranno alcuni detenuti del carcere minorile. Anche a loro, come sempre, chiederemo quale sia stato il loro urto, il loro ritorno e il cambiamento che ne hanno tratto nei confronti del futuro.»

Abbiamo appena finito quando si affaccia di nuovo alla porta il poliziotto Gennaro, con quattro ragazzi e l'educatore Beppe, quello con cui avevo parlato a lungo al telefono e che naturalmente si dimostra gentilissimo anche di persona.

«Buongiorno a tutti» li accogliamo. «Chi ha voglia di cominciare?» chiedo iniziando a osservarli.

«Jà, guagliù, oggi finalmente diventiamo famosi!» commenta quello con i capelli rossi e la voce un po' nasale. Portano tutti quanti delle magliette piene di laminature e paillettes e jeans strappati in più punti, esattamente come i miei. Solo che sopra io indosso una maglia nera semplicissima, che io adoro ma è sostanzialmente uguale ad altre centocinquanta che ho nell'armadio.

«Dai, allora vieni tu a rompere il ghiaccio?» lo invito. «Io sono Agata. Tu come ti chiami?»

«Totò» si presenta lui. «Eh, ca se nun ce penzo io a fa 'e ccose...» scherza rivolgendosi ai compagni mentre si muove in modo teatrale verso il posto dove Sabrina lo sta accompagnando, davanti al quadro svedese, e intanto gli sistema il microfono. «E vabbuò. Che v'aggia dicere?»

«Prima di iniziare in realtà vi chiederemmo di spostarvi da un'altra parte, per lasciarci un po' di privacy» spiego rivolgendomi in primo luogo al comandante e rispondendo con un cenno affermativo alla domanda che l'educatore Beppe mi sta ponendo con gli occhi. Sì, vale anche per lui. «È la regola che seguiamo sempre con tutte le persone che intervistiamo, in modo che poi siano loro a poter scegliere con piena libertà cosa ci daranno il diritto di montare nella puntata e cosa eventualmente no. Ok?»

Solo quando sono usciti tutti, riaccostando la porta della palestra, siamo pronti a partire.

«Allora, Totò. Innanzitutto, come sai, il tuo nome non verrà usato e se lo desideri possiamo anche alterare la voce, altrimenti la teniamo così. È una tua scelta.»

«No» mi risponde lui con un'espressione molto più seria e composta, rispetto a prima, come se una volta che i suoi amici sono usciti gli fosse scivolata giù tutta in una volta quella sorta di maschera da giullare con cui era entrato in questa sala. «A putite tenè così com'è, 'a voce. Anche il nome. A me non m'interessa.»

«Ok. La prima domanda riguarda la ragione per cui ti trovi qui, se hai voglia di raccontarcelo, quello che è stato il colpo, l'urto che ha cambiato la tua vita spostandoti in una direzione diversa da prima: può darsi che si tratti dello stesso evento, oppure no. A te...»

Lui ci pensa un po', tormentandosi il viso tra le mani e scuotendo leggermente la testa: sembra che la domanda che gli ho posto gli abbia stimolato una grossa riflessione, dalla quale emerge con un respiro profondo, come per darsi la carica tutto in una volta.

«Sono due cose diverse» premette, sempre super serio. Sarà forse anche la luce che filtra dalla finestra portando il riverbero del mare, ma ora mi sembra che i tratti del suo viso siano come più adulti. «L'urto è quando mi hanno tolto a mia mamma e a mio padre, perché sicuramente qualche strunz deve avere parlato.»

«Puoi spiegarmi?» gli chiedo.

«Eh, io gli davo una mano, diciamo, portavo la merce ai clienti.»

«Facevi... il corriere? Di droga?»

«Eh» ammette Totò stringendosi nelle spalle, come se non fosse niente di che. «A noi bambini non ci controllavano, potevamo andare in tutti i posti.»

Alla parola *bambini* mi manca il fiato per un secondo. «Quanti anni avevi?» chiedo, sforzandomi al massimo di controllare il tono della mia voce per tenerlo il più neutro possibile, per rispetto a lui.

«Ma che ne saccio» mi risponde. «Otto, nove... Accussì. E poi mi hanno mandato da quelli là. Chist' è stato l'urto mio: ritrovarmi in una casa dove non mi facevano mancare niente, però quella non era la famiglia mia e non lo è stata mai, neppure dopo che mi hanno adottato e ho preso il cognome loro. Sono bravi cristiani, lo so che a modo loro pensano che mi vogliono bene, ma a me non me ne importa lo stesso, portare quel cognome. Nun è 'o mio. Nun m'appartene. Era solo una sceneggiata. Io nun c'azzecco niente con quelli là, nun tengo niente 'a spàrtere, soprattutto con quella specie di fratello che invece teneva tutto giusto e si prendeva tutte le attenzioni loro: eh, quant'è bellill'! E quant'è bravo! E il premio della scuola per il migliore alunno... Mentre io so' stato sempre la chiavica della famiglia, dicevano che pure io ero figlio loro, ma quando mai!»

Sento che su questi ultimi passaggi gli si incrina la voce, allora aspetto un attimo per dargli spazio di continuare, se ne ha voglia. Ma quando mi rendo conto che il suo sguardo si è spento di nuovo e con questa parte ha finito, gli porgo un'altra domanda: «E dopo, cosa è successo?».

Ora ritorna la maschera, la stessa risata sprezzante con cui l'ho visto entrare da quella porta. «Eh...» ridacchia. «Dopo c'ho fatto saltare la casa col gas aperto!» esclama con aria orgogliosa. «M'avessero pure ringrazià! Tanto erano assicurati, e se la sono rifatta nuova grazie a me! Tenevano pure scuorno di denunciarmi, ma qualche infame dei vicini quel giorno mi ha visto e ha parlato... e accussì eccomi qua... ta-ta!» conclude con un gesto plateale.

EDOARDO

«Allora?» ci chiede il comandante aprendo la porta di questa sfaccimma di stanza vuota dove ci hanno rinchiuso a tutti e quattro. Anche io e Milos allora ci alziamo da terra dove c'eravamo messi seduti, visto che qua non ci sta manco na seggia.

«Avete riflettuto su perché state qua?» ci chiede come se non ci hanno sentiti per tutto il tempo... infatti, guarda caso, dopo tutta la tarantella che c'è stata tra me e chillu strunz d' 'o Pirucchio, lui è arrivato proprio nel momento che sono riuscito a fargli passare tutte le fantasie di comandare che ogni tanto gli pigliano e c'eravamo appena messi tranquilli. Ma pienza nu poco che bella coincidenza!

«Nun ce pigliammo pe' culo, comandà» gli rispondo

in faccia. «Ma veramente pensate che uno 'e nuie ha acciso a mugliera d' 'o Piecuro?»

Vi prego, non gli potete dare ragione a chell' ca penza stu scemo d' 'o Pirucchio, tanto lo dice solo per farsi grosso e farsi vedere dagli altri che è più forte di me.

«'U Piecuro, come lo chiami tu, ha un nome. E tiene pure due palle cchiù grosse di tutti quanti vuie misi assieme» mi fa.

Io però vorrei capire bene come funziona: tengono qualche denuncia? O ci hanno sbattuti qua solo perché bell'e buono gli è presa questa fantasia?

«Ma che vulite 'a nuje, comandà?» gli chiedo tranquillo. Io posso stare tranquillo proprio perché sono forte, chill' ca 'o Pirucchio non capisce, come non l'ha capito mai manco la buonanima di Ciro. «'O tenite nu mutivo pe' ce tenè cca dint'? Pecché sennò passate nu guaio, 'o ssapite?» gli dico come un compagno suo che gli sta dicendo questo per il suo bene.

«Sapete bene perché state qua» mi risponde lui venendo a mettersi proprio in faccia a me. «Tra di voi c'è l'assassino di Nina. Quindi il colpevole o confessa, e io gli faccio avere uno sconto di pena, oppure vi consegno tutti e quattro alla polizia e poi decidono loro che cazzo fare...»

Allora devo cambiare un pochettino tono, perché qua non stiamo ragionando. «Nun ma putite fa st'anfamata, comandà» gli spiego. «Così mi mancate di rispetto. Voi lo sapete che io le femmine le tratto come regine.»

«Edoà... Tu t'adda stà zitto! Tu nun hai capito niente!» mi rinfaccia, alzando la voce. «Tutti quanti vuie nunn'avit' capit niente! Pensate di avere coraggio soltanto perché ammazzate senza provare rimorso. Chist' nun è curaggio. 'O curaggio nun è dei camorristi, di chi ruba o spaccia. E nemmeno 'e chi tratta 'na femmena come un oggetto di proprietà...» mi dice guardandomi dritto in faccia. «E poi ce fa nu regalo pe' se lavà a coscienza.» Ma che cazzo vo' chisto? Ma com'è che qua dentro pare che tutto l'IPM sa i cazzi miei? «'O coraggio invece è di chi si alza la mattina e lavora onestamente e se guadagna 'o ppane» gli va a dire in faccia a Pirucchio, bussandogli proprio nel petto con la mano quando gli dice: «Come fanno tuo padre e tua mamma!».

«Comandà, secondo me voi tenete troppa fantasia» gli dice Totò. «Pecché cca mmiezz' nun ci sta nisciun' assassino!»

«Allora facciamo così» dice lui, tipo che ci stava lanciando un ultimatum. «Se entro domani mattina non esce il colpevole, vorrà dire che trascinate i vostri amici dint' a 'o stesso guaio.» E poi, staccandosi da Pirucchiu, dice ancora: «Pensateci, Totò» e se ne va.

Mannaggia a miseria. E io secondo voi dovrei dirvi che quella sera stavo con Teresa per farmi fare l'alibi? Piuttosto di mettere nei guai a lei e darvi questa soddisfazione a voi io me ne vado trent'anni a Poggioreale, comandà, si vede proprio a che a me non mi conoscete.

Ma il problema invece è un altro, a parte che se uno dei compagni miei ha cumbinato stu guaio dev'essere veramente nu strunz e nu scemo, e chill' po' essere solamente 'o Pirucchio. Il problema vero è Teresa. Perché non mi risponde più, quando la chiamo?

BEPPE

«Scusami, non ti eri accorto che era incinta?» mi chiede Massimo.

La brezza di mare è magnifica e rinfrescante qua davanti al baretto di Marco, peccato che io sto così agitato che non riesco proprio a godermi il momento. Ho solo bisogno di sfogarmi un poco e confrontarmi con lui. «Ma anche se già lo sapeva, comunque non ha avuto il tempo di dirmelo!» gli spiego. «Io quel giorno non l'ho lasciata parlare, l'ho aggredita subito. Stavo fuori di testa per quello che mi aveva detto mio fratello.» Mi fa paura che ancora dopo tutti questi anni ricordo ogni più piccolo particolare di quel momento: l'espressione addolorata di Latifah, quel cazzo di cassetto dove Alessandro mi aveva detto di guardare e dove effettivamente ho trovato i mille euro che lui mi aveva detto di averle dato per stare con lei, la rabbia che mi bruciava dentro al pensiero delle mani di mio fratello che avevano toccato il suo corpo. Ma come faccio, come farò mai a sapere se è successo veramente?

«In ogni caso, non sei sicuro al cento per cento che Kubra sia tua figlia» mi dice lui pensando forse di rassicurarmi, seduto sulla sua moto.

Ma io non lo so che cos'è che mi può rassicurare, in questo momento. «I tempi corrispondono, Massimo, pure quello che Latifah le ha detto del padre» gli ricordo. Me le tengo stampate in mente una per una, le parole che mi ha detto Kubra quella sera che stava in isolamento, me le ripasso tutti i giorni e corrispondono tutte.

Cosa sarebbe più rassicurante a questo punto della mia vita, a cinquant'anni compiuti: pensare di avere una figlia che ha provato a uccidere sua madre o semplicemente pensare che nella mia vita qualcosa di bello io l'ho fatto, oltre a innamorarmi di Latifah e a prodigarmi per tanti sconosciuti, voltando le spalle a una ricchezza familiare che non mi interessava? *Questa* forse potrebbe essere un altro tipo di ricchezza, mi dico alzando gli occhi per un istante a guardare le stelle sopra di noi; una figlia adolescente, che ha tanti problemi – come tutti gli adolescenti – e magari oggettivamente anche qualcuno in più... Ma se fino a ora ho lasciato scorrere tutta la mia vita senza occuparmi di loro, non è detto che non ci sia tempo per recuperare.

Dovrei solo indagare per capire com'è andata, se quello che mi ha detto all'epoca Alessandro può essere vero oppure no; in fin dei conti non ci vuole niente ad andare da lui e chiederglielo. Eppure, adesso che ritorno a quei giorni, a quell'ultima conversazione che abbiamo avuto io e Latifah, al cassetto che ho aperto per cercare e trovare quei mille euro di mio fratello, mi sento uno stupido. Come se avessi letto per tutti questi anni la stessa storia con il libro sempre messo al contrario, esattamente dove voleva Alessandro per riuscire ad allontanarmi da lei ed evitare che sposassi quella donna che a parer suo non era adatta alla nostra famiglia. In tutti questi anni ho accettato un racconto degli eventi che aveva ben poco a che fare con la mia donna, quella che amavo, che volevo sposare e con cui desideravo tantissimo avere un figlio insieme. E nel fare questo, nel considerare anche solo l'ipotesi che lei avesse potuto prendere quei soldi da mio fratello, sono stato io il primo a non guardarla per la persona che era e considerarla invece per il lavoro che era stata costretta a fare prima di incontrarmi. Accecato dalla gelosia, non riuscendo a darle fiducia io non ho visto davanti a me Latifah, la ragazza che mi amava e mi aveva scelto, ma una prostituta che per denaro andrebbe a letto con chiunque. E in questo non sono stato diverso da mio fratello.

FILIPPO

Ciao Greg. Niente, stasera sto di merda. È successa una cosa pazzesca: Naditza è tornata all'IPM. Ci puoi credere? Che cazzo deve aver fatto, per farsi mandare di nuovo qua? E lasciamo perdere quanto ci sarà rimasta male mia mamma, che era tutta gasata con la sua pupilla e felicissima di poterle dare una casa... Sto troppo male, non ce la faccio, perché in più adesso Naditza è incazzata con me, o forse è solo incazzata con il mondo, però comunque non mi vuole parlare. Dice che l'ho delusa scegliendo di stare qui mentre lei mi aspettava – cosa che tra l'altro è folle, visto che in ogni caso con Carmine non ho concluso un cazzo, lui è depresso e incattivito più che mai, fissato con questa cazzo di vendetta, quindi secondo me il fatto che io sia rimasto non ha cambiato niente... – e poi Nad mi ha raccontato che suo padre è andato fino a Milano per provare a rubare a casa dei miei, ma ti pare? Comunque a me non me ne frega niente di suo padre, sono situazioni che in qualche modo si risolvono, chiaro che lui è una merda, ma noi non gliela possiamo dare vinta così.

Invece mi sa che alla fine ha vinto lui, anzi tutti loro, tutti quelli che non ci hanno mai creduto nella nostra storia, la direttrice, perfino Pino, che stamattina quando ho visto Naditza mi ha detto in faccia che secondo lui dovrei scordarmela e cercarmi una fidanzata «chiattilla comm ea me».

Prima ne ho parlato un po' con Carmine, è stato bello, ci siamo messi alla finestra dividendo una sigaretta ed era un sacco che non stavamo così in pace noi due, però anche le cose che mi ha detto lui mi stanno facendo stare male. Ca' sostiene che il problema tra me e Naditza è che io le ho regalato un sogno che è troppo grande per lei. Ma per me questa cosa non ha senso. Se il nostro sogno fosse troppo grande, come potrei essermi innamorato in questo modo di lei? Dice che sia lei che lui sono *nati difettati* e non si sentono all'altezza di tutta questa mia presunta bellezza o chissà che talento... ma che cazzate sono? Se una cosa del genere fosse vera, vuol dire che quando Naditza guarda me vede una sorta di altro Filippo, un po' più grande e sicuramente molto più figo della realtà, che in ogni caso non sono io. Se lei mi ama mi sembra normale che mi conosca per quello che sono, e dovrebbe avere spazio sia per le cose grandi che per quelle meno grandi che fanno parte di me. O no? Ma scusa, come potremmo essere così felici insieme se lei non mi amasse veramente, al di là dei soldi che può avere o non avere la mia famiglia o di come io riesco o non riesco a suonare il pianoforte? È questo che mi fa impazzire, fra. Carmine dice anche che lei non mi vuole perché pensa di non meritarmi. Ma questo non è amore, questi sono rapporti di potere, conteggi che non hanno niente a che vedere con due persone che si guardano in faccia e non gli serve altro per essere felici, come è sempre stato tra me e lei.

E poi sto male pure per un'altra cosa. Perché io non mi sento per niente perfetto, ora meno che mai, quindi veramente mi sembra di impazzire. A scuola ormai l'anno l'ho perso e non lo so come ho fatto, avendo tutto questo tempo tra le mani, a non riuscire a prepararmi neanche lontanamente per l'esame da privatista. La prof di greco l'altro giorno mi ha scritto di nuovo per dirmi quanto le dispiaceva, e l'unico effetto è stato mettermi addosso un'altra palata di ansia... Quindi insomma io lo so che cosa significa sbagliare, sentirsi un coglione, pensare di non farcela e poi non farcela veramente. Non è che non lo so. E ti devo dire la verità, Greg, che capisco sempre di più tante cose che finora non avevo mai considerato, tipo come ti sei sentito tu quando ti hanno bocciato e hai dovuto lasciare la nostra classe, o come forse io non sono stato un buon amico per te in quel momento. Ma non perché non ti volevo bene, te lo giuro. Solo perché forse ero troppo impegnato a correre verso quell'altro Filippo, quello che suona benissimo, che fa tutto giusto, perfetto, per avere ancora un altro applauso. Però adesso non è più così... Allora perché proprio loro non riescono a vederlo?

CONSUELO

Fuori dal balcone, oltre lo stadio, qualcuno sta sparando dei fuochi d'artificio bellissimi. Ma a me danno solo fastidio, mi feriscono le orecchie con il loro rumore di festa. Stasera fa molto caldo, ma io addosso sento un gelo che porto con me da troppo tempo ed è come se mi accorgessi solo adesso, improvvisamente, di come sia diventato per me insopportabile.

Da quanto tempo sto aspettando Massimo su questo balcone, con questo bel vestito che avevo comprato per un San Valentino di non so più quanti anni fa, il trucco fatto con cura, gli orecchini che oggi avevo comprato apposta per il provino? Da quante ore cerco di scaldarmi alla luce dei lampioni e di questi fuochi, pur di non vedere le stanze di casa mia?

«Amore» ha la faccia tosta di chiamarmi, quando finalmente rientra. «Scusa se ho fatto tardi, è stata una giornataccia.»

«Sono tre ore che ti aspetto» gli ricordo, lottando con me stessa per non piangere dalla rabbia che mi brucia nel cuore, in gola, sulle braccia.

«Ho avuto problemi all'IPM.»

«E io avevo un appuntamento importante!» gli dico rientrando in casa. Da quando lui è venuto a raggiungermi sul balcone, è diventato quello il posto dove non posso stare. «Ho fatto un provino e oggi c'era la selezione finale, e tu dovevi tornare per stare con tuo figlio! Ha la febbre, non lo potevo lasciare da solo...»

«Mi dispiace» viene a dirmi, avvicinandosi più di quanto vorrei. Non mi piace più la sua faccia, mi ha fatto troppo arrabbiare da quando sembra che non sappia più niente di me, di che cos'erano le mie ambizioni quando sono arrivata in Italia, di quanto mi sta stretto il ruolo della ragazza carina del meteo, di come sarei felice di poter fare qualcosa di più, almeno adesso che Pietro è cresciuto... Ma come posso fare, senza il suo sostegno?

«Certo che ti dispiace!» gli rispondo, secca. Ho cercato di tenere il tono di voce più basso che potevo, ma quell'altro ormai è una specie di radar: eccolo lì in pigiama fuori dalla porta di camera sua che è venuto fuori a rimproverarci con la vocetta alterata dalla febbre: «Mamma, papà, non litigate per me».

Massimo corre subito a fare i suoi cinque minuti da supereroe e lo abbraccia sussurrandogli: «Nun te preoccupà a papà».

Ma non può cavarsela così facilmente. Non stasera, con questo gelo che ormai mi è arrivato fino dentro il cuore e mi sta rendendo lucida come forse non sono mai stata. È inutile prendersi in giro: non ho idea di come abbiamo fatto a ridurci così, ma ora siamo qui, ed è inutile che proviamo a raccontarcela. «Sei uno stronzo» gli dico in faccia, e non mi importa niente che Pietro possa sentirmi, perché è semplicemente la verità. «Tu questa famiglia non la vuoi. E neanch'io.»

MASSIMO

Mi pare di essermi appena addormentato, sopra a stu divano che evidentemente c'ha degli spuntoni di ferro nascosti di cui non mi ero mai accorto quando l'ho comprato, quando naturalmente squilla il telefono, e chillo strunz continua a squillare fino a quando non lo trovo con la mano e rispondo con voce dall'oltretomba: «Pronto...».

«Comandante!» mi dice quell'agente sveglio con cui avevo parlato l'altro giorno. «Abbiamo ritrovato la macchina che lei ci ha indicato.» La macchina che ha ucciso Nina. Mi risveglio di botto, tutto in una volta. «Stava nel lago di Averno.»

«Ok, grazie» gli rispondo, e come un automa mi avvicino alla cucina per bere il caffè che Consuelo mi avrà lasciato nella moka. Com'è che è così freddo? Mò voglio correre al lavoro, ci stanno troppe cose da fare e troppe cose che si iniziano a capire. Guardo l'orologio, sono le otto meno dieci. Forse Pietro tiene ancora la febbre? Che è tutto questo silenzio?

Come mi giro per andare a vedere se stanno in camera del bambino, mi cadono gli occhi su un bigliettino che sta sul tavolo.

Così non possiamo andare avanti.
Io e Pietro ce ne andiamo.
Consuelo

Corro nella stanza di Pietro, poi in camera nostra: dappertutto c'è un casino, gli armadi sono praticamente svuotati. Mi pare evidente che non sono andati a farsi un giro al mare, ma hanno preso un sacco di cose per stare via a lungo. Ho ancora negli occhi il vestito rosa che portava ieri, quello della cena di San Valentino quando ho pensato per la prima volta che le volevo chiedere di sposarmi, e mi chiedo come ha fatto stanotte a combinare tutta questa tarantella senza farmi svegliare, com'è riuscita a organizzare tutto in queste poche ore. Perché ne sono sicuro, da guardia e da marito, che, qualsiasi cosa abbia fatto, lei l'ha decisa ieri sera, e spero solo che non si stiano prendendo un aereo per andarsene in Brasile dalla sua famiglia.

E in tutto questo, mannaggia a me, c'è solo una persona con cui vorrei aprirmi il cuore per parlare di Consuelo, di Pietro, dell'ansia che mi mette questa casa vuota e di come possiamo muoverci ora che la macchina dell'assassino è stata ritrovata. Ma invece me la dovrei solo scordare, per tutto quello che non è lavoro.

Se penso alla faccia di Pietro mi piange il cuore, però devo ammettere che Consuelo in questo momento io la odio e pure quasi la ammiro, al tempo stesso. 'O ssaccio che ci stanno un sacco di coppie che accettano di vivere così, a bagnomaria, senza nessun entusiasmo, solo nel vago ricordo di quello che c'è stato una volta. Ma essa nun è accussì; e io nemmeno.

Quando l'ho conosciuta, una delle cose che mi faceva ascì pazzo di lei, più ancora di questa bellezza incredibile, era la sua integrità. Consuelo era la ragazza più limpida, più diretta, più schietta che io avessi mai conosciuto, insofferente a qualsiasi ambiguità – proprio comme a me. Non avrei mai pensato che un giorno per lei sarei diventato io, il nemico da guardare con orrore.

Mamma mia quant'è bello. Mamma mia quanto mi piace. Il cuore mi sta battendo così forte che me ne sto qua, a qualche passo da lui, perché ho paura che lo può sentire: ma non ce n'è motivo, tanto Filippo è Filippo e anche se lo sente non ci fa niente, ne può essere solo felice.

Intanto me lo mangio con gli occhi, già solo vederlo con le mani sopra al pianoforte è una gioia che non ci posso nemmeno credere. Aveva ragione Carmine a dirmi che non dobbiamo fare cazzate e che non c'è motivo di fare finta che non ci vogliamo bene. Anche perché sarebbe impossibile.

Ora poi lo guardo pure in un modo diverso, al Chiattillo mio, ora che so com'è fatta la camera sua a Milano, che ho dormito nel suo letto, che mi sono imparata a memoria tutte quelle foto di quand'era piccerillo, che tiene attaccate per ricordarsi sempre quanto è stata bella la vita sua fino a mò, quanti momenti felici che c'ha avuto prima di venire rinchiuso cca dint'. Ora so tante cose di lui, ho suonato nel pianoforte di casa sua, con la mamma vicino, come tante volte ha fatto lui.

Penso che siamo due scemi proprio, perché a quest'ora dovevamo suonare insieme sopra a quel piano là, in quella bella stanza piena di piante e di luce, invece che chiusi qua dentro con le sbarre sopra alle finestre. E pure è andata così. Per come è fatto lui, con quel cuore d'oro che tiene, era normale che restava qua per aiutare chi ne aveva più bisogno; e per come è fatto mio padre, che gli interessano solo i soldi, era normale che alla prima occasione mi veniva a cercare per provare ad approfittarsi della situazione. Chest' è 'a vita nostra, chist' siamo noi, con tutte le differenze che teniamo e che però non riescono mai a metterci lontani.

«Schiena dritta!» gli dico andandogli più vicina, sempre con le mani dietro, come faceva sempre la signora Anna. Mi manca molto più di quanto pensavo, la mamma di Filippo, con la sua dolcezza piena di attenzioni mascherata da severità.

«Le dita bene sui tasti, non si devono ad-dor-men-tare!» continuo per farlo ridere.

«Questo è un classicone di mamma!» risponde infatti lui, un po' ridendo ma con gli occhi dolci di nostalgia. «Lo sai che me lo sognavo la notte, che si addormentassero?»

E questa volta è lui che mi fa ridere a me, allora non ce la faccio più a stargli lontana, mi devo venire a sedere accanto a lui, devo sentire l'odore suo, mettermi vicina alla sua faccia. Ma come ho fatto tutto questo tempo a stare senza?

«Non sai quanto mi sei mancato, Filì» gli dico guardandolo in quegli occhi belli, che è già come baciarlo.

«Pure tu. Ma ci torniamo insieme, a Milano.»

Io a queste cose però non ci devo pensare, altrimenti già mi fa male il cuore. «Non mi fà promesse» lo avviso, «che poi ci rimango male.»

Io lo amo. Lo amo. Può essere che veniamo da due pianeti diversi, può essere una cosa che non ha senso, può essere che veramente non esiste un posto dove io e lui possiamo stare insieme. Ma a me non me ne importa niente. Se non esiste, vuol dire che ce lo inventiamo.

GIANNI

È tutto pronto, di là in giardino. Mi guardo allo specchio, sono pronto pure io con questa felpa rossa e mi sento tutto strano, mi pare di non essere più Gianni, ma che per la prima volta oggi nasce veramente Cardiotrap: mi stanno aspettando tutti, sono io la sorpresa per il ragazzino festeggiato che conosce *Sangue nero* dalla radio, e pure se Beppe era sicuro da subito che andava in questo modo, per me è una cosa accussì assurda che non mi pare vera.

Però anche un'altra cosa non mi pare vera. Ci penso

quando guardo lo zaino aperto ai miei piedi: a quello che mi ha detto lui. Fosse stato troppo bello pe' essere overo, mio padre che tutto in una vòlta dopo avermi sentito cantare capisce che la mia musica scassa, che questa è la strada mia, che posso fare grandi cose, e si mette pure a farmi tipo da manager portandomi a suonare a questa festa a casa dell'amico suo.

Mi tremano le mani quando prendo dallo zaino la scatola di vino che mi ha dato in macchina. Prego che nessun altro mò tiene bisogno del bagno e si mette a bussare proprio in questo momento. E quanne maie pàtemo ha avuto queste delicatezze di portare una bottiglia di vino quando va a casa di un amico? Anzi, quanne maie pàtemo ha avuto degli amici che non erano dei soci in affari, diciamo? E soprattutto quanne maie, quando vai a casa di un compagno, trovi all'ingresso uno che perquisisce a tutti quelli che arrivano, e che a me mi ha saltato solo perché sono nu guaglione e già stavamo in ritardo per preparare il sound system e tutto quello che serve?

Il peso per fortuna potrebbe anche coincidere, ma quando la appoggio sul lavandino e apro il coperchio mi piglia troppo a male. Altro che bottiglia di vino per l'amico suo: qua dentro ci sta una pistola. Ecco perché mi ha portato qua. Ecco il regalo che gli deve fare al padrone di casa. Chist' sì, che è pàtemo.

KUBRA

Quel Pino è incredibile. Spingendo il carrellino con su il cane che ha portato si mette a correre verso di noi, che stiamo in cortile con Beppe intorno alla barca per passare gli ultimi strati di flatting e impermeabilizzarla, e grida come se stesse vendendo qualcosa al mercato: «Ohè! Mi serve un'infermiera per fa a medicazione! Chi viene?».

Subito Silvia si propone. È molto dolce, io le voglio

bene, ma evidentemente non ha capito come mai Pino fosse venuto da noi con tutta questa foga e come mai guarda caso servisse proprio un'infermiera, quando c'è la veterinaria che lo sta aspettando, lì a due passi fuori dalla porta dell'infermeria... Quella che capisce al volo, ma come al solito non perde l'occasione per approfittarsi di un momento in cui ha il potere di mettere qualcuno in imbarazzo, è quella stronza di Viola. Quando Pino si barcamena per dire che no, in effetti gli serviva «qualcuna più...», Viola è subito pronta a rilanciare: «... Nera?» facendo ridere tutte le altre ragazze, per cui ormai è diventata una specie di barzelletta questa cotta che Pino si è preso per me e che lui non ha problemi a esporre davanti a tutti e in qualsiasi situazione.

Mi sembra una persona molto spontanea, e questo non mi dispiace. Anche il fatto che ora mi chieda davanti a tutti se per caso ha sbagliato io lo trovo un gesto giusto, di rispetto. In tutto questo ancora non ho detto manco una parola, ma è Beppe a venirmi vicino e intervenire per me, dicendo che gli sembra un'ottima idea e se voglio posso tornare a lavorare alla barca dopo aver finito. Guardo Beppe e poi Pino, non lo so. Mi piacciono da impazzire i cani, ma non voglio neanche dare modo a queste ragazze di chiacchierare su di me e farsi delle idee strane.

Ancora una volta però è Pino che rompe il ghiaccio, continuando a invitarmi con delle parole in napoletano che capisco sì e no, ma un'intenzione chiarissima e dei modi come sempre molto gentili.

Lo seguo verso l'infermeria tenendo le braccia incrociate e strette strette davanti a me, come se volessi proteggermi da tutta questa attenzione che lui ha nei miei confronti, da questa energia che sembra sprizzare in ogni momento. E quando mi chiede se voglio pensare a un nome da dare al cane, parlo per la prima volta da quando lui è arrivato, per dirgli con sicurezza che per quanto mi riguarda non se ne parla. «No. Se gli do un nome, poi mi affeziono troppo.»

Ma anche in questo lui è pronto a travolgermi con il suo mega sorriso: «Embè? I cani mica tradiscono».

PINO

È il meglio compagno che tengo qua dentro mò, e però certe volte proprio non lo capisco che tiene nella capa, sto Chiattillo.

Mò sta tutto incazzato per come ho scassato di botte al papà di Naditza, quel giorno che stavo in permesso… Ma non me l'aveva detto lui che lo odiava, che era colpa sua se Naditza se ne era dovuta tornare da Milano per venire di nuovo qua dentro, e che se 'o teneva dint' 'e mmane 'o schiattava 'a capa? Mò è colpa mia se quello sta in ospedale e Naditza sta incazzata con lui?

«Ma come ti è venuto in mente?» mi grida, tutto nervoso.

Eh, Chiattillo, non lo sai che a me le ingiustizie me fanno ascì pazzo e tutta la rabbia che tengo dentro la devo sfogare? Mò stai proprio esagerando, eh… mica è morto, e pure se moriva, alla fine non era nu strunz? Ah?

Comunque lo voglio tranquillizzare, perciò mi siedo accanto a lui sopra al letto, gli passo un braccio intorno alle spalle e gli dico: «Non ti preoccupare, noi siamo amici, non glielo dico a nessuno che me l'hai ordinato tu di farlo». Perché pure se dici che nun è overo me l'hai ordinato tu, di dargli una bella lezione. O no?

E poi ci sta un'altra cosa buona. Il papà di Naditza teneva un cagnolino e lo trattava come uno schiavo, io l'ho liberato e mò è 'a vita mia cca dint'. Ma poi all'improvviso, dopo che Filippo se n'è andato in sala comune a suonare e io sono rimasto a guardare il mare fuori dalle sbarre della finestra, che oggi pare disegnato da tanto che è piatto, pensando al cane e a Kubra, mi piglia un flash nel cervello. Che cosa direbbe Kubra se 'o sapesse? Iss era sì nu strunz, e vabbuò, basta vedere come teneva al cane, però magari non toccava a me andare a scassarlo di mazzate. Forse era questo che cercava di spiegarmi 'o Chiattill?

PAOLA

Guardo fuori dalla finestra dello studio, bevo un sorso di tisana e torno con gli occhi allo schermo del computer, a questo rapporto che avrei dovuto finire di scrivere almeno un'ora fa se i miei pensieri non continuassero ad andare in tutte le direzioni, soprattutto in quelle più insensate.

Perché mi sento così agitata? Perché mi dà quasi fastidio vedere il mare piatto come una tavola e questa luna immensa, che lo illumina di bianco mostrandomi i rilievi anche delle più piccole onde? Futura dorme serena nella sua cameretta, anche Lorenzo sta dormendo già da un po' e so già che quando entrerò pure io nel letto troverò la sua mano allungata sotto il mio cuscino. Certo, mi fa stare male il fatto che la ricerca dell'assassino di Nina sembra non andare da nessuna parte, ma non credo che sia questo.

Tu lo sai benissimo che cos'è. Vuoi che te lo ricordi io?

Ah... sospiro forte, poi mi passo una mano sulla fronte come per spazzare questi pensieri fuori luogo e rimetto la mano sul mouse. Devo finire di scrivere e poi andarmene a dormire. Questo devo fare. Una cosa per volta.

Avrò scritto due o tre parole quando improvvisamente sento squillare il citofono e salto in piedi per rispondere immediatamente, prima che la bambina si svegli.

Gli apro la porta che conduce in terrazza e vedo entrare Massimo come una furia, con la faccia scura, ma in qualche modo intuisco subito che in questo caso non si tratta di Consuelo.

«Ciao, che ci fai qua?» gli chiedo preoccupata. Sarà qualcosa che riguarda Carmine?

«T'aggia parlà» mi risponde lui, muovendosi verso il centro della terrazza senza nemmeno guardarmi.

«Che è successo?» continuo, sempre più in ansia.

«Milos mi ha dato il nome della persona con cui stava il giorno del matrimonio di Nina.»

C'è qualcosa che non mi torna. «Perché ci ha messo così tanto?» gli chiedo. Come mai un ragazzo di quell'età aspetta tutti questi giorni prima di scagionarsi da un'accusa di omicidio, se un alibi ce l'aveva?

«È una trans» mi risponde Massimo, «sembra che stiano insieme.» La sua espressione è tesissima e la sua pelle mi sembra d'argento, sotto la luce di questa luna. «Ho anche parlato con il suo coinquilino, e ha confermato la stessa versione che mi aveva dato lei.»

Mi sento male, non ci posso pensare. Considerato che Edoardo ha l'alibi di Teresa, come ha accertato lo stesso Massimo, e Totò quello dei suoi genitori, non restano altre ipotesi. «Questo vuol dire...»

«... Che l'assassino di Nina è Pirucchio.»

Nuovo messaggio

A: annamariacaputz@gmail.com

Oggetto: note riservata personale

Carissima Anna Maria,

in coda alle precedenti note formali mi permetto di scriverti in privato per informarti immediatamente di qualcosa che ancora non è convalidato da elementi ufficiali: su questa notizia riceverai certamente ulteriori dettagli anche da parte degli inquirenti che stanno indagando sull'omicidio di Nina Palumbo, la moglie di Carmine Di Salvo.

Quello che ci tenevo a farti sapere subito è che sembra che ci siano ormai delle evidenze per ritenere in modo incontrovertibile che il colpevole debba essere Gaetano Gargiulo, un ragazzo detenuto presso il nostro Istituto sotto l'accusa di tentato omicidio e cresciuto in seno a una famiglia sana, onesta e amorevole… eppure, a quanto pare, il fascino che ha provato verso un certo tipo di persone e di situazioni è arrivato fino al punto da spingerlo anche a questo.

Mi sento affranta per lui, per i suoi genitori, ma soprattutto naturalmente per Carmine e per la famiglia di Nina che, come sai, ho avuto modo di conoscere molto bene.

Ci aggiorniamo presto anche telefonicamente.

Intanto un carissimo saluto,

Paola

11
Il confronto

ISTITUTO PENALE PER I MINORENNI DI NAPOLI
RAPPORTO INFORMATIVO

Al Magistrato di Sorveglianza
Dott.ssa Anna Maria Caputo
c/o Tribunale per i Minorenni
Viale Colli Aminei, 44
80131 Napoli NA

Oggetto: Trasferimento Gaetano Gargiulo/URGENTE

Gentile dottoressa,

in seguito alle indagini relative all'omicidio di Nina Palumbo in Di Salvo occorso il 9 maggio scorso, La preghiamo di voler considerare e disporre con la massima urgenza il trasferimento di Gaetano Gargiulo, al momento unico indiziato per l'omicidio e attualmente detenuto presso il nostro Istituto.

Temiamo infatti di non potere garantire in modo adeguato la sua sicurezza fintanto che Gargiulo si trova sotto lo stesso tetto del vedovo della Palumbo, Carmine Di Salvo, al quale stiamo fornendo un costante supporto psicologico ma che si trova in un tale stato di stress emotivo da renderci seriamente preoccupati per i comportamenti che potrebbe mettere in atto.

Confidando in un Suo pronto riscontro in merito,

In fede,

Il Dirigente penitenziario
Paola Vinci

Il Comandante del Corpo di Polizia
Penitenziaria
Massimo Esposito

È un dolore che sbatte, come se nel naso mi hanno infilato una lampadina che si accende e si spegne ogni due secondi. Ma non è solo nel naso, sta anche negli occhi, nella fronte: tutta la parte alta della faccia si accende e si spegne insieme a questa lampadina, da quando m'ha dato quella testata.

«Chiattì» lo chiamo da sopra il letto, mentre Filippo si prende le sue cose asciutte dallo stendipanni e le infila dentro l'armadietto. «T'aggia dicere na cosa» e intanto mi siedo, così lo posso guardare in faccia mentre gli parlo. «Io penzo che ce sta nu collegamento tra naso e cervello. Perché mò all'improvviso è tutto più chiaro.»

«Avrei dovuto spaccarti il naso prima, allora» risponde lui. Adda fa semp' 'o simpatico.

«Ma pecché fai semp' accussì? Ti sto dicendo una cosa seria» gli rispondo. Deve ascoltarmi con la massima attenzione. «Mi sento stanco» parto, quando vedo che mi fa un cenno con la testa che ora mi starà a sentire. «Pure di vendicarmi. Forse c'avete tutti ragione, aggia penzà al futuro» continuo indicando con la testa l'ecografia di Futura che da quel giorno sta sempre attaccata accanto al letto mio.

Ma 'o Chiattill non è più come prima, e non solo perché adesso si fuma qualche sigaretta. S'è proprio scetato.

«Perché dovrei crederti?» mi chiede tutto serio guardandomi negli occhi, in piedi davanti a me che me ne resto seduto sul bordo del letto.

«E perché ti dovrei dire na strunzata?» ribatto io.

«Non lo so... magari hai paura che voglia fermarti?»

Non è che ne ho paura, Chiattì, ne sono sicuro, così come sono sicuro che quest'arma o prima o poi sta per arrivare, è solo questione di giorni, perché di Pino mi fido. Ci posso scommettere che tu proverai in tutti i modi a fermarmi, ormai lo so benissimo come sei fatto, te cunosco bbuono. Però tu non sei l'unico che in questi mesi è cambiato. Con un salto scendo giù dal letto, per mettermi davanti a lui e guardarlo dritto negli occhi.

«E chi ti dice che ci riesci?»

TAL

I figli bisogna saperli prendere ognuno a modo suo, come i cavalli. E io lo so che con Naditza ho sbagliato, ma ora non sbaglierò più, perché la fortuna dobbiamo sapercela creare con le nostre mani usando tutto quello che ci capita, pure le cose più brutte. Me lo diceva sempre *babo*, mio papà.

Quando entra nella mia stanza in ospedale lo vedo subito che, pure se resta un poco sulle sue, già l'atteggiamento è cambiato. Io non faccio altro che lamentarmi un po', steso nel mio letto, mentre ci pensa Donka a farla ragionare, ricordandole come ero felice di averla ritrovata a Milano e quanto è stata stronza a denunciarmi per salvare la famiglia di quel *gagó*.

«Come si chiama?» le chiede.

«Filippo.»

«Dov'è ora? Siete ancora fidanzati?»

«No» dice Naditza. Vedi che la fortuna inizia a girare dalla parte giusta?

«Mai cercare di cambiare il destino, figlia mia» le dice Donka accarezzandole i capelli. «Tu non hai niente a che fare con quella gente». E una volta che ormai ha preparato il terreno, parte con tutta calma per dirle la cosa più importante.

«Ti ricordi di tuo cugino Goran? Anche lui stava per sposarsi, poi ha mandato tutto a monte.»

«Quindi?» le chiede Naditza, che ha già capito.

«È un bel ragazzo e anche molto ricco» risponde Donka. Eh no cazzo, mi verrebbe voglia di alzarmi da questo letto e dare un bel pugno nel muro... Questa volta la principessa non si può lamentare che le abbiamo trovato uno vecchio o brutto, eh no. Ma me ne sto qua fermo fermo, senza muovere neanche un dito, con tutte le mie fasciature, il collare che non mi fa respirare e questo occhio che si apre a fatica. Ma l'importante è poter continuare a sentirle.

«Mamma! ti prego...»

«Vabbè, non parlo più.» Donka ha ragione, e con la scusa che io non posso parlare mi sta dando una dimostrazione di tutto il discorso che mi ha fatto l'altro giorno su come prendere Naditza sempre con le buone, senza farla mai sentire obbligata. È molto furba mia moglie, ho fatto un ottimo affare con lei. Ancora più furba quando le mette in mano quello schifo di pastina e le dice di continuare lei a imboccarmi.

Ora tocca a me. «Nad» la chiamo con un filo di voce.

«Papà» mi dice lei guardandomi un poco spaventata. Lo so che non sono bello da vedere, mi sono visto nello specchio, ma per fortuna mi hanno detto che tutto tornerà come prima. Comunque non è questa adesso la cosa più importante. La cosa importante è che già la sua faccia è cambiata.

«Non ti sforzare» mi dice venendomi più vicino.

«Non ci lasciare più, ti prego» le sussurro. «Ti prego.» Poi mi lamento ancora un po'.

«Siamo noi la tua famiglia, amore mio» le dice Donka, tornando accanto a lei e prendendola per le spalle, ma devono uscire tutte e due quando arriva l'infermiera. Comunque va bene così. È andato tutto come speravo.

«Ha mangiato pochissimo» mi rimprovera l'infermiera.

A questo punto Donka e Naditza avranno già preso l'ascensore. Ora posso smetterla con questa recita che già mi ha rotto i coglioni e finalmente mi posso alzare.

«Perché era una merda quella minestra!» urlo rimettendomi in piedi e lanciando via il vassoio con un braccio. «Domani fammi un bel piatto di pasta!» le ordino.

Sto morendo di fame, ma sono soddisfatto. La fortuna ce la dobbiamo creare noi, con le nostre mani, e a volte pure qualche imprevisto fastidioso può ritornare molto utile.

GEMMA

«E con quella pistola che ci volevano fare?» gli chiedo a voce bassissima per non farmi sentire da nessuno, anche se qui a poppa siamo abbastanza lontani dagli altri e provo quasi la sensazione che sulla barca siamo io e lui da soli, con questo mare infinito davanti.

«Ci stava un boss a quella festa» mi spiega Cardiotrap. «Lo capisci perché mi viene lo schifo mò a sentire le mie canzoni? Mio padre mi aveva fatto credere che stava là per me. Invece era tutta na strunzata.»

E quando mi parla così, con questa rabbia che gli brucia nella voce e nei suoi occhi che hanno lo stesso colore del mare a quest'ora, un azzurro quasi d'argento, mi sembra ancora più bello. Non ha senso che smetta di fare musica per questo. Sarebbe assurdo.

«Sei stato coraggioso» gli dico. «E questo coraggio lo devi usare per scrivere le canzoni. Che servono pure a me. Dai coraggio pure a me.» Non hai idea di quanto mi serve, questo coraggio, soprattutto adesso. «Me lo prometti?» gli chiedo, poi mi avvicino a lui per baciarlo.

È una cosa bella, bellissima, è un momento meraviglioso. Allora perché non posso godermi tutta la gioia che ho? Perché non ce la faccio proprio a schiodarmi da certe fissazioni e devo continuare a tormentarmi pure adesso, mentre lo sto baciando, rimuginando su che cosa doveva esserci scritto in quella lettera di Fabio che ho strappato davanti agli occhi di Viola?

EDOARDO

Non ce la faccio. 'O ssaccio che già si è fatto tardissimo e a Ciruzzo l'hanno battezzato senza di me. Ma come devo fare, che mi pare di uscire pazzo? Quando vedo Teresa che ritorna a casa su quella bella decappottabile, accompagnata da uno che me pare nu miezzo scemo, mi viene il sangue agli occhi e 'o vulesse accirere. Quanto è brutto stare chiuso là ddint' e non potermi fare una passeggiata con lei, portarla a mangiare un gelato, e vedere a nu strunz com a iss stare insieme a guagliona mia, quella che amo con tutto 'o core e che mi ama con tutto 'o core...

Liz sicuramente mi sta cercando come una pazza dopo che sono riuscito a scappare dalla macchina mentre mi scortava al battesimo, ha scatenato tutta la polizia municipale di Napoli di sicuro, e già lo so che mò, con questa bella pensata che ho fatto, mi sono giocato tutti i prossimi permessi per tornare a vedere a mio figlio. Ma nun ce pozzo fa niente. E quando questo qua si ferma e scende dalla macchina, pure se lo so benissimo che se gli metto le mani addosso mò che sono maggiorenne rischio veramente di finire a Poggioreale, quando me lo vedo davanti io non ce la faccio proprio a mantenermi.

CARMELA

Ma che ha cumbinat', proprio oggi che c'era il battesimo di Ciruzzo? Non gli bastava essere mancato alla nascita, pure mò?

Le guardie arrivano da due lati diversi: quelli con la macchina che se lo sono venuto a pigliare escono davanti alla chiesa un minuto prima di Liz, che arriva a piedi, da sola, e tiene una faccia triste come se per Edoardo è un'altra mamma. Sono sicura che lei sa più di me, di quello che è successo e di che cosa ha avuto lui di più importante da fare che venirsi a vedere il battesimo di suo figlio. Ma io esco pazza, perché invece non lo so, e mi vengono in testa mille pensieri che devo ricacciare indietro, tanto non sono affari miei. Una femmina si deve stare zitta e accettare quello che l'uomo suo decide, senza chiedere troppi particolari quando lui non li vuole dare. Io gli devo dare fiducia a Edoardo, allora perché dentro di me c'è qualcosa che proprio non ce la faccio, qualcosa che mi fa stare troppo squieta?

Io mi ero messa tutta bella per lui oggi, mi sono fatta fare il trucco dalla parrucchiera, già mi pensavo la bella giornata che dovevamo passare insieme e finalmente una nottata dove potevamo dormire nello stesso letto... Mi ero comprata pure un completino nuovo che mò solo a pensare di mettermelo per coricarmi senza di lui mi piglia la tristezza. Invece di venire con noi al ricevimento, ora Edoardo deve seguire le guardie e mettersi nella macchina della polizia per ritornare all'Istituto un giorno prima del permesso che teneva.

Solo quando mi rimette il bambino nelle braccia, prima di andarsene con loro, mi accorgo che tiene la mano tutta piena di segni e sporca di sangue, tanto che pure sulla fronte di Ciruzzo è rimasta qualche goccia rossa. E per la prima volta da quando sono diventata mamma, a vedere quella goccia e pensare che il destino di mio figlio è questo qua, mi sento male.

LINO

Appoggio sul mobile dell'ingresso le chiavi dell'Alfa Romeo che mi aveva dato, esco da casa di Luisa e penso che da via Posillipo a San Giovanni a Teduccio non è che a piedi sia proprio una passeggiata. Prendo di tasca il telefono e Google Maps mi dice che ci vogliono due ore e trentotto per arrivare da qua a casa mia, costeggiando il mare dritto dritto. Vabbuò. Vuol dire che stasera si cammina. Mi viene pure in discesa, e pazienza per l'Alfa Romeo. Pazienza pure per Luisa, ma mi dispiace. Mi sembra che sono passati cent'anni da quella mattina in giardino, che tenevo ancora il suo odore addosso e lei mi ha praticamente pregato di prendere la macchina, tanto il suo ex marito sta in America e non la usa più. Era una mattina di sole e tutto mi pareva possibile... avere una donna così bella, così elegante, poterle dare aiuto con il figlio e finalmente rendermi utile con qualcuno dei ragazzi all'IPM. Perché veramente Sasà tiene bisogno di aiuto, di consiglio, di qualcuno che lo vuole bene, non solo per proteggerlo ed evitargli i problemi, ma per farlo diventare un uomo come si deve. È quello che gli ho detto poco fa in faccia a Luisa, che se Sasà non confessa quello che ha fatto può succedere solo una cosa: che diventerà un uomo di merda, che non è capace a fare la cosa giusta. Esattamente come sono diventato io dopo che mio padre mi ha insegnato in quel modo a diventare una persona che mente per pararsi il culo, per evitare le conseguenze, perché non se ne fotte niente degli altri, o comunque fa finta che sia così.

Cammino veloce sul marciapiede dal lato del mare, dove per fortuna a quest'ora di sera non c'è quasi nessuno; solo qualcuno che porta a spasso il cane fumandosi una sigaretta oppure guardando qualcosa nel telefono, qualche ragazzino sopra il motorino che si bacia o si scambia una cannetta. Posso piangere tranquillo, a me qua non mi conosce nessuno e non se ne fregano proprio di guardare a me, un uomo grande e grosso che singhiozza come nu guaglione mmiezz' a' via ripensando a un fatto di trent'anni prima e mescolandolo con quello di questi giorni, di stasera. Non la volevo perdere io a Luisa. Ma non la posso continuare a frequentare, se pure lei mi chiede di chiudere gli occhi per non vedere quello che ormai mi pare evidente: che pure se non l'ha fatto apposta, suo figlio innocente non è. Proprio comme a mio padre trent'anni fa, quando ha messo sotto quella ragazza con il furgone e poi mi ha obbligato a non dirlo a nessuno, nemmeno a mia mamma. Quando succede una disgrazia come a questa non è possibile riparare, mi dico passando davanti alla porta dei bagni Elena. Ma l'unica cosa che una persona giusta può fare è dire la verità, è *stare* nella verità. Solo questo. Sasà si è macchiato di un crimine gravissimo, perché penso che in qualche modo Erika dovrà combattere con i segni di questa violenza per tutta la vita. Allora come cazzo è possibile lasciargli credere che lui non ha fatto niente, che lui la ama e che quell'atto sessuale è stato consenziente, solo perché Luisa ha la possibilità di pagargli i migliori avvocati e addirittura provare a pagare Erika per convincerla a ritirare la denuncia? Che uomo farà di suo figlio, così?

Solo un omm' 'e niente, come quello che mio padre ha fatto di me, gli dico al mare e al Vesuvio mentre continuo a piangere e a camminare.

SABRINA

«No dai, basta caffè» mi dice Agata.

«Hai ragione» le rispondo. Mi passo una mano sulla nuca e mi alzo due minuti dalla sedia per sgranchirmi un po'. Bello il montaggio, potrei stare seduta qui davanti al computer tre giorni di fila, però a una cert'ora poi bisogna andare anche a dormire, e direi che quest'ora è passata già da un bel pezzo.

«Ne facciamo ancora un paio?» la tento rimettendomi a sedere.

«Avoglia! Io sono sveglissima!» ribatte lei piazzandomi davanti una tazzona piena di qualcosa che a naso non contiene né caffè solubile, né orzo, né zenzero, solo qualche erbetta profumata. Perfetto.

«Qui mi piacerebbe mischiare un po' ragazzi e ragazze» mi dice Agata sistemandosi gli occhiali e sfogliando all'indietro il suo quaderno degli appunti. «Ecco, tipo Silvia? Che te ne pare? Non ci starebbe benissimo a questo punto?»

Io annuisco e vado a riprendere il pezzetto giusto. Mi basta sentire un istante la sua voce per ricordarmi quant'era carina, che sorriso stupendo che aveva questa ragazza. «Ma te lo ricordi che profumo che portava questa qua?» le chiedo ridendo, e Agata quasi si strozza con la tisana. «Oddio, è vero. Ne aveva una palata, ma secondo me comunque non era profumo» precisa con aria da intenditrice. «Era *deodorante*, di quelli sai a spruzzo, nel flacone, con tutti i fiori disegnati sopra?»

«Eh, mi sa che hai ragione, socia» commento, facendo ripartire la clip audio.

Silvia parte a bomba, come se si fosse preparata la risposta da un sacco di tempo e non vedesse l'ora di condividere la sua storia. «L'urto mio, quello che come avete detto voi ha avuto il potere di deviare proprio la mia strada, è stato una grande delusione, perché lui mi diceva di amarmi e per me era una specie di sogno: troppo bello, troppo gentile, questi posti meravigliosi dove mi portava sempre, ristoranti, feste... però sì» continua con la voce che si abbassa sempre di più, via via che ricorda. «... praticamente l'urto di farmi arrestare è coinciso proprio con la delusione che lui non era come pensavo io. Ora te lo spiego» dice rivolgendosi direttamente ad Agata.

«Bellissima questa parte, eh?» le dico toccandole un braccio. Lei risponde con un cenno della testa, concentrata, senza staccare gli occhi dal suo blocco, sui cui continua a prendere appunti.

«Perché praticamente un giorno, quando sono arrivata a Capri per passare il fine settimana con Mirko c'erano i controlli dell'antidroga, allora il cane ha annusato il mio bagaglio e quando mi hanno fatto aprire la cartelletta di documenti che gli dovevo portare da Napoli mi sono resa conto che dentro non c'erano soltanto i documenti... Lui a quell'ora doveva essere lì al porto ad aspettarmi, ma non l'ho visto da nessuna parte, e tutte le volte che poi ho provato a richiamarlo dalla stazione di polizia prima che mi portavano qua mi dava sempre numero inesistente.» Silvia si ferma un attimo per riprendere fiato, come se avesse percorso un lungo tratto correndo, poi ricomincia a parlare con una voce spenta, distaccata, che non assomiglia per niente al tono accorato con cui ha iniziato. «E niente, la poliziotta mi ha detto che a loro non gli risultava proprio, un avvocato con quel nome là, ma non ci credeva che io stavo dicendo la verità, invece poi la mia amica Naditza mi ha detto che secondo lei Mirko mi aveva dato un nome finto e un numero di telefono con una scheda che poi deve avere buttato, e che me lo dovrei solo scordare uno così, che si era approfittato di me in questo modo.»

«Cara» dice Agata leggendo le note sul suo quaderno. «Così ora lei se ne sta chiusa lì dentro per detenzione mentre *Mirko* a quest'ora sarà sicuramente a qualche altra festa a Capri a intortarsi la prossima complice inconsapevole...»

«Ma pensa te, che stronzo» commento anch'io, prendendo qualche appunto su quello che devo sistemare sull'audio di questa parte. «Chi mettiamo come prossimo? Un ragazzo?» le chiedo.

Lei annuisce, fa una smorfia (vuol dire che sta riflettendo) e sfoglia ancora il quaderno avanti e indietro, finché non trova la pagina che cercava. «Filippo!» esclama raggiante. «Mi piacerebbe sentire la storia di Filippo accanto alla sua.»

«Ok!» le rispondo. «Tanto lo sai che io sono qua per fare l'assistente della maga!»

«Ma quanto sei scema!» mi dice ridendo e dandomi una pacca, mentre io ho già recuperato la clip e iniziamo a riascoltarla insieme. Ah, ecco, Filippo è il milanese. Un tipo meraviglioso.

«Sì, è stato proprio come dite voi» esordisce, parlando

in modo chiaro e serio. «Nel senso che c'è stato un urto, e per me è coinciso proprio con la cosa che mi ha portato qua, cioè una specie di challenge dove è successa una disgrazia in cui è morto il mio migliore amico e... Ovviamente io non avevo nessuna intenzione di fare qualcosa del genere, però stando qui dentro ho capito che comunque la responsabilità era tutta mia e quindi... Ecco, sì, come avete detto voi, cioè, è stato quello il momento del rimbalzo, diciamo. Quando l'ho capito» rivela Filippo con una lucidità impressionante. Nel suo caso la cosa bella è che al contrario di Silvia il suo tono non si incupisce via via che va avanti a raccontare la sua storia, anzi si accende sempre di più. «In quel momento la mia traiettoria è cambiata completamente e non ho idea di dove mi porterà, perché non c'è più niente che sia come prima. Però penso che sia giusto così. No?»

«Senti, senti adesso» mi dice Agata puntando il dito sul monitor. «È stato fantastico.»

Vero. È potentissimo anche a risentirlo, il passaggio in cui Filippo, già pronto per concludere la sua intervista, si sta spostando per venire da me a farsi togliere il microfono quando all'improvviso mette una mano avanti, rincula fino alla posizione di prima e ci supplica: «Posso aggiungere una cosa? Solo due secondi». Aspetta con gentilezza che noi gli confermiamo che va bene e poi parte con quest'altra riflessione, sempre limpidissimo, calmo, come se non fosse un ragazzo di diciassette anni ma quasi un uomo che osserva la sua vita con il distacco che può dare una piena maturità. Questo la dice lunga sul dolore che si può provare rinchiusi in un istituto come quello, su come deve scorrere lento il tempo tra quelle quattro mura. «Rispetto a quello che dicevate voi all'inizio, dell'antifragilità che poi il sistema migliora, eccetera. Ecco, il mio sistema sicuramente è migliorato, in generale, nel senso di capire diversamente che cosa significa l'amicizia, l'amore, il rapporto con la mia famiglia e tutta una serie di cose, anche proprio il senso che ho di me stesso... Vabbè, a parte il fatto che comunque ho perso tutta una serie di opportunità e mi sono fatto bocciare a scuola, ma di quello sinceramente me ne frega molto meno. Io intendo proprio il *mio* sistema. Però c'è una cosa che non mi dà pace e sono sicuro che me la porterò dentro per sempre. Che non è giusto aver perso Greg per questo, e se potessi darei tutto quello che ho e tutto quello che potrò mai avere nella mia vita, per ritornare indietro.»

Agata sospira. «Ammazza.»

«Mettiamo ancora un'intervista velocissima e poi ce ne andiamo a dormire?» propongo, strofinandomi un occhio con le dita.

Lei annuisce e fa un'altra piccola smorfia. «Proviamo a rivedere la più corta che abbiamo? Carmine.»

Un altro tipo incredibile, Carmine. Me lo ricordo benissimo. Bello come il sole ma chiuso, spento, con le occhiaie, la faccia grigia e tirata, la voce monocorde. La sua voce, nel microfono, è un soffio che si distingue a stento dal silenzio.

«L'urto l'ha fatto mia moglie al posto mio, quando chillu piezzo 'e mmerda, che era venuto pe' piglià a mme, l'ha messa sotto con la macchina. Oggi ci dovevo stare io, chiuso là dentro nel cimitero, e Nina tranquilla al lavoro, oppure a casa con la bambina nostra. Mò me ne pozz' i'? Abbiamo finito?»

GENNARO

Ma che se miso 'ncapa questo nuovo, che il primo giorno che sta qua dentro si viene a sedere dritto dritto a tavola con gente che non conosce? Nun 'o sape che pure in mensa tenimm' tutto nu sistema 'e gerarchie, amicizie, parrocchie, parrocchiette, squadre gemellate e squadre rivali, che possono cambiare nu juorno sì e l'altro pure: infatti oggi 'o Chiattill si è messo da una parte e Carmine e

Pino dall'altra... Non è che a tavola ti siedi dove ti pare e piace, qua ci stanno delle regole e ogni posto tiene il suo significato, tipo i tavoli del matrimonio, dove alla fine c'è sempre qualche zio che si piglia collera perché l'hanno messo troppo lontano dagli sposi.

E, fra tutti i tavoli, questo qua che è appena arrivato quale si è andato a scegliere? Proprio quello dove stanno Totò e Milos, che già lo stanno pigliando a male parole e dove per ultimo si va a mettere pure Edoardo.

«L'avete invitato voi, a questo?» chiede ai compagni suoi.

«E chi 'o ssape, stu strunz!» risponde Milos.

«Allora lievet' 'a miezz'» gli ordina Edoardo. Per fortuna che stanno a un passo da dove stiamo io e il comandante, così sono subito da loro. Questi, da quanta rabbia tengono dentro, non ce la fanno manco a mangiarsi un piatto di pasta senza appiccicarsi.

«Mimmo, uè, e ch'amma fa?» vado a dire al nuovo arrivato. Ci vuole sempre qualche giorno per aiutarli a capire come funzionano le cose ccà dint'. «Manco si arrivato e già scass' 'o cazz?»

LATIFAH

Vedendolo entrare potrei pensare che sia solo un'allucinazione dovuta al fatto che ho pensato così spesso a lui, in tutti i giorni e le settimane che ho passato stesa a guardare il soffitto di questa stanza d'ospedale. Ma io sono lucidissima, pure troppo. Dev'essere proprio Beppe, che in qualche modo è riuscito a sapere dov'ero e che cos'è successo. Non c'è nessun motivo per sentirmi emozionata o felice di vederlo, o commossa dalle sue lacrime. Mi deve solo dire che cosa vuole da me.

«Sono qua per Kubra» mi dice, spiegandomi che adesso fa l'educatore all'IPM di Napoli... e io che quasi vent'anni fa sono praticamente scappata dalla sua città, per fare in modo che alla mia bambina non dovesse mai capitare l'occasione di conoscere quel grandissimo stronzo di suo padre!

«Mio fratello mi ha raccontato tutto» aggiunge con gli occhi bassi, senza manco il coraggio di guardarmi in faccia per la vergogna. Quanto ho pianto per te, Beppe, quanto mi hai fatto soffrire con il tuo comportamento folle... Quindi avevo capito giusto, che lui ti aveva teso qualche tipo di tranello e tu ci sei cascato, dando più fiducia a lui che a me? Cosa ti avrà detto Alessandro, che quei mille euro che hai trovato nel cassetto me li aveva dati per farsi una scopata con me e io me li ero presi? Io che ti amavo e non vedevo l'ora di dirti che ero incinta, come avevamo tanto desiderato?

È inutile che adesso piangi e mi continui a ripetere: «Scusa», che ti dispiace, diciassette anni dopo quel giorno infame che ricordo ancora come se fosse stato ieri.

Ormai nostra figlia è una donna, e io non sono stata una buona madre anche se ho fatto del mio meglio. La mia vita è diventata troppo difficile, ma non ci sono scuse: nessun genitore può chiedere a un figlio di fare un sacrificio come quello che io ho chiesto a Kubra. E in questi giorni, in queste notti, tante volte guardando il soffitto mi sono detta che quasi mi dispiace, che quella mattina lei non sia riuscita ad ammazzarmi veramente. Eppure, tutta la mia vita da quel giorno in poi sarebbe stata diversa, se solo lui avesse creduto a me; e forse me ne rendo conto solo adesso, che me lo ritrovo davanti così all'improvviso. Il peso che ho portato in questi anni, la sofferenza, il senso di colpa, la fatica, la sensazione di non valere più niente. Ma non me ne faccio niente di questi pensieri, adesso.

«È troppo tardi» sussurro nel respiratore, senza più guardare Beppe con la sua barba ormai bianca e la sua bella camicia di lino chiara, uguale a quelle che portava con me. «La verità non serve più a nessuno.»

«L'aggia accisa io» mi dice piano piano Totò. Lo guardo tutto allucinato. Ma sta pazziann'? Non ci posso credere, eppure sta soffrendo accussì assai che dev'essere vero per forza. Cose 'e pazzi.

«A mugliera d' 'u Piecuro l'aggia accisa io. Ma nun 'o vulevo fa apposta.»

«Ma che stai dicenne?» gli chiedo.

«Io vulevo vendicà sulo a fràtemo Ciro. Quann' 'o nove 'e maggio aggio pigliato 'o permess', aggio seguito 'a machina. È stata iss che m'ha purtato a 'o matrimonio. Tenevo nu fierro 'nguollo pe' m' 'o fa... Quando 'o Chiattill è uscito ci stavano 'e guardie co iss... e allora aggio visto 'u Piecuro... pure iss si meritava 'e murì... l'ho puntato con la macchina... ma 'a guagliona s'è misa 'n miezz'... Nun 'a vuleva accirere... Vuleva vendicà sulo a fràtemo. Avess' fatt' 'a stessa cosa pure ccu tte. 'O ssaie» mi dice piangendo, tutto sconvolto.

Mannaggia a miseria. E chist' so i cumpagni mi... Totò che accire a 'na femmena senza manco volerlo; chill'autro scem' d'o Pirucchio che dice che l'ha fatto iss e manco è vero; Milos che tiene di sicuro qualcosa di strano con il suo alibi e nun ce 'a sta cuntanne juste, perché se no non si capisce perché ha aspettato tutti quei giorni per dirlo...

Allora è per questo che Totò, se ne voleva fuire con me? E che cazz ne sa di quello che stiamo organizzando? Qua già stiamo in pericolo e non ci sta tempo da perdere, se inizia a girare la voce io e Mimmo stiamo veramente inguaiati e non è servito a niente fare tutta sta sceneggiata che non ci conoscevamo...

È per questo che voleva fa 'a guerra con me, Totò? Ma qua la guerra comincia subito, e non si scherza, penso mentre lo abbraccio forte e iss sta piangendo come nu criaturo. Accumencia quando Mimmo riesce a farmi mettere in quel camion della spazzatura così mi possono portare fuori di qua, faccio 'o latitante come a Pietro Ricci, il fratello di Ciro, e da qualche posto tranquillo in mezzo alla campagna posso comandare a tutta Napoli. Ma ci vuole gente di un certo tipo per muoversi là fuori, Totò, come te l'aggia spiegà?

Niente, io di qua me ne devo uscire al più presto, non c'ho più niente da perdere: invece là fuori c'ho una città intera, e pure Teresa, da andarmi a prendere.

MASSIMO

Io non ci capisco più un cazzo. Consuelo che se n'è andata veramente in Brasile e non tiene intenzione di tornare; Pietro che chi lo sa come si può sentire; chillu strunz 'e avvocato tutto spocchioso che si è presentato in ufficio con le carte per il divorzio... A me mi pare che so asciuti tutti pazzi, tutto il mondo al contrario, e io per primo.

E questa donna così bella, con questa voce dolce, che viene apposta fino a casa mia per dirmi che già ha capito tutto quello che è successo e mi vuole dare quindici giorni di ferie, così me ne posso andare da mio figlio in Brasile... Questa stessa donna che quando l'ho conosciuta mi pareva fredda, rigida, mentre adesso faccio fatica anche solo a trattenermi per rimanere a un passo di distanza, perché vorrei stare sempre attaccato a lei.

Quando la accompagno alla porta e le vengo vicino per ringraziarla, seriamente non capisco più niente: all'improvviso lei mi sta baciando contro la porta di casa mia, e io la stringo nelle mie braccia come sognavo di fare da troppo tempo.

Ma dura solo un attimo e lei è già sulle scale. So' proprio nu strunz, nu scem.

Affacciato al balcone, con lo stadio davanti e mille pensieri per la testa, mi arriva la notifica di un messaggio vocale. È Beppe.

«Massimù! Sono io. Senti, sono venuti i genitori di Totò e dicono che non è vero che stava con loro la notte dell'omicidio di Nina e quel giorno non l'hanno proprio visto... E qui cambia tutto, perché Gaetano non è l'unico senza alibi e forse il colpevole non è manco lui...»

Ma io sono antico e questi messaggi vocali non li sopporto.

«Pronto, Beppe.»

«Massimo! Prima non ti volevo disturbare...»

«Nun te preoccupà. Volevo dirti che sto andando subito all'IPM per mettere anche Totò in isolamento, così stiamo più tranquilli.»

«Grazie Massimo. Ci vediamo domani.»

«Vado. A Paola la avvisi tu?»

PINO

«Cena per l'isolamento!» dice il tipo della mensa per avvisare Gennaro che si deve prendere il vassoio da portare a Gaetano 'o Pirucchio. E noi là davanti stiamo, pronti, io e Carmine. Tutto organizzato alla perfezione. Mentre Carmine si mette a fare 'na tarantella e si porta appresso tutti i ragazzi seduti a tavola, tipo che il mangiare della mensa fa schifo, io ne approfitto per mettere nella minestra la polvere che ho schiacciato dalle pillole lassative per i cavalli prese dalla borsa della veterinaria, mentre lei faceva la medicazione al cacciuttiello che mi sono pigliato dal padre di Nad. 'O Pirù, e che nuttata che t'aspetta! Ma sicuro poi ti portano in infermeria e ti danno qualcosa per stare meglio.

E nun te preoccupà, che non ti sentirai solo. Là magari ci trovi un amico che non vede l'ora di dirti due parole, e mò tiene pure un coltello nuovo di zecca per poter parlare meglio.

«Pìgliat' 'a rrobba toja e va' a mangià! E quante chiacchiere!» fa Gennaro, prendendo il vassoio. «So cos 'e pazzi!»

Non lo devo guardare proprio, a Filippo che sta seduto con Cardiotrap e ci sta guardando con la faccia strana, altrimenti mi piglia a male. Lo so che lui non è d'accordo, che per lui non è giusto fare questo. E per me? Per un momento, non lo so più manco io che cosa mi pare giusto e che cosa no.

CARMINE

«Non sono stato io! L'ho fatto solo per vantarmi» mi dice 'o Pirucchio con la faccia tutta rossa e impaurita, mò che gli stringo il collo con una mano e tengo il coltello nell'altra. Ti stai cacann' sotto, eh Pirù, mò nun fai cchiù 'o masto? Di' la verità, non te l'aspettavi proprio questa bella sorpresa che ti ho fatto quando sono uscito da sotto al letto. Tu veramente ti credevi di esserti preso il virus intestinale come ti ha detto il medico? Non te lo pensavi che io e Pino riuscivamo a escogitare un piano così perfetto da farti venire fuori dall'isolamento e beccarti così, eh?, con tutta calma, per apparare come si deve sto fatto tra me e te.

Lo sento che mi trema sotto le mani, si scusa, non sa più che cazzo mi deve dire per convincermi a non ammazzarlo. «Sono stato l'ultimo pure in mezzo ai criminali! E voi mi avete tolto l'unico amico che avevo... Tu lo sai che funziona così, vero? Funziona così...»

Ma quanto parla sto Pirucchio? Non ce la faccio più a sentirlo. «T'hai 'a sta zitt'!» gli grido in faccia piangendo.

«Per favore, non voglio morire per una cosa che non ho fatto! Non sono stato io, Carmine» mi implora singhiozzando. 'O ssaccio, mannaggia 'a morte, che nun si stato tu. Me lo sento, lo vedo per come tremi, per come ti stai cacann' sotto: me ne devo accorgere per forza... ma mi so' rutt' 'o cazz e ti voglio accirere 'o stesso, pecché sto scuppianne, perché è dal nove maggio, da quando l'ho vista stesa per terra davanti alla chiesa che aspetto questo momento. E mò che aggia fa?

Mi sento acciso, ma l'unica cosa che so è che dopo tutta la tarantella che abbiamo fatto per portarmi qua stasera io non ce la faccio a accirere a questo qua, e nel buio dell'infermeria mi pare di vedere là in fondo, vicino all'armadietto, un altro Carmine, chillo che tutti chiamavano 'u Piecuro e che veramente non avrebbe fatto del male a una mosca. Chillo che un giorno si era andato a sedere a tavola di fronte a Ciro Ricci per spiegargli a lui e ai compagni suoi che ci vuole più coraggio a essere nu piecuro che a fare come loro, usando la sopraffazione, la violenza, finché la vita stessa che hanno scelto di fare non gli si gira contro e buonanotte. Quell'altro Carmine mi guarda e basta, non dice niente, ma questo basta per farmi levare il coltello dalla gola d' 'o Pirucchio, mentre già sento i passi che si avvicinano e vedo Massimo con Filippo che ci hanno trovati.

Nuovo messaggio

A: paola.vinci.ipm.napoli@giustizia.it

Oggetto: nota importante su Totò

Carissima Paola,

ti lascio questa email in modo che domani mattina tu la veda come prima cosa. Stasera, proprio un attimo dopo che tu eri andata via e quando anch'io ero già pronto a uscire, all'improvviso si sono presentati i genitori di Totò, con cui ho fatto un lungo discorso del quale non vedo l'ora di riferirti meglio domattina, e che sostanzialmente ritrattano l'alibi che gli avevano offerto per il nove maggio. Dopo il colloquio che hanno avuto con lui stamattina, sembra che lo abbiano visto così in crisi da essersi resi conto finalmente che possono iniziare ad aiutarlo veramente solo smettendo di proteggerlo; ma temo che siamo di fronte a qualcosa di veramente grave e molto diverso da ciò che immaginavamo.

Intanto Massimo sta provvedendo a trasferirlo subito in isolamento.

A domani, ciao,
Beppe

12
La forza

ISTITUTO PENALE PER I MINORENNI DI NAPOLI
RAPPORTO INFORMATIVO

Al Magistrato di Sorveglianza
Dott.ssa Anna Maria Caputo
c/o Tribunale per i Minorenni
Viale Colli Aminei, 44
80131 Napoli NA

Oggetto: Omicidio Nina Palumbo/aggiornamento indagini

Gentile dottoressa,

ancora in seguito alle indagini relative all'omicidio di Nina Palumbo in Di Salvo occorso il 9 maggio scorso.

Essendo venuto a cadere l'alibi precedentemente considerato per Salvatore Ruggiero, La informiamo che abbiamo provveduto tempestivamente a una misura di isolamento disciplinare, permettendo invece a Gaetano Gargiulo di rientrare nella sua cella e riprendere le normali attività dell'Istituto.

In fede,

Il Dirigente penitenziario
Paola Vinci

Il Comandante del Corpo di Polizia
Penitenziaria
Massimo Esposito

GAETANO

«O Pirù» mi chiama Edoardo quando mi vede in cortile.

«Gaetano» lo correggo io andandogli vicino. Tra le tante cose che ho potuto pensare in quelle giornate infinite nella cella d'isolamento, ho deciso che questo soprannome è finito: era un gioco tra me e il mio amico Ciro, ma ormai non ha più senso, visto che Ciro non c'è più e io e questo qua di sicuro non siamo amici. Io ormai non ne tengo amici cca dint'. E nemmeno fuori...

Edoardo continua a stuzzicarmi, a provocarmi come ha sempre fatto. E sempre io ci sono cascato, ma questa volta no. Perché quell'isolamento è stato come cascare in un pozzo da cui lo spavento di ieri sera con Carmine mi ha fatto uscire violentemente per ritornare a respirare dopo tanto, tantissimo tempo.

«Io pensavo che tu eri un capo» gli dico tranquillo, senza scaldarmi, senza nessuna voglia di pigliarlo a mazzate. «Ma mi sono accorto che non è così. Perché mentre io stavo in isolamento, tu hai coperto a Totò, è vero?»

«Totò è fràtemo» mi risponde lui, con tutti gli altri che ci guardano e nessuno che fiata. «Io non li tradisco gli amici.»

«Gli amici... ma quali amici? Guardati intorno, Edoà. Chi tieni tu? A Milos? Fai il branco solo perché da solo non vali un cazzo.»

E io non sono stato diverso da te, penso guardandolo negli occhi. Ma oggi, sotto questo sole, è tutto diverso. Oggi respiro.

MASSIMO

Penso che questa scena che si sta svolgendo davanti agli occhi miei io non me la dimenticherò mai più.

Carmine non smette di essere incazzato, teso, distrutto dal dolore. Però nel momento stesso in cui mette piede nella cella di isolamento dove sta Totò è come se c'avesse addosso una calma che io sinceramente non gli vedevo da tantissimo tempo, o forse non ce l'aggia vista mai, da quando lo conosco.

Quello Totò se ne sta rintanato nell'angolino, sembra ancora più piccolo di quant'è, e Carmine piano piano si avvicina, ma io non tengo più nessuna paura che lo possa aggredire o volergli fare del male, e infatti è così.

L'unica cosa che fa è andargli sempre più vicino, con quegli occhi pieni di dolore, e chiedergli semplicemente: «Pecché?».

Totò pare nu criaturo, si vede che trema tutto: non tiene più quell'atteggiamento da guappo che ci ha fatto vedere fin dal primo giorno che è entrato cca dint' e mò pare che di lui non è rimasto niente.

«Io nun 'a vulevo accirere a Nina!» si discolpa piangendo. «È stato nu sbaglio!»

Ma Carmine, con una forza che mi fa impressione, continua ad andargli sempre più vicino parlandogli in modo pacato e senza farsi prendere dalla rabbia. «E se mò sotto a chella machina ce stev' io o 'o Chiattill, eri cuntent' tu?»

Ma quell'altro non riesce a fare altro che piangere, non tiene niente da dire.

«Oh, mi devi rispondere!» lo incalza Carmine, e addirittura gli va vicino e gli prende la faccia tra le mani, come se fosse dieci anni più grande di lui. «Era chest' chell' che vulive, tu? Vendicà a Ciro? È giusto o no? Sì o no?»

«Era meglio che morivo comme a Ciro» è tutta la risposta che gli riesce a dare Totò. «Pecché mò tengo diciott'anni, e trent'anni di galera a me fa.»

Ed è soltanto adesso che Carmine si scalda e per un momento gli stringe il collo con una mano, portandomi quasi inavvertitamente a fare due o tre passi verso di loro. Ma continuo a essere convinto che Carmine ormai sia oltre e non mi resta che sperare che la mia sensazione sia corretta.

«Mò che chiagne a fa, Totò? Hai avuto quello che ti

meritavi perché ti sei vendicato, 'o ssaie?» E poi cambia completamente tono e gli parla con una tristezza che fa gelare il sangue. «T'hai pigliato 'o core mio e l'hai fatto a piezz'... M' 'i facesse io trent'anni, pe' na carezza 'e Nina.»

Ma poi, dopo questo pensiero dolce e disperato, evidentemente gli risale la rabbia solo al pensiero di quello che ha appena detto, quando lo provoca: «T'avessa piacè sta vendetta, o no?» e si mette addirittura a urlargli in faccia: «Te piace o no, Totò? Te piace sta vendetta o no?».

È solo quando Totò lo supplica: «Accireme!», mettendosi a sbattere la testa contro il muro con una violenza mostruosa, che gli corro incontro per dividerli e trattenerlo: mentre lui continua a divincolarsi come un forsennato nella mia stretta, capisco all'istante che c'è soltanto una persona che può fermare questa sorta di delirio isterico, e chiamo Carmine con gli occhi.

Soltanto nella *sua* stretta, in questa specie di abbraccio dove Carmine dà prova di aver conquistato talmente tanta forza da poterlo accogliere sul proprio petto, Totò può finalmente abbandonarsi e crollare.

FILIPPO

In quanti modi diversi si può amare la stessa persona?

Mi viene voglia di sbattere la testa contro il muro di questo bagno, mentre mi scorrono davanti, tipo fotogrammi di un film, mille momenti che ho passato con Naditza... All'inizio l'ho amata soprattutto con sorpresa, perché non me l'aspettavo e la sua bellezza mi è stata sempre più evidente, come se avessi fatto un viaggio nel mondo di tutto quello che lei è. Poi ho iniziato ad amarla con paura: paura che lei non avrebbe mai e poi mai ricambiato la passione che un chiattillo come me provava nei suoi confronti; paura che lei fosse una persona troppo irrequieta per darmi sicurezza – e in questo di sicuro non mi sbagliavo. Paura di perderla, come la provo adesso, nel nostro bagno, dove sono venuto a rifugiarmi perché non ho voglia di vedere la faccia di nessuno.

A un certo punto però ho iniziato ad amarla con un'allegria pazzesca, che mi faceva svegliare ogni mattina con il sorriso, quando ho capito che qualche speranza ci poteva essere. E dopo è arrivato quell'amore che ha preso ogni cellula del mio corpo, tutto me stesso, che mi ha fatto conoscere una luce che forse avevo intravisto qualche volta solo mentre stavo suonando. Poi l'idea che potevamo avere seriamente una vita insieme, inventarci il nostro mondo... Quello che sto provando per Naditza ha avuto il potere di innescare un cambiamento che ha trasformato tutto quello che esiste intorno a me. Dovevo finire chiuso qui dentro per capire che quello che provo per lei, così come le amicizie che scelgo, il rapporto con i miei, perfino il modo in cui suono o in cui saluto la mia faccia quando mi guardo allo specchio, sono tutte forme dello stesso amore: e anche se a volte sembrano molto storte, alla fine poi per qualche ragione riescono a incastrarsi perfettamente. Almeno, *quasi* sempre.

Quindi forse un giorno capirò anche che senso può avere trovarmi qui, adesso, fermo come un coglione davanti allo specchio del bagno della nostra cella con questo gelo dentro, al pensiero che domani lei sarà la *moglie* di un altro, di qualcuno che non sa nulla di lei eppure la vedrà tutti i giorni, avrà il diritto di toccarla, farà dei figli che avranno gli occhi e la risata di Naditza.

Ma quando arriva Carmine e mi racconta le novità che ha appreso origliando Mimmo e Edoardo che parlavano senza essersi accorti della sua presenza, forse questo senso mi diventa improvvisamente chiarissimo. Se Mimmo si è fatto assegnare alle pulizie anche se non ha voglia di fare niente solo perché deve aiutare Edoardo a evadere, visto che l'altro addetto alle pulizie sono io e che ormai sappiamo perfettamente com'è orchestrato il loro piano per infilarsi domani mattina nel furgone che porta via i sacchi dell'immondizia…

«Stai pensando anche tu quello che penso io?» gli chiedo.

«È domani 'o matrimonio 'e Naditza, è giusto?» mi fa Carmine, che come sempre ha già capito tutto ed è già cento chilometri avanti.

«Giusto» gli confermo, e già mi viene l'ansia. Ma al tempo stesso mi sento pure l'uomo più felice e più elettrizzato di questo mondo.

«Allora preparati, Chiattì» annuncia con la sicurezza di un generale pronto a entrare in battaglia, dandomi la mano da un lato all'altro del lavandino. «Llà dintl ce jamme io e te.»

CARMINE

«Che cazzo è? Perché ci sparano?» urla Filippo.

«Non lo so, non lo so…» gli rispondo, cercando di nascondermi il più possibile vicino ai sacchi della monnezza per ripararmi dai colpi che stanno bucando tutto il retro del furgone. Ma mentre glielo dico lo capisco quale dev'essere il perché, e intanto devono avere sparato anche alle ruote perché sentiamo il furgone che si sta cappottando su un fianco, dalla parte dove sta lui. «Filì!» grido. Sto in mezzo ai sacchi e non riesco a vederlo, ma tutto dura un secondo e mò non stanno sparando più. «Oh, fratè, tutt'a posto?» gli chiedo. Stiamo tutti e due mezzi rotti, ma almeno i sacchi ci hanno ammorbidito l'urto. Ora la cosa importante è provare a uscire, ma quello che ci viene ad aprire il portellone da fuori tiene un passamontagna nero e 'nu mitra in mano, puntato verso di noi.

Che sfaccimma dobbiamo fare? Ci guardiamo negli occhi, ci stringiamo forte una mano e non c'è nient'altro che possiamo fare che guardare in faccia alla morte, proprio adesso... quando improvvisamente il compare suo dalla macchina non grida a quello con il passamontagna: «Fermati! Non sparare!» e tutti e due se ne vanno, lasciandoci ancora con le mani unite e senza respiro.

Chell' non era una via di fuga, per Edoardo: era un agguato. E l'amichetto suo, Mimmo, mi pare che tanto amico non è.

NADITZA

Mia mamma dice che devo piangere qua dentro, in mezzo al cuore per non farmene accorgere da quello che sto andando a sposare. Ma io non sono così. Io non sono come a lei. Cammino a testa alta a fianco di mio padre in mezzo a questa chiesa piena di gente, ma non voglio guardare in faccia a nessuno, specialmente quello lì che mi sta aspettando all'altare. Non lo voglio manco vedè, sto troppo male: dovevo arrivare fino a questo punto, dove non posso più tornare indietro, per capire quanto lo amo a Filippo e che grandissima strunzat' aggia fatto, per colpa di questo cazzo di orgoglio che mi ha fatto fare la scelta più sbagliata della vita mia.

Che ci faccio io qua con questo vestito addosso e tutti felici a festeggiare la sposa? Io non voglio essere la sposa di Goran, eppure se sono qua è solo colpa mia e questa volta non me la posso prendere con nessun altro. L'unica cosa che posso fare è cercare di fare ogni passo più corto che posso, per rallentare al massimo il momento dove sarò davanti a quello là e fra qualche minuto il prete ci dirà «vi dichiaro marito e moglie»...

Quando dell'organo sopra l'altare inizio a sentire la nostra musica mi pare di sognare, oppure di essere uscita completamente pazza. Ma forse è proprio vero che sto sognando, perché qua c'è Filippo in carne e ossa, che è riuscito a evadere dall'Istituto e si è fatto quasi sparare addosso per potere venire qua da me... Poi siamo fuori dalla chiesa, e Carmine si è tenuto pronto davanti al cancello ed è riuscito a chiudere tutti quanti là dentro, e poi ancora io sto guidando una macchina bellissima, con loro che mi raccontano questa storia assurda, che praticamente hanno preso il posto di Edoardo ma si sono resi conto solo dopo che quel piano non era per farlo scappare dentro al camioncino della munnezza ma un tranello per poterlo uccidere. Però, non si sa come, qualcuno li ha salvati all'ultimo. Io ce l'ho un'idea, ma ora non la voglio dire per non fare arrabbiare a Carmine e rovinare questo momento di felicità: per me c'è una persona sola che poteva avere intenzione di ammazzare a Edoardo e di bloccare tutto quando in qualche modo ha scoperto che sopra a quel furgone invece c'erano lui e Filippo. Quella persona dev'essere per forza la mamma di Carmine: me l'ha detto lui che ormai la famiglia sua sta in guerra contro i Ricci e i Conte per le piazze di spaccio, e per come ho capito che ragionano loro ci sta che con questa vendetta la signora Wanda voleva fare capire a tutti che comanda lei...

No, non gli devo dire niente. In questo momento non c'è nessuna guerra intorno a noi. Solo una libertà infinita, una macchina decappottabile e noi tre che stiamo insieme, fuori da quella chiesa, fuori da quell'istituto, pronti ad andare dove vogliamo.

FILIPPO

No ma ti rendi conto, Greg? Ma tu riesci a vederlo, quanto è bella? Io non ci posso credere, te lo giuro. Penso che saranno due ore che me ne sto qua a guardarla dormire e mi sa che stanotte non chiuderò occhio, perché questa vista è troppo bella per sprecarla dormendo anch'io. Non smetterei mai di osservare la forma della sua guancia, i raggi di sole dei suoi capelli sparsi su tutto il cuscino, le sue dita meravigliose strette in un piccolo pugno leggero, la forma delle sue labbra che sorridono: forse sta sognando?

Che giornata, fra. Se penso che stamattina mi sono svegliato nella mia cella all'Istituto non mi sembra vero. Cioè, nella stessa giornata io e Carmine siamo riusciti a evadere al posto di qualcun altro, abbiamo seriamente rischiato di morire e non si sa per quale miracolo siamo riusciti a scamparla, poi ce l'abbiamo fatta ad arrivare in tempo per non far sposare Naditza, portandoci pure via la macchina di quel povero tipo che si era fermato per soccorrere il furgone... Una giornata pazzesca. E poi arrivare qui, piazzarci tutti e tre in questa casa di vacanza abbandonata ma di lusso, fare l'amore in questo modo, sentire adesso il cuore così pieno di amore per lei... Forse mi rendo conto solo adesso che non avevo mai pensato che un giorno avrei avuto diritto a tutta questa felicità. Ho sempre immaginato grandi cose, tu lo sai, tipo diventare un musicista famoso, girare il mondo, comporre qualcosa di bello che potesse fare emozionare gli altri: tutte cose che guardarle da qui adesso non mi sembrano più così grandi, in confronto a quello che già ho. Fa ridere, no, perché a tutti i miei amici di Napoli io non faccio altro che parlare del futuro, di quanto è importante anche progettare o sognare, anziché fermarsi a guardare soltanto il momento presente; ma mi sa proprio che abbiamo fatto uno scambio. Anche loro hanno insegnato a me quanto può essere grande il valore di una cosa piccola e reale, che ti appartiene veramente e ti fa battere il cuore, in confronto a un'altra magari anche più visibile o con dei numeri che fanno impressione, ma che alla fine non ti porta nessuna vera gioia. Mi continuano a rimbombare in testa i dieci k di follower che volevi fare quella notte con il video dell'eliporto. Ora che grazie ad Anita noi sappiamo che in questi mesi quel video ha fatto milioni di visualizzazioni, *decine* di milioni, fra, ma tu non ci sei, me lo dici che cazzo di senso ha?

Aspettandolo qua, sulle scale del tribunale, mi sembra che stamattina questa porta non si apre mai. Ma quanto sta durando l'udienza? Cosa significa?

È molto strano non poter assistere; vorrei sentire cosa dice Sasà, qualsiasi cosa sceglie di rispondere. Mi dispiace non essere lì vicino a lui per fargli sentire che in ogni caso io ci sono, e comunque mi sento tranquillo e a posto con me stesso. Mò tocca a lui decidere che strada prendere ed è giusto che sia così. Né sua madre può costringerlo a dichiararsi innocente per non rovinarsi il futuro, né io lo posso obbligare a prendersi la sua responsabilità per quello che ha fatto, andando incontro magari a un avvenire un poco più complicato ma in cui la sera se ne può andare a dormire con il cuore in pace.

Sono felice di averlo portato a vedere la strada dove è morta quella ragazza, prima di venire qua. È una strada qualsiasi, per chi ci passa e non sa niente, ma per me è il posto dove la mia vita ha preso una certa strada che forse sta iniziando a svoltare solo adesso. Non è stato facile raccontargli di quella notte, quando mio padre l'ha messa sotto con il furgone, non l'ha voluta soccorrere e poi mi ha chiesto di non dire niente. Io tenevo poco più dell'età sua e a pensarci bene era proprio la stessa cosa che dice sua mamma, quella che pensava mio padre: che non voleva rovinarsi il futuro. Ha preferito mandarmi incontro a una vita di bugie, piuttosto che pagare il prezzo di quello che aveva fatto, e per quello che vale sono orgoglioso di averlo detto così, chiaro e tondo a Sasà. Adesso lo sa bene che cosa può significare per lui quest'udienza e può scegliere avendo ben chiare davanti agli occhi suoi quali sono le due strade: una forse più comoda, e l'altra sicuramente più giusta. Quale delle due faccia vivere meglio, per me oggi non c'è neanche il dubbio che sia la seconda.

Quando la porta finalmente si apre, Sasà viene direttamente da me.

«Ho detto la verità» mi annuncia, serio. Negli occhi vedo che tiene un misto di orgoglio e di paura per quello che ha appena fatto, e io mi sento felice per lui come se fossi suo padre.

«Bravo» gli dico mettendogli una mano sulla spalla e guardandolo negli occhi. «Va bene così.» Lancio un'ultima occhiata a Luisa, che è rimasta vicino alla porta, lontanissima da noi due, e poi faccio cenno a Sasà di seguirmi per rientrare all'istituto.

«Andiamo» gli faccio continuando a scendere con lui verso l'uscita. E quando Sasà, ancora agitato, mi dice: «Ma io... devo chiedere perdono a Erika» gli rispondo semplicemente: «Salvatò, l'hai appena fatto». Poi usciamo tutti e due dal portone principale. Fuori dal tribunale c'è una bellissima giornata di sole.

GIANNI

Magari se mi guarda dritto negli occhi lo capisce che la deve lasciare in pace e che ormai Gemma si è fatta un'altra vita senza di lui, che vo' bbene a me e io a lei, e non permetterò mai più che la tocca. Quando entro nel bed and breakfast e lo trovo bello sereno sulla terrazza, che si piglia il fresco davanti al mare di Posillipo, mi viene il sangue agli occhi pensando alle ferite che Gemma c'ha addosso e a mia mamma poco fa che gliele stava disinfettando. *Ma che omm' si, come puoi farle questo?* penso, mentre già dopo due secondi che parliamo siamo arrivati alle mani e lui, che è più alto e più forte di me, riesce quasi subito a buttarmi per terra.

«Tu non sai un cazzo di Gemma, hai capito?» mi dice proprio convinto... come se invece la conosceva lui! E poi di nuovo mi si butta addosso, mi schiaccia a terra e prova a darmi un calcio in faccia che riesco a respingere con le mani mettendoci tutta la forza che ho nel cuore, tutto il dolore che ho provato da quando sono nato vedendo mia mamma che piangeva, tutta la rabbia che tengo verso mio padre, tutto l'amore che ho per Gemma e tutto lo schifo che provo per lui, per quest'infame che ha avuto più opportunità di quelle che si meritava e tutte le volte se l'è giocate di merda, approfittandosi della dolcezza di una persona troppo fragile. Tutto questo sta nelle mani mie, a cui mi affido – steso qua sul pavimento di questa terrazza – per difendermi dai suoi colpi.

Mi difendono così bene che all'improvviso lo sento sbilanciarsi, poi cadere all'indietro e precipitare sopra gli scogli che stanno là sotto, urlando.

Dopo c'è solo un grandissimo, infinito silenzio, e io mi posso rialzare.

CARMINE

Li guardo andare via tenendosi per mano, con addosso quei vestiti assurdi che abbiamo trovato nella villetta abbandonata dove ci siamo nascosti, e nel mio cuore non c'è nient'altro che la felicità che provo per loro. Tanto lo so che noi tre saremo amici per sempre e sicuramente un giorno ci ritroveremo. Ma ora è il momento loro.

Da quella terrazza basta saltare nel giardino di sotto e poi c'è la spiaggia: da qualche parte arriveranno! Naditza è sveglia, è ormai pure 'o Chiattill s'è scetato...

Io sto bene.

Sorrido salendo un gradino alla volta queste scale che mi portano verso i poliziotti che ci hanno trovati, con le mani in alto per fargli vedere che non tengo niente, e mi sento completamente appaciato. Anche se solo per poche ore, è stato bellissimo stare qua con loro, goderci la piscina di queste persone che manco sappiamo chi sono come se invece era casa nostra e questa era la nostra vita vera

Ma la mia vita io adesso ce l'ho e non vedo l'ora di raggiungerla, di prenderla in braccio, di occuparmi di lei. Futura bella, mò papà arriva, le prometto nel mio cuore continuando a sorridere, mentre entro in macchina per farmi riportare all'istituto.

SILVIA

Le ragazze dicono che questa qua che è arrivata stamattina è la sorella di Ciro Ricci, e ora che entrando nella sala colloqui la vedo un poco meglio in effetti ci può stare. Tiene quella stessa espressione tutta concentrata, guerriera, che c'aveva Ciro, mischiato con qualche cosa di dolce nell'espressione: e pure in questo Ciro era accussì.

C'ha un tatuaggio stupendo, sopra tutto al braccio, ed è vestita troppo bene, con un top nero tutto asimmetrico e dei pantaloni troppo belli tipo vinile. Dev'essere proprio piccerella ma è bellissima, pare 'na regina da come si muove e da come si atteggia, mentre parla con quel tipo che visto da dietro mi sembra uno che non ci azzecca niente con lei, tutto vestito preciso... Sarà l'avvocato.

Quando mi avvicino al tavolo dove stanno parlando, il colloquio è appena finito, così tutti e due si alzano e lui si gira verso di me per andarsene via. Ci ritroviamo faccia a faccia, ma iss manco mi guarda, niente. Io invece rimango completamente congelata, non ci posso credere.

Il suo avvocato è Mirko, o come sfaccimma si chiama veramente.

ROSA

Stu scemo d'Alfredo! «Abbiamo già presentato istanza di scarcerazione... tu qua dentro ci resti poco...» Ma allora non l'ha capito perché mi sono fatta mettere qua dentro? E non lo sa che non è cosa che si può fare velocemente? Anche se io ho intenzione di sbrigarmi prima che posso, perché non vedo l'ora di finire tutta sta tarantella e tornarmene a casa mia.

Intanto mi pare un buon segno che mentre la poliziotta mi sta portando nella cella, la prima persona che incontro è proprio iss, 'u Piecuro, 'o walking dead, la ragione per cui sono venuta qua all'Istituto. Perché se non ce l'hanno fatta questi quattro strunz, si vede che ci dovevo pensare io a vendicare a mio fratello. Mio padre lo dice sempre che 'o meglio servizio è chillo ca te faje cu 'e mmane toje, e mò che hanno ammazzato pure a Pietro mi tocca per forza a me.

«Uè, non mi riconosci, Di Salvo? Sono Rosa Ricci» gli dico, continuando a camminare a testa alta proprio mentre ci stiamo incrociando nel corridoio. E poi mi sembra utile precisare: «La sorella di Ciro». Accussì, se iss non è scemo come l'avvocato mio, lo deve capire subito che quello che gli ho detto vale come promessa.

PAOLA

«Ma riusciamo a rivederci almeno un paio di volte ancora per qualche manipolazione?» gli chiedo rimettendomi le scarpe.

«Eh dottorè, certo che ci rivediamo. Ancora per tre o quattro settimane a noi non ci sposta nessuno, però poi mi dovete promettere che qualche volta mi venite a trovare anche là!» mi risponde Rosario, accompagnandomi verso la porta dello studio.

«Be', in effetti non sarebbe male... è un bel po' che manco da Barcellona. mi piacerebbe ritornarci.»

«Perfetto, voi dalla metà di agosto ci trovate là, noi vi

aspettiamo. Magari vi fate accompagnare da quell'amico vostro, ecco, quello che tutte le volte che lo nomino arrossite, come adesso...»

Io gli do una pacca sulla spalla e mi limito a scuotere la testa ridendo. Mi fa morire Rosario...

«Intanto però se nei prossimi giorni volete tornare a fare qualche trattamento voi me lo dovete dire un pochettino prima! Stasera è capitato proprio per miracolo che un ragazzo mi aveva disdetto all'ultimo e io stavo qua, altrimenti non vi potevo ricevere.»

«Ma dai! Un piccolo miracolo per me? Per una volta me lo meritavo» gli dico allegra, raggiungendo la porta.

Lui sorride malizioso e mi congeda dicendomi: «Vabbuò dottorè, non ve lo chiedo come mai ve lo meritavate. Questa ve la risparmio, perché vi voglio bene!».

«Anch'io ti voglio bene Rosario. Mi mancherai. E grazie mille per stasera!»

Esco fuori dal portone dello studio nell'aria fresca della sera, con la brezza profumata di salsedine e i locali pieni di lucine e di ragazzi. Sento le spalle leggere, mi piacerebbe poter fare una lunga passeggiata fino a casa, ma mi godo comunque il piccolo tragitto fino alla fermata dei taxi, procedendo piano, con il mio passo, con il mio bastone. Ho voglia di andare avanti a sentire il podcast di quelle due ragazze, quindi rilassandomi sul sedile del taxi metto le cuffiette nelle orecchie e lo faccio ripartire dal punto in cui avevo lasciato, con la voce potente di Kubra.

«... No, non lo so che cosa vedo nel mio futuro. Però una cosa la so. Che voglio studiare. Non voglio fare la stessa vita di merda che ha fatto mia mamma, perché io non sono uguale a lei.» Qui c'è una pausa lunghissima, che per un attimo mi fa mancare il fiato, poi Kubra riprende con la voce che mi sembra tremare un pochino, appena un po'. «Magari è anche *lei* che mi ha permesso di avere altre opportunità» fino a riprendere tutto il suo vigore: «Quindi perché non dovrei sfruttarle, queste opportunità? E lo farò».

«Io al futuro non ci pensavo proprio» interviene una voce maschile: Pino! «Già mi pensavo che dovevo essere contento di tenere ’nu presente. Però qua all’Istituto ho conosciuto ’nu compagno di Milano che mi ha fatto cambiare idea sopra a un sacco di cose. Lui dice che siccome mi piacciono i cani sarei bravo a lavorare in uno di quei posti dove li addestrano, io veramente non ci avevo mai pensato però mò che me l’ha detto lui mi sembra una cosa buona. E quindi sì, come dicevate voi: forse è stato l’urto che mi ha portato qua, che alla fine m’ha spostato proprio da dove stavo prima di entrare. Anzi il fatto è che mi ha spostato da quello che io *ero* prima. E vabbuò, so’ cuntento. Poi adesso mi sono pure innamorato. *Questo* sarà il vero futuro mio!»

Le parole di Pino mi smuovono così tanto nel profondo che a sentirle mi viene insieme da piangere e da ridere... il tassista penserà che sono matta, ma sinceramente non mi importa. Lo pago, lo ringrazio ed entro nel portone di casa ascoltando la sigla finale: «Che cos’è il contrario della fragilità? Potremmo immaginare che sia la forza, o il potere, o la resistenza, o addirittura qualcosa di cui si sente tanto parlare ultimamente, cioè la resilienza, quella capacità che dopo un urto permette a un materiale di ritornare esattamente alla situazione di partenza... E se invece il contrario della fragilità fosse qualcosa che riguarda la capacità di *cambiare*, dopo aver subito un urto? Di *migliorare* il proprio sistema, avendo appreso qualcosa che prima non sapevamo e che ci permette di muoverci verso il futuro, anziché rientrare nel passato? Questa è l’antifragilità e questo è il nostro podcast. Grazie di essere stati con noi, vi aspettiamo alla prossima puntata.»

Salendo in ascensore tolgo le cuffiette, le rimetto in borsa e dopo aver aperto delicatamente la porta di casa per non svegliare la bambina indugio solo un istante a guardare il mare nero, incorniciato dalla portafinestra che si affaccia sul terrazzo.

Ferma a due passi dal divano dove ieri abbiamo fatto

l'amore, rivedo la gioia di Massimo quando prima, uscendo con me dall'Istituto, ha visto all'improvviso suo figlio di ritorno dal Brasile ed è andato incontro ad abbracciarlo. Avremmo dovuto rientrare insieme in casa questa sera, ma adesso non riesco a essere né triste e né arrabbiata, perché lo conosco troppo bene. Pietro viene al primo posto per lui, e sempre sarà così, ed è *giusto* che sia così. È anche per questo che lo amo.

Quello che adesso sceglieranno di fare con Consuelo non posso saperlo e non mi interessa arrovellarmi per immaginarlo. Preferisco guardare le punte appena più bianche di queste piccole onde sul mare sotto la luce della luna, appoggiare la borsa sul biglietto dell'ingresso e togliermi le scarpe per andare di là a liberare la babysitter. Ora ci sono io per Futura, e magari domani mattina la porto con me in Istituto, per farle passare un po' di tempo con Carmine.

Non ti preoccupare, ragazza mia. Pensa che il mare ci sarà sempre, là fuori.

Finito di stampare nel febbraio 2024
presso Rotolito SpA, Pioltello (Milano)